匡渝光 著

重慶出版集團 重慶出版社

图书在版编目（CIP）数据

交通茶馆 / 匡渝光著. -- 重庆 ： 重庆出版社，
2024.9.（2025.4重印）-- ISBN 978-7-229-19022-4
Ⅰ．I25
中国国家版本馆CIP数据核字第202469U2U2号

交通茶馆
JIAOTONG CHAGUAN
匡渝光　著

责任编辑：秦　琥　刘星宇
责任校对：李春燕
封面设计：刘　尚
装帧设计：侯　建

重庆出版集团
重庆出版社　出版

重庆市南岸区南滨路162号1幢　邮政编码：400061　http://www.cqph.com
重庆奥博印务有限公司印刷
重庆出版集团图书发行有限公司发行
E-MAIL:fxchu@cqph.com　邮购电话：023-61520646
全国新华书店经销

开本：787mm×1092mm　1/16　印张：20　字数：210千　插页：14页
2024年9月第1版　2025年4月第2次印刷
ISBN 978-7-229-19022-4
定价：68.60元

如有印装质量问题，请向本集团图书发行有限公司调换：023-61520678

版权所有　侵权必究

交通茶馆待客区

左：陈安健；
右：本书作者

大学时外出写生
从左到右：罗晓航、周鸣祥、张晓刚、陈安健

1979年，陈安健、程丛林、华堤、张晓刚在川美寝室

1981年底，陈安健创作毕业作品《白桦林》《伐木者》《瞰山城》

黄桷坪邮局大楼陈安健作品涂鸦

2018年"见证交通茶馆个展"川美坦克库艺术中心

交通茶馆艺术表演

游客排队等候进入交通茶馆"打卡"

作品"悠然夏日"照片稿

作品"温情的凉风"照片稿

作品"在希望的田野里"照片稿

陈安健在交通茶馆创作

陈安健在交通茶馆工作室创作

在茶馆写生的本地画家

陈安健在交通茶馆给小朋友画速写

目录

		4	/038		
1	/001	5	/060		
2	/010	6	/065	8	/090
3	/030	7	/080	9	/114
				10	/138

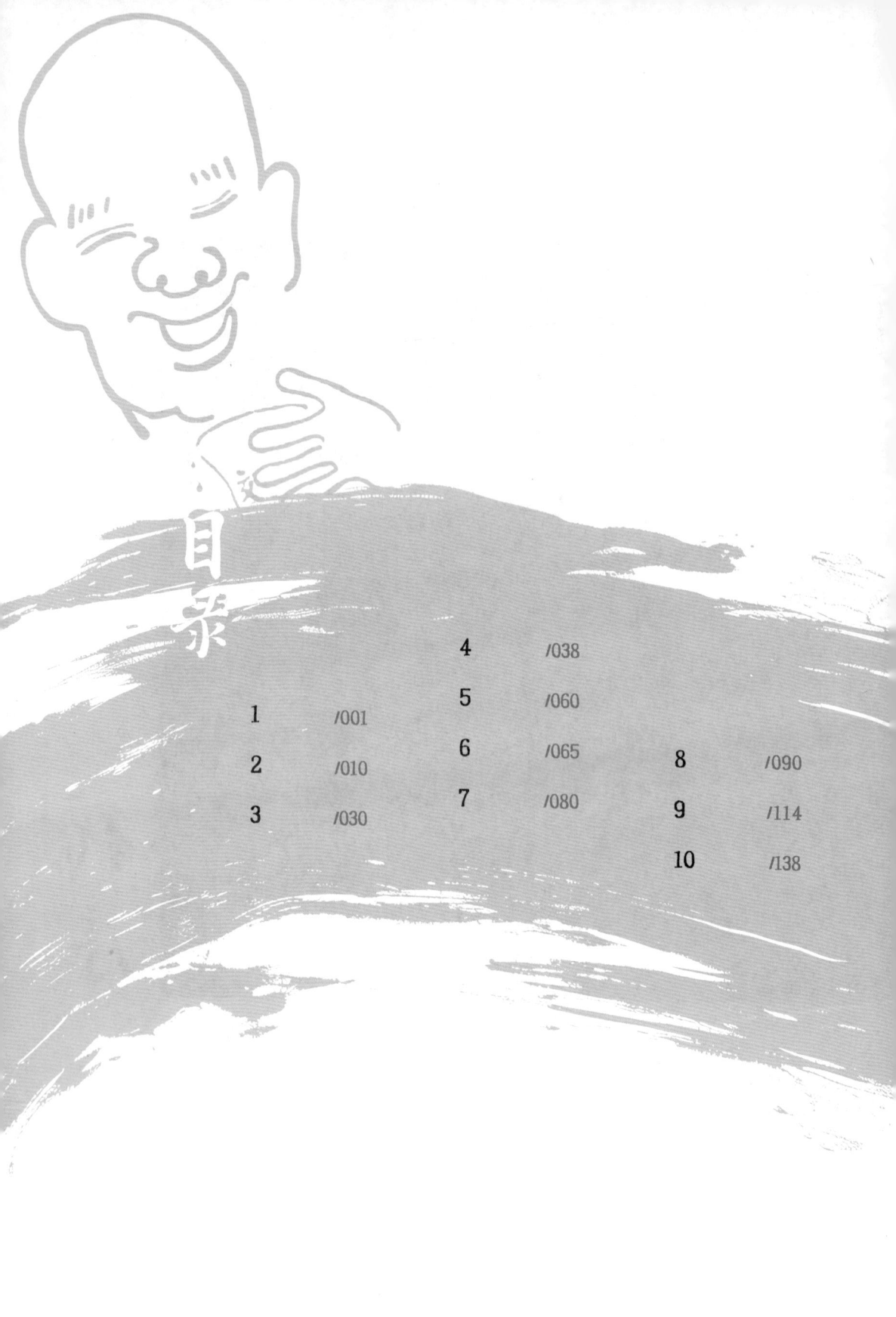

11	/153	后记	/286
12	/175	陈安健个展作品	/291
13	/204	陈安健联展及获奖作品	/292
14	/225		
15	/238		

~ 1 ~

地处中国西南腹地的重镇重庆,地理位置得天独厚,被长江和嘉陵江浇灌。长江是中国第一大江,嘉陵江是长江第二大支流。两条大江从三面环绕着重庆主城,西边逶迤连接着歌乐山山脉,把重庆变成了一个依山傍水的半岛。既有大江,码头应运而生;有码头,就有江湖;有江湖,茶馆也就成为必不可少的标配。

都说重庆是一个有个性的城市,养育了有个性的重庆人。从古至今,重庆人勇敢顽强、直爽义气、热情大胆、心直口快或者说脾气火爆的性格,名扬海内外。因此,以恬淡清雅为主要内涵的茶,大概率也扮演了调和重庆人火爆性格的一个不可或缺的角色。

重庆区域内地形复杂,地势高低重叠、蜿蜒崎岖。所以古老的山城重庆,打破常规地绕古城墙一圈修建了十七道城门,而不是通常人

交通茶馆

们见到的一座城按东南西北建起四道门。因为重庆这种特殊地形，无法按照"横平竖直"的轴线在四个方向建城筑门，只能按随山就水的曲线兴建土木，故而才诞生出十七道门来。重庆人口口相传，说这十七道古城门是"九开八闭"。解释这话的意思就是，十七道古城门，平日有九道门是按需要打开的，提供给人们进出，而另外八道门，则基本上全年都处于关闭状态。

史料记载，重庆古城墙始建于公元前316年的秦国，而最后集重庆城门之"大成"者，则是1700年之后的明洪武年间驻守重庆的卫戍指挥使戴鼎。他把前人筑的城墙、辟的城门进行了全面加固、修缮，并按需要新构筑城门，在重庆城的要塞以"金木水火土"五行确定方位，"九宫八卦之象"确定数量，完成了"开九门闭八门"的十七座城门，以示"金城汤池"的含意。又据说，最初兴建时，这十七座城门并没有所谓闭门的说法，只是其中九门是专供力夫在长江和嘉陵江挑水入城行走的水门，而另外八门也是常年开放的。后来因城内火灾频生，官府认为此乃水门洞开不能克制火星，即封闭了八道水门，便有了十七门"九开八闭"的说法。

不过斗转星移，物是人非，前人的生活方式早已步入了历史。开也罢闭也罢，今人不再遵循前人的模式。时至今日，从前的大多古城门要么被各种鳞次栉比的现代化建筑淹没，要么就是被城市发展的脚步踢进了历史的垃圾堆而无迹可寻。

十七座古城门几乎都是面向长江或嘉陵江，唯有城西处的一座城门通向陆地，它也是非常出名、非常重要、非常幸运的得以保留至今

且相对保存完整，更是重庆古城十七道门里面地理位置最高的一道门：通远门。通远门紧紧牵着它两旁的巨石砌成的城墙，屹立在一道小山丘之脊。站在它所立位置向东看，可以看清重庆古城西高东低的地形，也几乎可以洞悉整个古城重庆。在石砌城门的拱形门洞上方，镌刻着"壮克千秋"四个大字，述说着这座城门的"血与泪"。作为古城重庆"九开门"中唯一连通陆地的大门，它自然成为重庆古城重要的军事要道，乃历来的兵家必争之地。

当年，走出通远门，即踏上一条通往四川主要城市的大道，这也是此门得名"通远门"之缘由。旧时，通远门城门上面建有门楼，但可惜已在20世纪20年代因门下方修公路而被拆除。通远门的门为双层拱形门洞，两门洞之间隔有便于采光的天井。如今的通远门，在城墙下方可见到两条隧道，那是20世纪40年代，重庆作为抗战时期中国的"战时陪都"修的汽车通道，名为"和平隧道"。

从通远门往东行约两三公里，简单说就是重庆古城穿城而过，即是古时重庆地方官员人等迎送上方官员及迎接圣旨的地方：朝天门。朝天，面朝天子以示尊敬之意也。气势磅礴的朝天门，凌驾于长江、嘉陵江汇合之处，俯瞰着滚滚长江和波光粼粼的嘉陵江，日复一日地承载着百帆千舸西上东去。朝天门也是重庆最大的水码头。从朝天门沿长江而上行不足一公里，有一座东水门。东水门是重庆有名的古渡口，是早年人们渡过长江南去的要道，故这里也是外地商贾云集之地，有明清时建的八大会馆，更有若干明清建筑群错落有致地分布于四周。

003

交通茶馆

出通远门往北边行不到一公里，则是古城重庆另一座重要的门——临江门。临江门外高约百米的陡崖下，便是嘉陵江，与长江这条大河相比而言，重庆人称它为"小河"。临江门是从嘉陵江上游自西东来重庆途经的第一座城门，也是当年镇守重庆西北面渝水上的第一道防线。城门上镌刻着"江流砥柱"四个大字，其含意则是：若失此门，重庆危矣。真正的临江门古城门距小河边较远，巍然立于山岗之上。大半个世纪前，临江门区域堪称热闹非凡。虽然古城门距离江边较远，近在咫尺的却有府文庙、夫子池，和建于雍正三年的魁星楼学宫，即祭拜孔夫子的场所，也是重庆城的文脉所在地。凡此种种，使得建在城门外百多米高一溜山坡上的临江门正街，远比其他那些城门外的街道忙碌热闹了许多，也是逢年过节重庆人喜欢去逛街的好去处。售卖各种小吃的、玩杂耍的、在茶馆喝茶看江景的……数不胜数的休闲娱乐方式，成为特有的风景线，这边风景独好，20世纪里，不知有多少文人墨客、妙手丹青为之倾倒，留下了许多奇文秀图，包括一代大师张大千、吴冠中等。20世纪80年代，随着国家开放，一批批外国游客来到重庆。据说有导游早上把"老外"们往临江门外一带，到天擦黑时去收团，还根本拽不走那些沉迷在由无数吊脚楼构成的行街中的老外们。

通远门所在的地区叫作七星岗。找出晚清时的地图一看，对它的标名却是"七星缸"。缸者，水缸也。和旧时中国其他地方的所有古木建筑一样，以竹木材料为主搭建的吊脚楼而出名的重庆城，也最怕发生火灾。其实这种密集的竹木建筑，以及人们从前烧柴火做

饭的方式，正是旧时重庆城火灾多发的主要原因，与人们认为的水门洞开不能制克火星没有半点儿关系。不争的事实是，从前城里的确到处都备着许多硕大的水缸，修有水池。缸称太平缸，池叫太平池，平时蓄满了水，就怕万一啥时候火灾突发，不至于守着两条大江，也会演出"远水不解近渴"的难堪。而为了求得平安和心安，重庆人甚至把偌大个七星岗地区也借着谐音，灌注进美好的愿望，让"岗"化身为"缸"。想一想，如果有一座山岗那么巨大的水缸傲然立于此处，何惧火来？后来随着社会的进步，人们的认识慢慢改变，七星缸也变成了七星岗。既然区域内拥有一道连接通衢大道的通远门，显而易见，从前的七星岗片区必然是繁荣的。无论酷暑寒冬，从天不见亮到几乎午夜时分，通远门内外大道两旁，除了有固定的各种小店外，更有许多专卖重庆小吃的临时摊贩。他们簇拥着人流，共同勾画出一派欣欣向荣的景象。不过从前这里的繁盛发达和今天还是有些不一样。从前在这里做生意的商贩，主要是面向较低端的消费者。无论是固定的小店，还是临时的摊位，都昭示着简单和随意，和今天的快餐有几分相同的意思，但也会隐隐透出像家一般的亲切，于自然中发酵出浓浓的民俗味儿，这绝对是今天的快餐无法比拟的。当年，无论餐馆还是小摊，经营吃食最多的是卖小面。一眼看去一家接着一家，每家都在一个醒目的地方挂一块小木板或是马粪纸板，上面清楚地写着他家可提供的吃食，例如猪油小面、味精小面、麻辣小面、肉丝小面、榨菜小面等等，当然还有每种面的价格。小面均以二两起点，当然也有三两。如果要吃四两，店家会做两碗二两。

交通茶馆

你问为什么不把四两面装在一个大碗里。店家会善意地笑着告诉你，如果一个碗里装太多面条就容易坨，坨了，面就不好吃了。总而言之，店家卖的每一种面虽然都倾向于突出重庆人的麻辣口味，但同时也会注意照顾到从其他地方来的客人，所以会看见基本上每个坐在那儿吃面的人都吃得津津有味。

店家卖的面条大多数是当天现做出来的新鲜面条，在重庆被称为"水叶子面"。另外有一种事先做好，被晒干或是烘干的面条被人们称作"干面"。不过旧时重庆人不太喜欢吃干面，一是说干面的口感不如水叶子面好，二是干面的成本要高一些。那时候的生活水平决定了大众的生活态度，都想的是能节约就节约，所以干面一般不会进入食客的首选。

往沸水翻滚的锅里放进面条之前，煮面师傅会先往锅里放些空心菜，或是几片莴苣叶等蔬菜，总之是按不同季节买到的时令菜。特别是空心菜，它因价格低廉，摘洗方便，颜色翠绿，入口脆生生的很讨人喜欢，且关键是在大多数日子里都可以买得到。

煮面师傅熟练地驾驭着一双比一般人家吃饭的筷子长很多、也粗很多的竹筷子。先把煮好的菜"拈"起来放在调好了作料的碗里，接着再把面条"下"进锅里，重庆人称之为"下面"。一般要吃面的客人走到面摊，便会向摊主喊一声：老板，下二两小面。

20世纪70年代，二两普通小面卖八分钱，二两猪肉肉丝面，卖一毛二分，如果想吃红烧牛肉面，还会更贵一些。但普通人很少选择吃肉面，因为没那消费能力。

　　固定的小食店总是要考虑到店里的小空间和最大程度能坐多少人这两者间的关系，所以店里会尽可能地多摆放几张小桌子，每张桌子配四张长条凳，那样一张桌子就可以最多提供给八个食客坐。坐下的时候大家得互相礼让着些，尤其要注意的是，吃完面条准备起身离开时，一定得先给那位和你坐在同一条长凳上的食客打个招呼，让他小心注意坐好。否则，在你猛然站起身来的那一瞬间，那位可能会仰天摔到地上，最不幸的，还会被翘起来的长板凳猛地砸伤，惹出大麻烦。

　　摆在路边空地的临时小摊位则一般是准备两三张五十公分大小的简易方桌，再随便放七八张单人坐的小凳子。食客随意地站、坐、蹲着，基本上都是快速吃完面，抹抹嘴，离开。

　　无论是固定的小食店还是临时的小吃摊，都会为食客准备一种用红辣椒面掺和沸油做成的"油辣子"，食客按照各自的口味，自己动手往面碗里添加一些"油辣子"。这弥漫着香辣味的"油辣子"，成就了重庆小面的特殊辣香味和食客食用后得到的舒服感。乃至在进入新世纪后，尽管人们的生活水平较之从前提高了不少，但这种香喷喷的重庆麻辣小面仍然被来自五湖四海的人们喜欢。它不仅成为重庆主要小吃美食之一，还走进了中央电视台的美食专题节目。不过今天也常听到有人会发几句牢骚，说从前麻辣小面的味道比现在的麻辣小面好吃太多，也不知道面店里现在用的哪种辣椒，感觉现在卖的小面就是麻辣味太重了，夸张点儿说，有些像是另一种麻辣火锅面了。

　　除了大量的小吃食店和小摊，七星岗这片地方给人印象很深的是

交通茶馆

还有好些家茶馆。其中最引人注目的，是从古老的通远门的城门洞走出来，往左边拐有一个岔路口，在路口那儿，就有一个规模较大的茶馆，当地人都叫它"老虎灶茶馆"。这家老虎灶茶馆占地大概共有两百来平方米，茶客多时，过路的行人都会感觉有强烈的热气从里面蒸蒸腾腾地翻涌出来，热浪袭人。

用今天的眼光看，单论所谓"老虎灶"，其实应该算是一处公共提供热水服务的设施。从前老重庆的生活水平相对低下，那时在城市的不少小巷里，都可见到这种"老虎灶"：有心人在合适的地方垒起一个很大的灶台，灶台上有好几孔灶眼，方便同时把几把长嘴大壶装满水后"坐"在灶眼上。这些大壶多为锑壶，也有镔铁壶等，都因长期的烟熏火燎和磕碰而变了许多模样。大大的灶膛里燃烧着煤炭，火势熊熊。从前，人们都是把买回来的散煤末加点儿水调和后用手捏成一团一团的，方便入灶膛燃烧。当然也有烧天然煤块的人家，不过天然煤块的价格会比用煤末的高。到后来又进步了一些，煤末被用手工的或是电动的专用模压机器压成一个一个的蜂窝煤，或是呈长椭圆形的煤球。这样烧灶时就方便了许多，也会节约一些。

老虎灶的水烧沸了，就会被一直在旁边等待的人买走。那些基本都是附近的居民。捧着水瓶来装水的，一般是拿回家作开水饮用；拿着带盖或没有盖的小木桶提水的，是用来烫脚或洗澡；偶有拿暖水袋装水的，大概率就是用作暖手暖被窝的。

如果有兴趣去进一步认真分析一番会发现，这"老虎灶"也不仅仅是一处公共热水服务设施。"老虎灶"所在的地方还是孩童们经

常聚一起玩耍的"乐园",是一些家庭妇女在等热水时不想浪费时间、饶舌东家长西家短、传播附近人家之间往日近日发生的大事和小事的"新闻发布中心"。更有那么些个住在周边不远的老头子,只要天公没有刮风下雨,就会带着自己那只已被茶末浸染得发黄发黑的大茶盅,随手拎一张简易的小板凳或者油亮发黄的小竹椅,在距离"老虎灶"灶台几米到十来米远的空处,自发围坐成一个松散的小圈,喝茶,抽叶子烟,聊天散心。重庆人把这种不受空间限制喝茶散心的方式叫作"喝坝坝茶"。所谓坝坝,就是一块敞开的空地,而这种"坝坝茶",大概也应该算是形式最简单、最廉价、最倾向于"原始"的公共"茶馆"了。

通远门下边这个"老虎灶茶馆",就是这样一个例子,同时也是一个例外。首先,这里的确是有一块很大的空地,但在这块空地上也搭有一大间简易屋子,除了砌在一角的老虎灶外,简易屋下还摆了许多低矮的小方桌和长条凳,茶客们就散坐在这"屋檐"下,接受专门的"茶博士"服务。其次,这个"老虎灶茶馆"本身的体量和每天来喝茶的茶客数量都称得上"庞大"。严格说,它的服务功能应该更倾向于茶馆,至少是简易的,而不是主要为附近居民们提供热水的"老虎灶"。提供热水在这里基本上是作为茶馆的附属服务。周围的居民们把这儿叫作"老虎灶茶馆",而不像其他那些专门提供热水的场所被叫作"老虎灶",也自有它的道理在里面。

老重庆城里有多少家茶馆,应该是一个永远的未知数。不过老重庆人的脑海里却肯定都记得,在重庆所谓"九开八闭"的十七座老城

交通茶馆

门边上的好多巷子里，在重庆那些个川流不息帆来船去的码头边侧，在那些吊脚楼群之间，有多少大碗茶摊和茶馆，迎来送往地陪伴了无数南来北往的客人。每天的旺盛烟火，每天络绎不绝的行人，茶馆小二哥热诚而高声地对一拨又一拨来客的唱迎，宛如一曲土生土长的、迷人的乡间音乐，欢乐地飘荡在一条条狭窄幽深的巷子里；而好多茶馆里，"茶博士"夸张又炫耀地施展出的那些花式"掺茶"表演，一只沉重的长嘴金属茶壶就像是他手臂的延伸一般托在他手里，被随心所欲地上翻下滚、左翘右低地玩，就像是在玩他自己的手指一样，在茶客们虽已见惯但仍然免不了几多心惊、几分欢喜的情绪里，只是一眨眼的瞬间，"茶博士"就已为茶客们桌上的一只只盖碗茶杯恰到好处地"续"满了茶水。

2

　　离通远门不远，有一座在重庆很出名的归元寺。其实归元寺不仅重庆有，武汉、西安也有，都是很著名的禅寺。

　　1959年4月，陈安健就出生在重庆归元寺旁边一栋平房里。陈安健小时候听大人们在一起摆龙门阵时说，1949年以前这栋平房是国民党军队一个团长的私宅。1949年解放军进重庆前，团长跑了。1949年后，这栋房子被充公由房管局接管。后来安排了三户人家住进去，陈安健一家就是其中之一。三家人每家各住了一间屋子，共用

一个厨房。最初大家只能轮流做饭，时间长了，都觉得很不方便，于是大家商量好，干脆利用厨房的空处另外再砌了两套灶，虽然看上去有点儿拥挤，但三家人做饭可以相互不影响了。

陈安健家住的这间屋子大概有二十来平方米，摆一张床父母住，几个小孩子晚上睡觉，把一块竹凉板搁在两张长板凳上就是床了，早上起来再把凉板收起靠墙壁放好。他在这间屋子里一直住到1977年考上大学。

陈安健的父亲陈长文、母亲陶世礼都是大专毕业，至少在20世纪70年代前算得上是真正的知识分子。他的父亲以前在重庆中一路小学教过语文、算术、政治，后来被调到了重庆十二中教数学，数学才是他真正的强项。他的母亲从小爱画画，年轻时曾报考过川美，那时川美还不叫四川美术学院，只是一个专科学校。母亲第一次报考，很幸运就考上了，最后却因为一些原因没去。但她心里还是一直念叨着要去读美院，于是第二年又考，却落了榜，之后就放弃了。再往后，便进了另外一所专科学校，毕业后分配去了枇杷山纯阳洞小学，一直在那儿教图画课。陈安健有个姨妈陶世智，和姨爹何豪亮一起，都是四川美术学院的教师，漆艺专业。所以呢，陈安健从小就受到母亲和姨爹姨妈的影响，对画画的兴趣表现得比一般小孩子更多、更大。长大后他更认识到，母亲和姨爹姨妈在艺术上对他的影响和帮助，不是简单地让他选择了对艺术的爱好，更重要的是使他能够在艺术这条路上坚持不懈地一直走下去。

因为父母亲教学工作忙，所以陈安健到了年龄就被送去了家旁边

交通茶馆

不远处的金刚塔幼儿园，全托。他至今记忆犹新的是，在幼儿园最怕吃包子，也不知道是怎么回事，反正就记得那包子咬到嘴里是一种很难吃的味道。可是每每看见那些炊事员包包子时，一个个表情都喜笑颜开，明显是正在做一件让他们很愉快的事。这时他就会愤愤地想，那么难吃的包子，你们怎么能吃得下！

晚上陈安健睡在幼儿园，园外不远处有个人天天晚上都在那里拉板胡。那会儿晚上公路上基本没有汽车往来，人们的夜间活动结束得也早，稍晚时，街上几乎就是万籁俱寂的感觉，仿佛只有这个人吱吱呀呀的板胡声主宰着满世界。小时候的陈安健也听不懂那个音乐，但那板胡声在小孩子听来就像是鬼哭，搞得人睡不着觉。好在小孩子始终是瞌睡大，多眯一会儿眼睛，不知不觉地也就睡着了。日子长了习惯了，有时甚至也把它当成了催眠曲。好多年后陈安健回想起这个情景，细细想来，可能别人本来是拉得很好的，只是小孩子不懂，才会觉得那声音阴阳怪气的吧。

陈安健还记得幼儿园日子中的这样两件事。有一次他在角落一间小房子那里，透过门缝看见里面放着一辆旧的儿童自行车。他并不知道这车是不是还能够骑，但心痒痒，一心想的是，为什么老师不把它拿出来给我们骑呢？因为胆子小，他也不敢去问老师，但这个印象却烙印在心里，直到今天。

还有就是幼儿园边上有一堵矮墙，那堵墙不光是矮，而且砌得很差，根本挡不住人，即使是小孩子也很容易翻到外面去。墙外就是一道很深的水沟，如果哪个小孩子真从墙这里翻出去，一不小心掉进深

沟里，那问题就大了。好在小孩子们都被反复告知千万不能去墙那里玩，所以也没有听说发生过事故。但有一次，陈安健不记得是自己把一个什么东西掉那沟里了，还是在沟沿上看见了一只蝴蝶抑或是一朵花在那里，总之是他偷偷地跑进伙房，拿了一把火钳来试图把那个东西夹起来。没承想，夹了几下，不但东西没夹起来，一个不小心，反倒把火钳也给掉进了沟里。这把他吓得不行，赶紧躲回屋子去了。接下来好多天一直都担心有人会来找他问火钳的事，心里着急，又不敢对别人说。幸好，几十年都过去了，也没有人找上门来。

要上小学的前一年，有一次陈安健生了病，好像比较重，幼儿园就让家长带他回家休息。那些年有工作的家长一般都不会轻易去单位上请假，尤其是学校。有那么多学生等着老师上课，你请了假，学校临时也找不到其他老师给你代课，一天半天也许还行，多几天就肯定不行了。所以除非万不得已，大家都不会请假，于是陈安健就一个人被锁在家里。因为母亲工作的学校离家比较远，中午回不来，父亲就在学校食堂打了午饭给他送回来。小孩子独自被关家里，头一两天还行，有新鲜感支撑着，过几天就烦躁了，时时刻刻都期盼着父亲能够早点回家。盼着盼着就想，怎样能够让父亲早些回家呢？小孩子想来想去，还终于给他想到了一个办法。他把家中那只闹钟拿来拧快了半个小时，心想这样父亲就可以早回家了！结果可想而知，父亲回到家，看见桌上钟的时间不对了，一问，小孩子如实告知，说这样你不是就可以早点儿回家了吗？父亲听了笑笑，觉得小孩子异想天开做的事还挺有意思的，也没责怪。而那只20世纪50年代公私合营生产的闹钟

013

交通茶馆

至今被陈安健保留着，承载着一段甜蜜有趣的回忆。

小时候的陈安健和那个年代绝大多数小孩子一样，生活中是没有玩具的，大家在一起玩耍，大多时候就是玩泥巴。他们家房子周围也大都是平房，那些年月每家每户的小孩子都不少，加上大家出门进门都很方便，所以常常会有一大群孩子约着，去不远处的坡上空地挖些泥巴来，加点儿水。对于水，他们从不关心，管它是阴沟里的，还是哪里的水，反正只要是有水就行，干净不干净从不在小孩子们的考虑之中。大家一起欢天喜地地把水和土揉成团，就开始按自己的想象捏出各种各样的东西，比如坦克、汽车、飞机、动物等等。除了这样自己动手"制造"玩具外，孩子们也在一起玩过很多其他游戏，像是逮五步猫、跳绳、踢毽、跳房子、抽陀螺、打弹珠、弹火柴、拍火花等等。陈安健做其他游戏都不在行，唯独踢毽子还说得过去，他后来回忆时说，自己最好的纪录是一口气踢了一百六十多下。

除了这样和很多孩子一起玩耍，陈安健时不时也和几个年龄差不多的孩子溜到城里其他地方去玩，比如临江门。那时候，临江门外的山坡上密不透风般地耸立着灰麻麻的一大片吊脚楼，构成许多错综复杂、仿若小孩子玩的"军棋"一般回旋盘绕的行街，还有一大坡石梯坎，从临江门城门口那里向下一百多米一直延伸到嘉陵江边。小孩子们特别喜欢在那些四通八达的行街里玩，在里面东钻西拱地寻找属于自己的美好世界。走出通远门，"外面的天地"在孩子们眼里总是那样地神奇，有着莫大的诱惑，迷惑得他们常常在那些个新天地里疯耍着忘记了时间。常有时候因此回家晚了，免不了会被

家长好一顿责骂。

通远门、朝天门、临江门、东水门，陈安健就在这基本上代表了重庆东西南北四道古城门所围合出的空间里度过了童年、少年及青年时代初期。也许就是在那无数漫不经意的日子里，在那些既有深厚的历史沉淀又有鲜明的重庆山城风貌的老城里，他为自己后来的艺术田地，播下了优良的种子。

从通远门的老城门洞出来，朝西往两路口方向行一公里许，大路左边有一座山坡，是半个多世纪前的重庆中心城区最高处，坡顶海拔345米。山坡上有一个非常出名的枇杷山公园，对于土生土长的重庆人来说可谓是无人不知无人不晓。关于枇杷山公园，一个传说是，从前这座山坡上种了很多枇杷树，故而得名；另一个传说是，因此山形似琵琶，谐其音；而最后一个传说则是，曾有一位漂亮姑娘苦思在长江南岸，因一江之隔见不到的恋人，便常来此处弹奏琵琶呼唤心中郎君，后此山就被冠名为枇杷山。后来，此处变成了公园，就顺理成章地被命名为枇杷山公园。

因枇杷山地势高，抗战时期此地为国民政府在重庆主城区设立的高射炮阵地，打击前来轰炸重庆的日机。它兼作保卫重庆城的高射炮阵地，一直保卫重庆城到20世纪70年代末期。枇杷山公园里山路曲折，绿树成荫，每逢节假日，有很多重庆人喜欢前往游玩。那时曲折的盘山路上人流熙熙攘攘，从坡顶上面往下看，就仿佛是一条缓慢游动的长龙。枇杷山顶建有一个红星亭，也曾是人们观看山城美丽夜景

015

交通茶馆

的好去处。好些年后城市发展了,本来在重庆古城主城区外,离着枇杷山公园有两三公里远,海拔高度达402米的鹅岭公园,生生地把枇杷山公园的头把交椅给抢了去。鹅岭公园本是清宣统元年由几位盐商富贾修建的私家园林,因为地势更高,视线更开阔,又可以一览长江和嘉陵江两江风景。且公园里有清朝留下来的漂亮的仿藤蔓石桥;有当年国民政府蒋总统的一处"飞阁"行宫;有抗战时期土耳其设立的大使馆旧址;还有20世纪80年代后专门为游客修建的"两江亭"。它可以把游客再"抬举"几十米高从而能够更好地把重庆城全景尽收眼底,这样就把枇杷山公园给"比"了下去,渐渐地,枇杷山公园几乎就被"打入了冷宫"。

  枇杷山公园还很受欢迎的那些年,公园里半坡上有一处很大的露天茶馆。说它是露天茶馆,是因为它并不在一处固定的建筑物内。实际上,就是在一个空旷处用好多张竹席围成一个大棚,顶上架数根竹竿,也盖上一些竹席,那样既可以为棚下的茶客遮风挡雨,又可以使他们得以躲避烈日暴晒。由此,叫它茶棚更加贴切些。

  通远门外那家老虎灶茶馆每天光临的茶客基本上是老熟客,枇杷山公园这个茶棚下,除了经常来的熟客,还有不少是来公园里玩耍、路过的游人。口渴了,看见这儿有间茶棚,走过来,花一分钱、两分钱,买碗老鹰茶解渴。因为茶棚在公园里,所以总的来说,它的生意还算不错,大多数日子里,都显现着一派生机。不过这个茶棚之所以显得繁荣,还有另一个重要原因,除了那些真的来喝茶消闲的人外,茶棚下更有一个常年项目:下象棋。在这种公共"江湖"场合下象棋,

可不只是代表一种普通娱乐而已，更隐藏着打擂见真章，比武会英雄的意思。绝大多数时候，棋盘上的擂主和挑战者都是茶棚的老熟客，一个摆擂，另一个应战。旁边自然少不了一大群观战者：包括茶客、路人或是不喝茶纯粹路过但对下棋有点儿兴趣的看客等等，他们都兴趣盎然地聚拢来围观这两个在象棋世界里酣战的"死对头"。偶尔，正当两位"杀"到难解难分处时，会有一个自认为棋术高超的旁观者忍不住在旁边指点一番，或评论，或支招，折磨得楚河汉界两边的两个人同时满心烦躁。"不是说'观棋不语真君子'吗？""你个小人在这里叽叽喳喳干啥子？有本事你来？""来就来，谁怕谁呀！"一边大言不惭口吐豪言，一边坐下来就抓棋子摆盘。这常常把原来那两位打擂者气得直翻白眼，最后愤怒不已地发展到有吵架斗嘴的，甚至还有大打出手的。在旁观者眼里，这也演绎着茶棚下本来是温良恭俭让又栩栩如生的画面中的一种另类精彩。

陈安健知道枇杷山公园里有这样一个茶棚茶馆，是因为他父亲。周日，或者其他放假的日子里，一般是在下午，父亲没事了，就会到枇杷山公园这个露天茶棚去。不过父亲去那里主要倒不是为了喝茶，而是为了下象棋。在下象棋上，他父亲算得了一把好手，也是个狂热爱好者，常常都在琢磨着去茶棚那里展示身手"以武会友"。说来也巧，位居重庆主城中心的这个知名公园，一天南来北往的人多，其中自然不乏各路来的象棋爱好者甚至是棋盘高手，大有切磋的机会，赢了肯定心花怒放，就是输了也高兴，觉得自己又从中学到了一招什么"杀手锏"。

交通茶馆

陈安健去枇杷山公园，主要是跟着父亲去耍，因为他觉得那里有很多好玩的。父亲与别人在小茶桌上的棋盘上扯开战局厮杀时，他也时常会站在一边观看半晌。不过他自己并不是特别喜欢这个游戏，所以更多时候，当父亲与别人大战到物我两忘之境时，他可能已自个儿溜达到公园里山坡上的这里那里转悠去了。坡顶上的红星亭，挨着亭子不远的自然博物馆，馆旁伟岸的明代关公铜像和一门硕大的明代铜炮，都是小孩子们的最爱。当然他们真爱的并非这些物件的前世今生，而是可以爬到关公像身上去东摸一把西摸一把，享受一番莫名的兴奋，他们还可以坐到那尊铜炮的粗大炮筒上，一串孩子坐在那里活像蹲在粗大树枝上的一群猴子。既然这里是公园，所以也经常会看见有人在这里写生，尤其是春天公园里到处繁花盛开的季节。每当看见有人画画，陈安健就会跑过去，站在旁边看别人画。等人画完，收好东西走了，他才慢慢离开，脑子里也会继续琢磨刚才别人画的画。至少，这算是他跟着父亲去枇杷山公园坐茶摊得到的意外收获吧。

1966年秋天，陈安健进了小学，进的就是父亲教书的七星岗中一路小学。中一路小学创建于1942年，初建时叫"观音岩中心国民学校"，1950年更名为中一路小学，20世纪60年代中期改为红旗路小学，2009年再次更名为邹容小学。

也许是陈安健运气不好，两只脚刚踏进小学校门，学生们就不再上课了。对于懵懂小孩而言，有没有课上似乎无关紧要，反而很高兴，不上课，不就更自由、可以耍得更轻松加愉快了吗！

日子继续往前，就听到、见到了好些持不同观点的组织相互打闹

的新闻，但这些对于一个儿童而言，终究还是属于离自己比较遥远而不那么真实的故事。再到后来，两派组织拉开架势真刀真枪地干了起来，着实让好多人吓破了胆。有时候，呼啸而过的子弹就像一只只没头苍蝇一样，从长江、嘉陵江对岸飞入市中区，比如临江门、解放碑这些地区，把老百姓吓得要死。尤其又不时听见人们传说，昨晚某人在窗户边晾衣服，被一颗飞来的流弹击中而一命呜呼；或者是哪天在哪里两派中又爆发了一场大战，死伤了多少人，等等。虽然不知真假，但"传说"的力量已经很能让人们感到恐惧了。而害怕的陈安健，有好些日子，也因此被吓得连门都不敢出。

基本上就是在这样带着些恐惧的状态中过了近三年，终于到1969年中，听说又要"复工复课闹革命了"。这年秋天，学生们真的就都被召回学校，坐进了熟悉又陌生的教室。重新走进学校的学生们也被告知，现在学制缩短了，小学变成了五年，初中高中从以前的六年改成了各两年，一共四年。还有主要的，因为运动前出版的教材已经被归为了修正主义路线下的黑教材，所以现在学生所有课程用的教材都是新编的。新编教材里知识简单而空泛，完全不需要花什么时间学。但这只是发生的主要变化之一，还有更主要的变化是，即使老师在上面讲课，学生们坐下面也可以自行决定听不听、学不学，能学到多少，全靠自觉，反正最后都是开卷考试，照着书本抄答案就行。只要你不是连现成的答案都找不到，或者是根本就不想找，总之是不用担心考试成绩。还有时候干脆就没有考试，只是走走形式走走过场。当然还是有极少数学生躲开大家、悄悄地自己学习一些，但绝大多数人一天

交通茶馆

天坐教室里都像是那种漠然地蹲在井底的青蛙，无动于衷地呆望着天空，看着每天的斗转星移。

陈安健小时候虽然也会和邻居孩子玩耍，但关系一般，只有到学校放暑假时，他心里倒很盼着一个赵姓邻居家住在某个郊区的外孙和孙子来做客。因为陈安健总觉得他们每次来，都会带来一股陌生但是让他很喜欢的新鲜空气，他们的话语中总会描述出一幅幅陈安健不熟悉、但却勾起他憧憬之心的画面。晚上，他们会约着一起去不远处的较场口或是附近哪里的露天坝子看露天电影，那些日子里流行的电影基本上都是"地道战""地雷战""南征北战"等等，很难得有其他电影看。这几部电影大家不知已经反复看过多少遍了，连电影里面的绝大部分台词都可以背下来。放映到那些比较紧张的情节处，往往是银幕里面的演员还没有说出来台词，下面的好多观众已经异口同声地先说出来了，伴随着人们爆发出的哈哈大笑。但即使如此，还是不能扑灭小孩子们心中激荡的观影热情。

除了几部被允许上演的老电影，剩下的就是新生产物，即八个革命样板戏（电影）了。对于样板戏，大家不仅是看了不知多少遍，还都跟着唱，里面的台词那更是记得滚瓜烂熟，可能就差倒背如流。更进一步，因为有上面相关部门的宣传要求，所以学演样板戏还成了群众的一种时髦，也几乎是孩子们都曾玩过的游戏。

小学生陈安健就和邻居孩子们一起学演过"红灯记"。在陈安健他们这个自发的"小孩子剧团"里，一个叫胡小明的孩子扮演李玉和，他妹妹胡小兰扮演李铁梅，陈安健的二哥扮演鸠山，陈安健则扮演叛

徒王连举。演叛徒这个角色肯定让人心里不那么舒服，因为常常要被其他小孩子嬉笑甚至是玩笑般地拍打几下。但就是这样，陈安健还经常被取消掉演叛徒的资格，主要是有那么几个孩子老觉得他演得太差了，呆呆板板、正正经经、细声细气的，完全没有王连举那种油腔滑调的奸诈。大家看在他二哥的分上，好歹没有把他彻底踢出局，但是另外找了一个大家称为"小五"的男孩子，作为替补王连举。好戏开演时，没有角色的孩子都站在旁边当观众，随便站着坐着，重庆人把此行为称作"扎场子"。表演肯定是极不正规的，没人指点没人要求，就是一帮孩子随便地、尽兴地唱呀跳呀蹦呀地乐上半天，自己当观众自己演，纯粹像是小孩子"过家家"一般的玩意儿。

　　作为中国著名的三大火炉之一的重庆，夏天本来就让人热得难受，而陈安健家住的这处房子又正当西晒，就更难受了，尤其是晚上，还有就是要下雷暴雨前，闷在竹板床上翻来覆去的怎么也睡不着。所以暑假中，陈安健很多时候都喜欢约上两三个平时关系比较好的邻居孩子到中一路小学去耍，一般是选父亲要去学校有事做的日子。学校空间大，四下树木多，但房子不多，又都是很接地气的平房，所以感觉上比大街外面要凉快很多。父亲带了一个煤油炉子，还有一袋面粉（重庆人叫"灰面"）去学校，午饭基本上都是父亲动手做面疙瘩或者面块吃。到晚上，父亲做完事就回家了，几个孩子就自己到教室的课桌上去睡觉。很快，他们就发现了一个大问题。在书桌上睡觉后，几个孩子的身上都凸起不少小指甲壳般大小的红疙瘩，奇痒难忍，抓挠得渗血了也痒。经过孩子们认真仔细的调查，

交通茶馆

最后发现，原来那些课桌木板子的缝里隐藏着很多被孩子们怒骂为"坏东西"的臭虫。经得父亲同意，这一天陈安健和几个孩子去不远处的一个老虎灶提来几大壶开水，大家欢天喜地地把开水淋在一张张课桌面上，把那些臭虫烫死。

晚上，几个小孩子因为兴奋，相互嬉戏打闹好久都睡不着，渐渐地肚子也咕噜咕噜唱开了"空城计"。咋办呢？小孩子们终于忍不住，起来从陈父放在旁边的那袋面粉里小心地舀出来一小碗，掺水进去调成清糊，点燃煤油炉子，开始烙薄饼吃。为了能多烙几个，多享口福，就往面粉里多加一点儿水，把面糊调得更清些，看上去就是要多一些的感觉。有了一次这样的"作案"，肯定就会有第二次、第三次。薄饼是吃了，高兴也高兴了，但万一被陈父发现面粉少了该怎么办呢？于是几个孩子每次在"作案"以后，都会小心翼翼地用手把面粉表面抚平，看上去就像是从没有人动过的样子。

陈安健还和父亲一个姓代的同事的小儿子代祖申成了要好的朋友，代祖申年龄比他大一点儿。最开始，代祖申把自己养的几条金鱼拿来送给陈安健，立刻博得了他的好感。养金鱼是那个年代小孩子们非常喜欢的一种乐趣，但并非每个孩子都会养、都能够养金鱼。再后来，代祖申又请陈安健去家里吃饭，是他自己动手煮的稀饭。那时夏天，重庆人几乎家家都煮稀饭吃，大多人家还会在煮稀饭时往锅里加入一把绿豆，叫"绿豆稀饭"，解渴又消暑。代祖申还自己上灶炒空心菜，也自己动手调水和面烙出纸一样薄的灰面粑粑，就着稀饭吃。烙饼时他还知道撒一点儿盐、撒几颗切好的葱花，不仅闻着香、吃着也可口。

陈安健和代祖申认识不久，关系很快就上升到了好朋友级别。

受隔壁一个孩子的影响，陈安健跟着去学过吹笛子，一度还自以为吹得不错，后来才意识到实在是吹得太臭了，并说服自己，吹个破笛子声音那么张扬，不符合自己的性格，再说自己的乐感也真是差劲，怎么可能吹得出来？便扔开不吹了，转而更加埋头于画画。心里想的是，我画得好不好别人也不知道，现在也没事做，不如做点儿自己喜欢的、更好玩的事。于是乎，在很多日子里，画画就成了陈安健的主要活动内容。一个人在墙壁上画，在地上画，总之是高兴在哪里画就在哪里画。

学校一个教图画的老师发现了陈安健喜欢画画的优点，很高兴，就把本来坐在教室后排的他调整到前面去，还抽空专门教他打九宫格画画。那时不是都讲少年英雄刘文学的故事吗？所以就让他画英雄刘文学的像，流行样板戏了，陈安健又开始画李玉和、李铁梅、杨子荣、郭建光等人物。

不被要求学习的同时，学生们被安排了做很多学习以外的事，比如打扫卫生办墙报等。这样，陈安健爱画画的"本事"就有了用武之地。作为不二人选，复课后不久，他就被老师安排负责班上的专栏墙报，兼刻钢板，更被选为了班上的宣传委员。

虽然陈安健不太喜欢言语，说话小声，在邻居眼里是个很本分、很老实的孩子，但老实本分的孩子毕竟还是孩子，也免不了有调皮的时候，偶尔，童心也会受到某种诱惑，做出一些让人诧异的糗事。

023

交通茶馆

　　是在陈安健复课回小学后，有一天父亲听人介绍说市场上出了一款餐桌，很漂亮，重要的是它的材料很特殊，火烧不烂，父亲就到重庆下半城储奇门边上一家家具专营店去看。看的目的，当然是因为有几分心动。是啊，面对这种超越当时人们认知常识的东西，谁会不心动呢！尤其是在那样一个人们生活水平普遍低下且全民各种物资都稀缺的年代。不过心动归心动，那种桌子的价格也让绝大多数人望而却步：一张桌子售价三十几元，等于一个熟练技工一个月的工资。那段日子，陈安健的父亲带着陈安健在从七星岗到储奇门这段大约一公里的路上来回跑了好几趟，很显然也是因为心里翻腾着一份不小的犹豫，但终究还是没能压制住希望拥有这张"新式"桌子的欲望，最后狠了狠心，掏出钞票把这让人割舍不下的桌子买下了。

　　陈父和请来帮忙的一个朋友一起，小心翼翼地把桌子搬回了家。从那天起，每顿饭吃完后，陈父都要拿一张专门的洗得干干净净的白色抹布，细心地擦拭桌面，把那桌面擦得油光锃亮的。

　　陈安健心里也记挂着这张桌子，不过他是从另外一个角度去记挂的。孩子的心中始终感到很奇怪，为什么这张桌子会火烧不烂呢？太奇怪，也太不可能了吧！这个大大的问号在孩子的脑海中一天天膨胀，直到终于有一天，膨胀到一整个脑子都装不下了时，他决定要不顾一切做个试验来看看。反正是火烧不烂，那么烧一下也没有关系，但至少，可借此消灭了心中那个大问号吧。于是他找来一盒火柴，手多少有点儿颤抖，"啪"地划着一根，看见一朵火焰腾起，稍微犹豫了片刻，他带点儿神经质地把那根燃着的火柴往桌面上一扔，也不知道是不是

期待中的结果，反正旋即就听见虽然不那么响亮却很清楚的"嘭"的一声，同时眼睛也清楚看见桌面上那朵火花边鼓起来指头大小一个泡。陈安健本能地飞快伸出手去，把那根火柴梗连同那小团蓝色的火焰猛一下"扫"到了桌子外。但不幸的是，就在此刻他也清清楚楚地看见，在刚才那个虽然极短暂的时间里，桌面已被烧煳了大拇指大小的一团，现在无论他用手掌、用抹布怎么去擦、摸、揉，都于事无补了，只能把烧煳的颜色变得稍许淡了一些。

小孩子知道惹了祸，忐忑了好一阵子。但小孩子都有小孩子的办法来掩盖自己的错误。那天晚上吃饭时，陈安健先是抢着拿筷子拿碗，动作麻利地把筷子放去遮住桌面上自己搞的那个"杰作"，又非常积极地帮着盛饭端菜，自然也是刻意把装饭菜的碗摆过去遮住他的"杰作"。大家都吃完了饭，他一反常态还磨蹭着没吃完。母亲见了说你今晚怎么吃得这么慢，他回答说我马上就吃完了，你们不管，碗我来收拾我来洗吧。这反倒把父母给乐得不行，暗暗说这孩子今天咋一下就变得这么懂事了！接下来几天，每顿饭吃完时陈安健都是小心翼翼地去掩饰自己搞出的"杰作"。但说也奇怪，偏偏那几天父亲好像突然就不像之前那样热心于自己的宝贝桌子了，居然都没有发现桌面上多出了一个什么糟心的东西。再几天过去，小孩子的心也放下了，或者说淡忘了。其实，也许应该说是不安被小孩子藏到心底去了，所以在过去了几十年后，陈安健都还能清晰地讲出来，边讲边哈哈笑。

1972年，按以前的学龄算，此时的陈安健本应该是小学六年级

交通茶馆

毕业的学生，但无情的事实却是，和自己的同学们一样，他们连小学一年级的知识也没有正规完整地学完过。这年七月，陈安健小学"毕业"，九月，进入初中，重庆十二中。

初中上学的情形和小学相差无几，同样是稀里糊涂地上课。但对陈安健而言，同样得益于他的爱好，顺理成章地，他很快又被安排去专为学校的"五·七"战报、墙报画刊头、画插图等，老师干脆常常明里暗里提醒他你不用担心上课，专心画好刊头就行。陈安健心里想的则是，如果能一直做着自己喜欢的事情，何乐而不为呀！

中学时代是很值得回忆的，不是正常的上课，不是觉得哪一门课最有兴趣，也不是得意自己哪一科成绩最好，而是基本上贯穿了中学四年的学工学农活动。这是那个时候所有中学生的"必修"。也说不定是为了与当时已经在全民中开展的"上山下乡"运动做呼应，给中学生们提前打一支"预防针"。所以学农时很多学生也都在心里对自己嘀咕说，大概这就是为他们毕业后下农村当知青的预演吧？尽管如此，学农活动依然是绝大多数同学喜欢参加的，因为这可以让他们见到很多以前不知道的或者比较陌生的东西，可以陶醉于一个无边的天地里，被年轻和活力充斥的学生可以在田间地头随心所欲地跑啊叫啊，打打闹闹，心也由此得到无穷的自由。

四年的初中高中时间里，学农活动陈安健去了不少地方。比如沙坪坝渣滓洞1949年前国民党监狱后面的一个农场；嘉陵江对岸的江北农场；红旗河沟那边的一个农场；还有鹅岭公园边上的一个农场。

学工活动，同学们去过重庆钟表厂，但主要是在十二中学校里的校办"五·七工厂"当学工。一个个学生拿一把榔头到处敲，或者是拿着锉刀在一些铁块块上锉来锉去的，也不知道真的是要做什么，反正是按"五·七工厂"安排来的一个带队师傅的吩咐去做就好。而且每个学生心里都明白，来这里的目的并不是真的要让他们学会做什么活儿，只是来完成一个任务，是来锻炼和体验的，宣传的说法是让他们接受热爱劳动的思想教育，接受工人阶级的再教育，培养他们不怕脏、不怕累、敢吃苦的精神。

陈安健又是因为自己的画画特长，在所有学工学农活动中，几乎都无一例外地被安排去画墙报、画刊头，只有在十二中的"五·七工厂"学工时，他才真的亲身体验过一番所谓的学工劳动。

或者正是由于自己可以刻钢板、画刊头、搞宣传，使他因此能逃离了学工学农中的重体力劳动，可以不去干那些肯定让人不大好受的又脏又累的活儿，经历中有了这么多因为有这个"一技之长"带来的特殊待遇，所以有一技之长就可以帮助自己过得比较轻松、比较容易得到饭碗，能够做自己喜欢做的事这种"走捷径"的思想，就在陈安健心里萌芽、生长，引导了他走过好长一段人生路，让他在那些年里为自己树立起一个坚定的信念：人必须要有一技之长，才能找到满意的工作。

中学时同学们最喜欢学校组织的活动是搞野炊。学校位于市中区，所以野炊或春游这样的活动，大都是安排去平时去得比较少的某个郊区。

交通茶馆

　　记得有一次学校安排的野炊活动地点选在南岸区的涂山公园里，同学们都兴奋得不得了。可是这天，当学生"大部队"从储奇门乘轮渡过长江，步行穿过海棠溪，正在往山上爬时，天突然淅淅沥沥下起雨来。带队老师带着同学们加快脚步往山上爬，学生们尽量地快速努力爬到了半山处，这时雨反而越下越大了。老师看看这雨，完全没有短时间会停下的意思，心想这样子肯定不行，即使最后爬上山去，一个个肯定都会被彻底淋成落汤鸡。目前又没有条件换上干衣服，到明天，万一有同学感冒了，就是个大麻烦。于是几个老师一商量，决定放弃这次野炊活动。一声令下，尽管大部分同学不情愿，所有人还是掉头快速往山下走。回是回来了，每个同学心里都因为失去了一次可以"疯狂"、可以痛快的机会而遗憾。特别是第二天回校，听到昨天那些被安排先上山去处理杂事，先去做饭的同学们说，他们因为没被雨阻，又因为学生"大部队"没有上山，但是他们先带上去的食物已经煮得差不多了，也不可能带下山来，只好任由他们敞开肚皮随心所欲吃了。食物真是丰富得不得了，他们的高兴劲儿和心满意足更是可以想象。这让半途而返的学生们听了心里更难受更失落。都说为什么昨天我们不早点儿出发？我们都没有吃到那些好东西该怎么补偿？但无论怎样，归根结底这还是老天爷的安排，有啥办法呢？也就你埋怨几句他抱怨几句，最后还是不了了之。

　　进初中后不多久，陈安健又被选为班上的宣传委员。体现能者多劳吧，是金子总得发光。他搞的宣传专栏很受好评，也不是说水平有多高，体现出来了多少才气。陈安健自认为受到好评的主要原因可能

是缘于他做事情认真的态度。每次，只要一被喊到去做墙报出专栏，他就立刻平添了许多干劲儿，因为那就意味着他不用无聊地坐在教室了，可以开心地去做自己喜欢的事儿了。

除了为学校的墙报、校报画刊头、插画以外，平时陈安健也会画一些临摹，主要是画人物，基本上都是惯性地画样板戏中的英雄人物。画人物他主要采用以前学过的九宫格画法。先找来一些自己认为可用的画报、招贴画，在白纸上打好格子，就对着那些英雄人物开画。那些时候喜欢画画的年轻人大都是一种"自学"的状态，也包括相互学习，极少数人能有机会参加少年宫举办的属于稀缺资源的短期美术班。所以，美术基础性的专业训练，比如速写、素描等很少或根本就没有过。

在"少年不识愁滋味"的陈安健的认知里，只要能够有自己喜欢的事情做，能够有机会画画，就很满足了。如他多年后所言，正是因为那些日子里他一直没有间断地"画"着，虽然那些对他的艺术理解和技法提高可能没有很大的帮助。但重要的是，至少使他保持了对艺术积极追求的一种心态，对他后面的艺术兴趣得以延伸，艺术认识得以提高而大有裨益，它让他的手一直握着画笔。此外，这些让他不停地现身于可以展示出他的绘画特长的活动，也让他在别人的眼中有了深刻的印象。时不时地总会听到别人几句赞美，真心的也罢，随口的也罢，能被人称赞总是一件开心事，也成为推动他前进的动力。事实上，不论是在班上，在学校，包括后来高中毕业了在街道"混"日子时，因为常常被叫去一展身手，天长日久，这的确酿成了他心里一份小小的荣誉，一种强烈的鼓励。这份荣誉和鼓励，也成为他追求艺术之路上不可或缺的部分。

　　中学日子里，陈安健画的比较特别的题材就是画毛主席像。有时候他打九宫格画，有时候也不打；有时候画素描，有时候用色彩；水彩水粉的都画过。常常有人看见陈安健画的毛主席像，会由衷地称赞说："呸，你这张毛主席像画得真好哟！"这些时候，他心里就会油然生起一股压不住的成就感。慢慢地，他画画也是有点儿名声在外的意思了，市少年宫也来请他去画过，不过他已忘记了是画的什么。有时，陈母和一些美术老师被枇杷山公园或者文化宫请去为节日举办的游乐园画画，陈母会带上他跟着也去画一些。有参与肯定就会有感悟和收获。机缘巧合下，陈安健发现市中区文化馆一位姓欧的老师，经常下午去枇杷山公园，在速写本上画水粉风景。后来他就跟去站在旁边看，心里赞叹着欧老师画得实在是太好了，自己这一辈子可能都画不到欧老师那么好。受此影响，有一天他也去枇杷山公园里学着欧老师画的感觉画了一张写生风景，画面主要有一棵大黄葛树。可惜那张画后来在搬家时弄丢了，如果保留下来了一定很有意思。但至少，这次经历让他心里多了一个更高的目标。

— 3 —

　　1976年夏天，陈安健度过了在重庆十二中的四年初中、高中光阴，

毕业了。因为这时他哥哥陈安卡尚在重庆酉阳当知青，按当时的知青上山下乡政策，父母身边无人照顾的，可以有一个孩子留在身边。由是，陈安健幸运地躲开了当知青的命运，但与此同时，他也就变成了可以一觉睡到太阳西下的"待业青年"。好在依然得益于他的"一技之长"，他被当时的七星岗街道办找了去，还是帮着画专栏、写墙报。上班的地点就在街道办公室旁边，那些1949年前就存在的小平房组成的小巷子里。前些年，街道办就安排人在破旧的墙上用水泥糊出了一块四五个平方米大小的长方块，刷上点儿黑漆，用作了宣传栏。街道办原来也没有设专人负责搞墙报，临时有需要的话就抽手头得空的人去做。现在，这里就成为陈安健大展拳脚的地方了。于是隔三岔五的，人们就看见他面朝墙壁背朝天地站在宣传栏那里写写画画。很多年后陈安健自嘲说自己从没关心过街道办交给他的文章都写的是些什么内容，他只管捏着一支粉笔，把交给他的那些书面文章一个字一个字地照抄在墙上，再按街道干部布置的内容相应地画几幅插画就行了。给街道办墙报是没有报酬的，也就是借着有点事做，不至于一天天里太无聊。与此同时，陈安健心里也有几分自豪，因为能够有"官方"找你帮着做事，那是"瞧"得上你呢。虽然在陈安健看来，做这些事也不要求你有多高的水平，但还是那句话，它的重要性首先是让你可以因此留在自己喜欢的领域里，可以手里一直握着画笔，可以让自己对美术的爱好悄悄地在心里延续，可以让你有在人前露脸的机会。再呢，他心里应该还有一个很强烈的想法或者说叫"空想"：作为一个待业青年，或按当时流行的说法叫"社

交通茶馆

会闲杂人员"，在找个工作异常困难的那些日子里，自己能够被瞧得上来为街道办的工作出把力，说不定哪天运气来了，街道办要招工，很可能近水楼台先得月，在街道里得到一个饭碗；又或者，外面哪个单位来把自己"瞧"上了，招去做专门负责办墙报之类的宣传工作等，那就太让人高兴了。

除了主要做专栏外，当然也有闲暇的时候。陈安健会在空闲时间去七星岗周边写生，最喜欢的地方是半山坡的金刚塔那里。这是一座藏传佛教的金刚塔，始建于民国时期。虽说它历史不悠久但因为修建时其所承载的特殊功能作用，所以在老重庆人心里它有着极大的影响。金刚塔也是陈安健和小朋友们那时最喜欢去玩耍的地方之一。在小孩子眼里，金刚塔是一座无比高大雄伟的建筑。从前金刚塔还可以让人随意进出、攀爬，多年后，金刚塔被修了围墙给保护起来，游人就只能到此却步了。再后来塔的周边又逐渐站起来许多高大建筑，几乎把金刚塔完全淹没了。

陈安健希冀的被"意外"招工的机会最终没有降临，但不得不说，给街道办墙报还是为陈安健带来一个好处，就是让他更"出名"了，至少，让他在市中区这个小世界里多少出了几分名。随叫随到，不付报酬，而且精力充沛、尽心尽力地给干事儿，关键是还画得让大家比较满意的这样一个人，想不出名都不行呀！于是有一天两路口一个负责体育方面工作的管理机构，因为想搞一次比较大型的活动，宣传他们管着的一座跳伞塔。经陈安健一个名叫段锻的中学同学介绍，把陈安健找去，帮着搞了一个月左右的宣传工作。那是亚洲的第一座跳伞

塔，建成于1942年中国抗日战争期间，是国民政府为了重建空军抗击日寇而修建的。建成后的几十年里，不知道有多少优秀的飞行员和跳伞员从这里走出来。陈安健被叫去帮忙做宣传时，正好还有一个跳伞训练班在那里训练，都是青少年队员，看着他们矫健的身姿，陈安健着实羡慕了一把。

陈安健心里一直很记得这个段锻同学，不仅因为帮他宣传了一把让他又出了一回名，更有一件让陈安健难以忘怀的事是，段同学竟然那么神通广大，买到了两张在市文化宫上映的南斯拉夫出品的《瓦尔特保卫萨拉热窝》电影票！这部电影对当时国人的影响，完全无法用语言形容。电影所到之处，一票难求。看完这部电影出来的每一个人，如果没有激动万分的话，大概就只能是木头人了。陈安健自然也不例外，所以这么多年过去了，还清楚记得当时段锻同学把电影票放到他眼前时带给他的那份震撼。

1977年一声"春雷"响起：全国恢复高考。严格意义上说，陈安健从小以来直到参加高考前，都没有受过正规的美术专业训练，只是在妈妈的影响下，在姨妈的指导下画过一些石膏像。用他自己的说法是，虽然学习得不系统，好歹保持了对美术的浓浓热爱。

很多年以后，有人这样总结说，1966年至1976年那段时间，数理化这种学科肯定是被打入"冷宫"了，因为既没有人教，也缺乏可以自学成才的必要条件。因此，能够最普遍被大家接受的学习，主要就是音乐、美术、体育等文科类专业，隔壁邻居的孩子们有此类兴趣爱好的会相互影响。重要的是，有这些特长的青年人可以得到更多的

交通茶馆

机会，比如参军、招工等的优先或特招。就算最不济，还是下乡当了知青，也可以凭着这一技之长，少干许多体力活儿的同时，还可以为自己挣回更多工分。由于学习音乐需要乐器，而且可能是价格不菲的乐器，并需要有专业的人指导，但当时人们的生活水平低下，这两个必要条件很大程度地限制了很多人能走上学音乐的道路。相比之下，美术学习就显得简单容易很多。画画所需要的必要条件相对轻松易得，再加上那个年代社会大环境对会画画的人有较大量的需求，所以有不少年轻人选择学习美术这条路。那个年代愿意进入美术学习的，基本上都是出自本人内心的喜爱。兴趣爱好加生存的需要，可能正是大家能够进入并坚持下去的最好理由，也是能够发挥自己主观潜能，爆发天赋，获得成功的最好动力。正因如此，后来才从77、78级的美术学生中，走出了那么多中国当代艺术的领军人物。

有次问到陈安健高考时为什么会想到报考四川美术学院，他的回答是：突然得知可以参加高考了，高兴劲儿是可以想象的。那时反复思考，觉得自己除了会画点儿画以外，其他一无所长。再说，反正现在也没有工作，去碰碰运气吧。就报考了川美。

其实，就在这次高考前不久，陈安健本来有另一个机会报考一个中专学校。他记忆中好像是维尼纶厂的五·七技校。但是不知道为什么，这一次父亲竟对他说，算了吧，你不是学理工科的料，他也就放弃了。反正他那时对自己的"命运"也是模糊的，没有明确的目标，加上他也清楚自己在理工科方面的确不怎么擅长，那就听家长的吧。事实上他对自己该怎样选择未来真的是没什么主见，如果父亲当时对他说你

去考吧，他肯定也就去考了。也幸好，放弃这次机会后没过几个月，就传来了大家都可以参加高考的消息，把他心里或许还仅存的一丝因放弃中专考试而产生的遗憾彻底冲淡了。多年后他感叹自己是幸运的，万一考上了，首先是不知道自己会被迫学得多吃力，再者，肯定今生与"茶馆"画无缘了。到今天大概率就只是一个技术或许说得过去，工作也还算认真的车工或者钳工，再加上是一个业余的美术爱好者。他说，坦率讲，那次他心里其实多少也有些想去考技校，重要的原因是受社会上那些年流传着的工作不好找这种说法的影响，同时社会上广泛流行的都是人要有一技之长，不然别指望有工作。如果他去读了技校出来，有了一技之长，工作就没问题，就有碗饭吃了。

随着那年金秋的脚步，陈安健在规定的时间到黄桷坪川美老校区报了名，报名地点在进了学校大门右边的一排平房那里。报名时，要交几幅素描作品给老师看。他记得自己交的有画的青年石膏像，还有一张素描的耶稣分面像，是赖深如老师看的。

陈安健至今都还记得去报名交作品时有过一个小插曲。一个考生交了一幅炭精（粉）画像，是画的周恩来。陈安健当时觉得那画画得真的很像，但却被老师否定了，因为按报考美术生专业的规定，这种炭精画不符合要求，结果这个人连名都没有报上。

还在全国高考消息出来前的六月初，陈安健跟着妈妈和一些叔叔阿姨大老远地从市中区去了一趟远郊区的南温泉公园。那时候的南温泉公园是重庆人去远郊游时为数不多的主要选择之一。那天他在公园里画了几张写生画，其中有一张八开纸的水粉山水，自觉画得比较得意，一直保留到今天。这幅画的正中央，一条静静流淌的小河，是那时重庆人大都知道的花溪河。小河两旁岸边，长着挺拔茂密的树林。画中的远方，高耸着一座雾霭大山。河面上泛着数只小舟，每只小舟上有四五人悠闲地划桨，仿佛可以听到他们手中的船桨轻轻拍打着水面发出的宛若抒情曲般的水声。最有意思的是这几只小舟上的划桨人，陈安健说那些人都是出自他妈妈笔下的"杰作"。他哈哈笑着说妈妈把这些划桨人画得好像是小孩子玩的跳棋棋子一样。通过这幅被幸运保留下来的画，我们可以看见几个月后陈安健参加高考时的绘画基本水平。如果要对这幅画下个简要结论的话，也许我们可以这样说：严谨、自由、抒情（图1）。

和1977年全国各高校出现的考生报名情况一样，这一年报名参加川美的考生也有点儿人山人海的意思。报名后大概两三周吧，正式的考试开始了。

川美的专业考试（重庆片区）在黄桷坪老校区进行，这一年川美的专业考试设置了两个考室。一个在当时的教学楼二楼，考试内容是素描、画青年分面像、画块面，陈安健自认为他画的形很准，但最后的效果如何并不知道。另一个考试地点设在川美礼堂里，考创作，命题画。川美的夏培跃老师在考场给考生宣读了两个题目，一个是"为革命而学习"，还有一个题目陈安健甚至都没有听清楚，直接就选了"为革命而学习"。

川美1977级的专业考试只考了素描和创作两门课，文化课考的语文和政治。当年乃至后面好些年里，对于艺术考生，学校的主要重

图1 《南温泉风景写生》（34.5cm×26.5cm，1977年6月）

点都着眼于考生的专业水平上，文化课的分量相对位居其次。就是说，综合分按一百分计的话，专业分数占的比例远远大过了文化分数的比例。正因如此，像陈安健这样高中毕业但对艺术却有一份执着并付出了极大努力，也卓有成效的考生，就从中受益匪浅。随着社会的大踏步前进，学生的各方面素质包括文化水平也越来越高。

从高考报名到考试结束，陈安健的确也有过一些莫名的兴奋和激动，但他自认为考试时完全没有半点儿紧张。他总的感觉是，反正自己考不考得上都无所谓，并不会多失去什么。所以无论是参加

交通茶馆

专业考试，还是文化考试时，他认为自己应该就是按部就班地画完了、做完了考题，也没在乎答对了还是答错了，考成了什么结果。也许他当时根本就没有把这次考试当作可以改变自己命运的一个机会，不管怎么说，高考完后，陈安健对自己的考试还是很自信，自认发挥得还算好。

川美报名时，要求考生填专业志愿。陈安健填报了油画专业。他绝对是做梦也没有想到，这一次的考试，竟真让自己走进了真正的美梦中。

1978年的某一天，不那么激动也不那么兴奋的陈安健收到了四川美术学院的录取通知书。1978年初春里的某一天，不那么激动也不那么兴奋的陈安健作为中国高校天之骄子1977级学生之一，走进了位于重庆九龙坡区黄桷坪的四川美术学院校园，成为川美1977级油画班的一名学生。川美1977级油画专业班一共招了20名学生，4个女同学，16个男同学。总人数比1966年前每年的新生多了一倍，但如果均摊到停止高考的11年上，等于每年招收不到2人。随着日子一天天过去，这个油画班被中国艺术圈冠名以"明星班"，班上的多数学生不辜负曾经的理想，成为中国当代艺术的领军人物。

4

黄桷坪位居重庆主城西郊，直到20世纪70年代末至80年代初，

己的"学习"这辆车的车轮停下来。陈安健自然也看得见同学们的努力，感受到从他们的努力后面强烈地迸射出来、向上蓬勃生发的追求。

虽说的确被"吓"了一大跳，但陈安健心底时不时地还是会生出几分得意和自豪。1977年全国高考竞争那样激烈，学生录取比例创下了中国高考史上空前绝后的纪录，最后能够被录取的学生，虽说可能也带了几分运气，但每一个人都是了不起的。就说川美1977级油画专业，重庆本市考进来的也就那么几个人，能成为几个人之一，不该自豪一下吗？

进川美后没多久，基于中国的改革开放的形势，很多国外电影、电视连续剧兀地出现在人们眼前。陈安健第一次看日本电影《追捕》，记得是在学校唐坪村看的，但已不记得是哪个老师主动提供的一部小黑白电视机，摆在他家门口，好多人都去那里看。因为屏幕太小，稍微站远点儿就连屏幕上的人都看不清楚。但即使这样，这部电影也足够让陈安健看得热血沸腾，还有点儿胆战心惊的，从头到尾，整个人都完全被电影中的情节震住了。特别是看见横路径二拿刀把自己的手用力戳了一下的镜头，忍不住自问，原来电影还可以这样拍呀！

认真说，从外国电影里感受到的这种"新奇"，不仅让陈安健受到了不小的刺激，也给他带来不大不小的启示，他开始时不时地问自己，我的作品，也可以学着这样"剑出偏锋"吗？

陈安健的社会经历简单，想学画画的目的也简单，就算走进了大

交通茶馆

学的目标也不高：毕业后有个满意点儿的、喜欢的工作。这个目标和他那些很多渴望成名，成为艺术大师的同学一比，真是差之千里。正因为一直被这个简单的目标支配，所以在1979年的第四届全国美展和1980年的第二届全国青年美展举办时，陈安健居然一如既往地稳坐如山，既没有激动也没有行动。而与此同时，其他大多同学都在热火朝天地忙着创作准备参展，或在为实现自己人生远大目标的路上努力拼搏。几次国家级大型展览下来，罗中立的《父亲》《岁月》《春蚕》，程丛林的《1968年×月×日雪》，王亥的《春》，高小华的《我爱油田》《为什么》，杨千的《千手观音》，何多苓的《春风已经苏醒》，朱毅勇的《山村小店》《父与子》，周春芽的《藏族新一代》《剪羊毛》，李新建的《源远流长》，莫也的《母子》，罗群的《黄金时代》，陈宏的《传》等等，一大批同学的作品在美展上斩获多种奖项，一鸣惊人。

　　不过严格说起来，陈安健也并没有完全与大展失之交臂。比如，在程丛林和高小华做参展创作时，他都被"邀请"去扮演了一个头扎纱布的伤员角色，出现在画中，出现在全国大展中，只不过不为一般人熟知而已，当然也就更谈不上为他换回来一星半点儿荣誉。对于自己当年以这副"伤员"的模样参加进全国大展，多年后陈安健开玩笑说，不知道为什么我总是要这样受伤！此外，说起来陈安健还是有一点意外的收获。当程丛林在为自己的创作收集人物素材时，陈安健看见他画的自己那副模样似乎蛮不错的，于是也跟着他画了一幅自画像，并把它保留至今，成为自己确实也参加了大展的"证据"，也给自己

图2 《自画像》（18cm×21cm，1979年）

留下一个难得的纪念（图2）。

  一心只希望着将来能有份比较满意的工作则足矣的陈安健，不仅缺席了国家级的美展，甚至就连重庆本土艺术人士举办的民间美展，如1980年1月在重庆沙坪公园里举办的"野草"展，他也没有

交通茶馆

动念头投身进去搏一把。等他后来不知怎地有了点儿想法,想去参加第二次"野草"展时,展览却因故取消了,且之后再没有举办,于是陈安健与这个在中国艺术史上颇有重要历史意义的美术展览也擦肩而过。

古人云:与其临渊羡鱼,不如退而结网。陈安健用自己的实际行动证明了他那时宁愿临渊羡鱼,不愿退而结网,因为他当时已经被自己无意中编织的一张网给网住了。

或许真还是得益于从小养成的天性,从来不想当那种发号施令的孩子王,陈安健成为了大学生,平日的行为准则依旧是不张扬,不参与社交,喜欢一个人埋头闷声做事,他自认这很符合自己的性格。他不渴望做什么大事,更觉得成名成家离自己太遥不可及,纵使自己无论如何努力也是根本不可能达到的。他说那种想法之于他,就好比是猴子千辛万苦想把水中月捞出来也不算过分。

陈安健还没真正搞明白自己努力画画究竟是为了什么时,班上的好多同学都已经创作出了载入中国绘画史的作品。所以陈安健一边置身于这种有些高压的环境中,一边困惑但执着地走着自己认定的路。

身为1977级大学生的陈安健其实也并不是完全没有远大理想。和很多同时期的艺术追求者一样,他也沉迷在国外一些风景画大师的作品里。那时对陈安健影响极大的艺术大家包括了列宾、苏里科夫、希施金、列维坦等等。他心里也一直有着一个情结,渴望成为一个像希施金、列维坦等那样的风景画家。为此他临摹了不少他们的作

图3 《临摹希施金油画风景之一》（84cm×61cm，1980年）

品，学习他们如何画森林。临摹他们的画时，他甚至都感觉到了希施金的画中有鸟儿在鸣唱（图3、图4、图5）。促使他当时这样做的动力是，风景画可以有很多人喜欢，别人挂家里会非常好看。反之，有多少人会把与自己无关的人物画挂在家里看呢？

　　遗憾重庆周边并没有他在希施金等人的风景画中见到的漂亮森林。那是俄罗斯的风景，陈安健生活的环境不是希施金那样的生活环境。但为了能成为希施金那样的风景画家的目标，陈安健千辛万苦地独自专门去了云南普威林场画森林风景。可是到了那里，他只

图4 《临摹柯罗油画风景》（84cm×61cm，1980年）

图5 《临摹希施金油画风景之二》（115cm×75cm，1980年）

图6 《云南普威林场风景》（50cm×37cm，1980年）

看见了大片的"亮脚林"（当地俗称），林下光秃秃的。没有灌木，没有水，只有干燥，当然也没有树林映在水里的迷人倒影，俨然一幅枯燥乏味的景象让陈安健顿时失去了兴趣。虽然最后他也画了几幅画，却是在满腹失望，压抑下的勉力为之，带着一腔失落回到学校（图6）。

多年后他回忆道，画森林对于自己来说，应该还是"土壤"不够，自己根本没有希施金的那种根基，所以画不出自己喜欢的森林。

在校期间，他也去过大凉山写生，是和冯晓云、杨千等同学一起去的。但同样没有找到什么感觉，稀里糊涂地画了些画回来，随手就不知道给扔哪里去了。还有一次学校安排去敦煌采风，临摹敦煌壁画。当时在陈安健眼里，那些画好像都画得差不多，其色彩的确很漂亮，但因为没有保护好，斑斑驳驳的。后来他意识到应该是自己那时的境界不够，没有想到可以怎样在自己的艺术中利用它们的感觉，最后也是随便临摹了一些，回来也丢了。

虽然是说一天天在稀里糊涂中度过，但毕竟也还是悄悄地在思索。这样终于有一天，陈安健猛然地醒悟，自己可能犯了一个很致命的错误。帮助他照见了自己犯错误的那面镜子，正是看见了同学们参加多次大展后满载而归的一个个事实。那么多同学获奖，个个都那么光鲜亮丽，这让本来似乎心甘情愿地侧身站在一边的陈安健突然间有点儿觉得哪里不对了。仔细审视、思索一些日子后，他终于认定，自己差的应该首先不是绘画技巧不好，而是自己目光短浅、目标定得太低，作茧自缚般地让自己一直都在原来的那个小目标点上原地踏步，心理阴影太大，陷在妄自菲薄的怪圈之中。不像罗中立、何多苓、程丛林、高小华等一些同学那样，他们一直抱有成名的想法，站的平台不一样，格局不一样，眼光不一样，结果也就大不一样了。

能认识到问题肯定是大好事，但找到解决问题的办法，这两者之间的距离很有可能是无限的。陈安健就此深陷在一种说不清道不明的困惑中，也可以说被网在了另一张网中：现在自己到底应该怎样做呢？

图7 《川美小树林》（39cm×27cm，1979年）

  好多年过去，陈安健又把自己保留下来的学生时代画的一些画找出来看，比如有一幅八开大小的油画纸本，是画的黄桷坪川美外招楼外的小树林（图7）；有一张去南川画的写生（图8）。还有一次陈安健去重钢写生，画了一张也是八开的纸本油画，取名《炼钢工人》。开始他自己觉得这画很一般，程丛林看了说这幅画得不错。听了程丛林的夸奖后他再去看，觉得好像真的还不错吔，就把它贴在寝室门后

图8 《南川写生风景》（47cm×34cm，1981年）

面。其他有同学看见了也说画得好，要他请客。他回答说，没有钱，请你们吃咸菜吧。当然这也是开玩笑。事实上大学时同学们都囊中羞涩，更别提请客了。

　　大学生陈安健当时认为自己的画几乎都不咋的，今天回头去看那些被幸运地留下来的画，觉得画得也蛮不错的。不过他也对自己说，从高要求上去看，这些风景画，包括后面好多年里画的风景画，都只应该算跟风之作，基本没有个人风格。

陈安健认真回想后，得出的结论是，当时的自己缺少了一种自信，主要还是因为幼稚，经历少，经验不足，对事物的观察和认识不成熟，对艺术的认识肤浅，对画的解读能力弱，总的来说就是自己艺术水平不够。

四年大学期间陈安健画得也不算少，但没有什么很满意的作品。记得比较满意的有一张八开的纸本油画自画像。准确说他满意的是那张画的创意，背景取自毕加索的一张画，是一片海滩。周春芽看见了，说这张不错。听见周春芽这么说，陈安健心下思量那这幅画一定应该好卖，就把它拿到学校的红楼小卖部去帮着卖。结果不但没有卖掉，最后画还弄丢了。丢了就丢了吧，陈安健也没去找。一是交画的时候并没有登记，那时候大家都是这样做的，只想的是别人愿意接手你的画去帮你卖就已经不错了，哪里还会坚持要做什么登记。二是那时画家本人保存自己作品的意识也很差。大家都想的是，我以后画得会更好，现在画的留下来也没多大意思。

毕业前的1981年，陈安健画了一张取名《小花花》的油画，是学法国印象派绘画大师、点彩派创始人乔治·修拉那种点彩技法画的：立幅，整体呈淡蓝色调。画面上是一个小女孩，蹲在那儿给一盆花浇水（图9）。这幅画被选去参加了建党六十周年四川美展，及四川美术学院赴京油画展。这是陈安健的作品第一次正式参加展览，而且在四川美展上还得了奖，当然也是他的作品第一次得奖，还获得了200元奖励，把陈安健给乐坏了。在那时普通人眼中，这是好大一笔钱了。他听别人说，当时的省美协主席李少言很喜欢这幅画，

图9 《小花花》（70cm×95cm，1981年）

但还是因为没有保护意识，结果陈安健自己都不知道这幅画最后栖身何处了。

在好多年过去后，陈安健才有了保存自己作品的意识，另外还知道收存其他人的作品了。比如有一次他去北京，专门到陈丹青工作室买了一张画。后来又给陈丹青发短信，说丹青大哥我和你打个商量，今后二十年你能不能每年都卖给我一张速写？于是，在今后的日子里，陈安健对画作的保存和保护意识也慢慢在增强。

1981年下半年，川美1977级学生开始准备毕业创作。

陈安健和程丛林共用旧教学楼里的一个创作室。陈安健最后交上去作为毕业创作的作品，除了《小花花》外，还有另外几张。包括一张《白桦林》风景，一张《伐木者》，还有一幅名为《瞰山城》的立幅风景作品。从选材上我们或许可以看出，陈安健之所以会重点选择这种题材，也清楚地证明至少在这个时候，他整个人还是被对希施金等风景大师的仰慕给拘束着。《白桦林》没有为他换来任何人的注意，而《伐木者》倒是被当时中国唯一的权威美术刊物《美术》在1982年第4期发表出来。不过《伐木者》后来去向了何方，陈安健依旧是不知。作品《瞰山城》高约150厘米。在山城土生土长的陈安健早已把山城模样深深地印在了脑海里，所以他并没有通过写生去画这幅画，全凭着自己的记忆、感觉、想象完成了这幅作品。甚至也可以说，这幅作品是真正从他心底生长出来的。这幅作品大体构成有几层，他从自己记忆中的好几个典型地方各自选取了

交通茶馆

几条街道来表现在画面中，有七星岗的、临江门的、中兴路的、望龙门的等等。画面多以吊脚楼为主，在老重庆的建筑之间，也夹杂了一些最近两年才出现的新房子，似乎是以此提示老重庆的新发展。为了增强画面的丰富性，他在画面中间平行穿插了一些街道、巷子。重重叠叠的各种建筑，起起伏伏的曲径小巷，整幅画立体地展现出重庆人俗话中所说的"重庆是山城，山高路不平"的特色，也让人感知到在这个山城里涌动着的一种川流不息的感觉。但即使对于作品《瞰山城》，陈安健心里也并没有很兴奋，他一会儿觉得这幅画画得不错，一会儿又没了信心，就像心头有个钟摆在晃荡似的。这也说明他当时对于艺术的认识处于一种什么状态，充分表现出来他的不确定性。毕业展结束后，陈安健又是把《瞰山城》交给学校红楼小卖部去卖，并被一个外宾买走，他得到了200元钱。后来他常觉遗憾，说这幅画倾注了很多他从小到大的家乡情感，可是却连一张完整的照片都没有留下。他那些年的作品，也大都没有留下任何照片，只有淡淡的一些记忆。

川美1977级学生的毕业作品展非常随意，作品没有进美术馆，就挂在他们的教室里，谁愿意去看就去看。也没有说谁的作品过不了关不能毕业的说法，从老师到学校领导对1977级的印象都很好，早就认可了1977级学生的水平。要说，这时陈安健心底多少还是觉得自己的画画技巧不算太差了，只不过在其他更优秀的同学们面前，自己那点技巧就不算什么了。同学们头上顶着的光环太亮，太炫目，已经把他完全覆盖了，时常让他有点喘不过气来的感觉。好在他还始终

不断地给自己打打气,说慢慢熬吧,也许会有出头的一天。

陈安健讲起做毕业创作时的一件趣事。程丛林做创作时,想在自己作品的画面上堆出一种肌理效果;他想的是增加颜料的厚度,把它做厚一点,再用颜色来罩出一种被岁月蹉跎出来的有些脏的感觉。他还对陈安健说你那幅《瞰山城》也需要这样处理,但那时候条件差,没有底料,也没有做肌理的材料,于是程丛林就把白色油画颜料厚厚地敷到画布上。可是因为冬天天冷,敷上去的颜料很不容易干。程丛林不知从哪里去找来一个小炉子,炉子里面烧着钢炭,把它摆在离画很近的地方,就这样去烤颜料,希望能尽快把颜料烤干。最后这项"壮举"被勉强完成,但实际上却是外面看去颜料是干的,里面都没干,还稀软着,如果一个不小心被什么碰撞上,那就全坏了。

四年大学学习,尽管陈安健没像其他好些同学那样早早就有了远大目标,并且在学生时代就已经站在了实现自我的高台上,但能够成为1977级学生之一,他心里还是觉得这确实该归结于有一分好运气。他和好些同学都曾经有过相同的感慨,能够进入到川美这种专业学院学习,对自己追求艺术的帮助之大真是无以言表。他很清楚地认识到,如果没有走进川美,没有进到公认的1977级明星班,没有在心底埋藏下那么多的自我反省,没有受到那么多压力下的强力鞭策,他后来就完全不可能有那些不安分的想法和进一步的努力。最大的概率就是得到一份安稳的工作,最好的结果就是在哪里做个美工,甚或成为一个美术爱好者,画上几笔,就足够了。

交通茶馆

陈安健在读书时有没有谈过恋爱呢？没有过，虽然他确实也有过比较喜欢的女同学，但仅此而已。应该是既因为年纪小，又因为社会经历简单，所以对恋爱的认识不那么明确，也不那么强烈，没有经验更没有胆量，不知道该怎么去接触女同学去表露心声。当然，此外还有一个很重要的原因：那时候大学规定学生在校期间是不准谈恋爱的，虽然也有同学悄悄谈恋爱，但那些听上去吓人的处罚规定还是让大多情窦初开的学生望而却步。

简单说，陈安健基本上是在一种很"老实"的状态下，渴望"上进"却又不清楚该怎样"上进"，几乎呈现为"边缘人"的状态下度过了自己的四年大学生活。他多年后哈哈大笑着总结道：稀里糊涂地进了学校，稀里糊涂地就毕业了。

5

1982年2月，1976年后首批经高考进入高等院校的大学生毕业了。

毕业分配，陈安健理所当然地得到了一份工作，他被分配到涪陵地区文化馆，主要负责宣传。这份工作，与他当年在七星岗街道办免费画墙报时天天心心念念想要得到的工作大同小异。和陈安健同时分配到涪陵地区文化馆的，还有川美版画专业1977级的一个学生梁益君，分配后，他比陈安健还稍早一些去了涪陵。

涪陵地区文化馆当年的条件并不好，只给陈安健和梁益君两个人分了一间不大的宿舍，同住。

但是在涪陵地区文化馆的具体工作却让陈安健很是接受。日常他们就做一些与文化宣传、文化活动相关的工作，时不时也按馆里的安排，组织开展一些文化项目。比如文化馆配合地区工作的需要开展的宣传，馆里为美术爱好者办的美术培训班，有时候省里（四川省）要举办美展，地区文化馆会把消息散发到全区，然后地区里的美术工作者和爱好者就会按时把他们创作参展的作品交来馆里。陈安健和梁益君负责对交来的全部作品做第一次筛选，觉得够水平的作品就交到省里，由省里最后确定参展作品。

总之，在涪陵地区文化馆的工作带给陈安健的感觉是轻松、清闲，很单纯，不紧张，工作中还可以交到朋友。这样的生活让陈安健喜欢，也符合他性格一贯的追求。除开文化馆的工作以外，陈安健自己也画一些画，主要还是风景，不过也基本上都没留下来。留有一张是去离涪陵有五十多公里远的一处风景点丰都鬼城公园里画的油画风景写生：横幅，宽约一米，是学梵高的风格。画面上主要画了一棵生长在山坡上的大树，远景是滚滚东去的长江。如果没有这张画作依据，他在涪陵度过的几年光阴，倒很像只是一个梦。

陈安健分配到涪陵工作后不久，经人介绍认识了现在的夫人，几个月后，两人结婚了。夫人是重庆人，结婚时她在解放碑幼儿园上班。婚后，夫人继续在重庆工作，两人也就开始了在那个时候很常见的两地分居生活。幸好涪陵到重庆算不上太远，也幸好陈安健的工作

交通茶馆

不那么忙，更幸好陈安健还遇到了一个热心且通情达理的刘馆长，所以陈安健基本上每个月都可以回重庆一趟，在家里待个三到五天，再回涪陵。

涪陵地区政府所在地，位于长江和乌江的交汇处，距离重庆主城一百多公里，是一个中等规模的码头城市，春秋战国时期曾为巴国国都。涪陵盛产榨菜，被称为榨菜之乡，但20世纪80年代的涪陵，还属于比较贫穷的地区。那时，人们来往于重庆和涪陵之间的交通工具主要是长江轮船公司的"东方红"号客船，开船路线是从重庆到武汉或者到上海的，中途会路过涪陵。那会儿，几乎很少人选择坐车，一是车次少得可怜，二是山路崎岖狭窄，正常情况下也要准备忍受强力颠簸七八个小时。从重庆乘船顺水而下去涪陵，平平稳稳舒舒服服地在江上行六个多小时就到了。但从涪陵逆水而上到重庆就要麻烦得多，因为客船逆水到涪陵时是晚上，所以客人得在船上住一晚，加上上水行船本来速度就慢，还有沿途的江上交通管理，最少第二天早上稍晚，船才会到达重庆朝天门码头。当秋天和冬天，遇到浓雾的日子，船到朝天门码头时可能会是第二天下午甚至晚上了。

有一次，陈安健带着夫人一起去涪陵。平常他回涪陵，都不会事先去离码头比较远的轮船售票处买票，因为那得要提前很早去，而且几乎每次都要排长队，很让人心烦。所以基本上他都是直接到江边码头客轮停靠的趸船那直接上船，然后在船上补票。殊不知，这一次他俩人的运气不好，那天的船票卖超员了不少，在当时这种情况也是屡

见不鲜。结果他俩因为没票上不了船，虽然和那个检票员解释了半天，但人家就是不买账。陈安健不甘心，不愿意离开，就带着夫人在客轮边那个检票卡口处徘徊，想得空再去游说一下检票员。也不知到底是什么原因，还没等到他们再次去游说，那检票员竟发善心，主动招呼他俩过去放他们上了船。陈安健后来自己猜想，可能是那个检票员看他俩在那里站了老半天也没走，又觉得他俩天生就一副和善面孔，而且他俩又只是白天在船上待几个小时，到涪陵就下船，不占舱位，相当于火车的站票。陈安健一直觉得这是一次非常有意思的、有纪念意义的"旅行"。可惜画面不好表现出来几个人的心理活动，否则他真的很想就此画一幅画。

陈安健回重庆时，大多时间也会顺便回母校川美去"打望"一番。倒不是说那里有什么强烈的吸引力把他"蛊惑"回去，也不是说有渴望去学习一番让自己跟上艺术发展的脚步这种想法驱使他，最大的原因，只是潜意识里受到一种隐隐的推动，推着他走进川美校园，走进那个他熟悉的，曾经挥洒过青春汗水，浇灌过许多青春梦想的地方。每次回去他主要是去看望一些留校的同学，拜见一些老师，和大家聊聊天，也交流一些创作心得。见面最多的是程丛林，毕竟他们之前在一个寝室里同住了四年。他也会把自己那些日子画的画带些去给程丛林看，请他帮着点评。在陈安健心里，程丛林现在是有着大名头的艺术家，请他指点理所当然。

1986年新年后有一天，陈安健又一次来到了黄桷坪川美校园。他漫步在校园时，碰见了进川美时的同班同学黄同江，他毕业前考上

交通茶馆

了川美国画系的研究生，毕业后就留在川美师范系任教。黄同江看见陈安健，打个招呼，摆谈中问起他想不想调回学校来，说是师范系现在正差老师。陈安健哈哈一笑，说这怎么可能呢，调得回来吗？然后陈安健又到了师范系，看见1977级雕塑专业毕业的孙闯老师正在一间教室里给学生上人体雕塑课。陈安健读书时和孙闯的关系也不错，正好碰见课间休息，陈安健走进教室和孙闯闲谈起来。孙闯也问陈安健，你没有想过调回学校来吗？陈安健回答说当然想啊，但可能吗？孙闯说你是1977级的，怎么不可能？现在学校正差教师呢！

接连听到两个同学都说出相同的话，陈安健便开始认真考虑起来。和孙闯道别后，陈安健来到程丛林家里。他主动问程丛林，听说师范系现在很差教师，你能不能帮忙给我引荐一下？毕业分配时程丛林留校在油画系教油画，因为作品好，有了名气，说话也有些分量。程丛林听了一口答应，说他去找叶毓山院长了解一下，顺便也推荐推荐。

回头去看，20世纪80年代初中期，整个教育系统都面临教师稀缺的困境，只靠极少数毕业留校的学生和师范院校的毕业生来补充，满足不了学校，特别是高校的快速发展需求。在这种情况下，各校都盯上了之前毕业的1977级、1978级学生。由于这两届毕业生读书时和毕业几年后在社会上建立起的良好口碑，因此基本上凡是愿意回校教书的，学校都会非常欢迎。

陈安健这次假期休完后回到涪陵，有人来悄悄告诉他，重庆市渝中区文化馆给他发了份商调函到地区人事局，但是因为地区不想放他

走，就没有通知他，把调函压下了。

陈安健之前的确也找人去重庆市渝中区文化馆联系过工作调动的事，突然听说商调函来了可又被压下了，闷闷不乐又一筹莫展，想不出该怎么办才能够说服地区人事局。也巧，没过几天，川美的商调函也来了。这些日子里陈安健本就关注着工作调动的事，所以马上就知道了这个消息。两者一权衡，还是最想回川美。接下来经过他的一些努力，地区人事局终于同意了他的工作调动。

让陈安健很高兴的是，虽然自己被耽搁，多等了这么些天，但终于如愿以偿得到了重返川美的机会，不然，他就很可能成为了市中区文化馆的一个文化干部，继续做与他在涪陵地区文化馆已做了四年多相同的工作。

6

1986年2月下旬，在离开川美四年后，陈安健终于如愿以偿回到了川美，成了师范系的一名教师，主要上素描和油画课，也带学生外出写生。

1986年3月，陈安健调回川美还不到一个月，夫人给他生了个大胖小子，写出了又一个虽然普通却也是双重喜庆的故事。

回到川美教学的陈安健，讲课非常上心，认真细致，教学方法灵活，很受学生欢迎。有个同学后来回忆说，刚进校那年，有一次画石膏写

交通茶馆

生课，陈安健看见她画错了，并没有直接去指出她错在哪里，转而教她用他的方法去观察：比对整体与局部、局部与局部的关系。使得还是新同学的她很快就知道了问题所在，掌握了方法，建立起画面整体性观念。陈安健也总是欢迎同学们课余时间去他的工作室看他的创作，和大家一起聊创作的过程、想法，讲述自己的心得体会，用浅显易懂的道理让同学们明白艺术怎样来源于生活又高于生活。

陈安健在重庆土生土长，对语言不敏感，说不好普通话，所以上课也说重庆话。遇到学校相关部门要来检查，他只好被迫讲几句"川普"，蒙混过关。他为自己辩护的理论是：一个人要想真正走进一个地方去，肯定要能听得懂当地人的话，尤其是像我们四川、重庆文化底蕴深厚、有特点的地方。一个学生如果连重庆话都听不懂，那肯定就和我们的城市、当地人脱节了，又怎么能融入呢？所以他的方法是，讲重庆话时如果学生听不懂，他会尽量说慢一点，重复几遍。至少他认为这个办法很管用，因为学生们对他的喜欢是有目共睹的，学生们的学习效果也摆在那里，就是最好的证明。

调回川美工作后直到20世纪90年代末期的十几年里，他依然沿袭着自己之前的逻辑思维和方式，也可以说是很随意的习惯方式，在不断磕碰中前行。虽然也有几张自觉还行的画，但也没有特别值得炫耀的作品，可以用马尾穿豆腐——不值一提来总结。他自诩其实属于可塑性比较强的那类人，什么题材都能画，但就是找不到最合适的题材和切入点。没有明确的目标，一会儿画这个题材，一会儿画那个题材，杂七杂八的什么都画，不知道该怎样延续一个题材。总的看来这

个时期他的艺术创作大的方向还是在寻求自己技法的结合点。画得比较多的依旧是小情小调的乡村风景、凉山风景、街景。没有好风景画时，也画些其他的，如少数民族人物，肖像。这些画多数尺寸不大，完成后就被人拿去当作旅游商品卖给游客，这些游客主要是来川美参观、来重庆旅游观光的外国人。卖掉一张陈安健可以得到几百元钱，为此他也觉得满足了。他画过不少凉山风景和西藏人物，因为那些日子这种风情画很受欢迎，尤其是藏族群众题材画，在市场上很受欢迎。他开玩笑般地说，藏族群众画好走（卖）一点儿，可以给自己"多找点儿稀饭钱"。回头想想也可以说那些画画得不错，但再一想，大家都画相同的题材，又有什么意思呢？

遗憾的是，由于当时相机还不那么普及，二是他自己的意识不够，从没有想过把那些画都拍一张照片留下来做资料，所以会觉得像是这一路走过来的路莫名其妙地少了一段，泛着一种遗憾。

当年川美1977级油画班的好些同学这时都成了名家，这对陈安健无疑既是带着几分苦痛的刺激，也是让他热血沸腾的强烈鞭策。因此他常常对自己说，一定要对得起这个明星班，对得起作为川美1977级油画班一员的这份荣誉，一定要努力地赶上去。

陈安健这时心里已很明白，他与那些头顶光环的同学们相比，在专业技巧上的差距并不特别大，主要还是自己的社会阅历太弱了。社会阅历的强弱决定了每个人的意识和观念，影响到对艺术的认知，对艺术的追求，对社会对人生的综合认识。社会阅历太弱这个问题在当年读书时对他就影响至大，乃至到了今天，对现在眼前的诸多问题，

交通茶馆

他都还不能很好地理解，不能找到解决问题的最佳之法。他很苦恼于不能立刻发现一条康庄大道，时时有一种感觉，好像是空有一身本事，但就是找不到合适的切入点去发挥，不知道自己到底该画什么、该怎样画，折腾了很多年。他说自己很清楚，自己不像陈丹青等人那样，他们真的很聪明。比如陈丹青看了法国乡村画后，马上就找到了自己的感觉，画出了很受大家喜爱的作品，走出了艺术大家的路。还有张晓刚，他读书的时候也曾因为觉得自己比同学们差了很多，而郁闷到几乎去递交了退学申请，但后来他也走出了一条让人刮目相看的成功之路，并且是远超一般概念的成功，写出了一个崭新的龟兔赛跑的故事。他们的聪明无疑和他们丰富的生活经历大有关联，因此他们的成功也受益于生活。

陈安健还记得上大学时的一件小趣事。有次上油画课，几个同学一边画一边聊天，张晓刚顺手拿起一管没用过的白色颜料，在手里捏呀捏的，最后把这只颜料管捏得满是皱褶凹凸，像一块嶙峋怪石。而这管颜料本身并没有损坏，还可以照常使用，但颜料管原来的固定形态已被改变了。当时陈安健看到了，觉得很有点儿意思，心想，虽然张晓刚这样做可能是出于下意识，但为什么他会有这个行为而我没有呢？后来张晓刚学梵高，多年后借鉴了炭精画，陈安健就认为，那和他的本能还有潜意识一定有着千丝万缕的联系。就像当年他捏颜料管的动作，现在不是正可以看成是一种行为艺术？不过当时大家都没有揣摩它的内在含义，但从张晓刚后来的创作发展则可以说，那种行为的确是反映了他的原始思想和原始本能。他后来能获得这样大的成功，

也可以说正得益于某种原始冲动。他画的炭精画，恰到好处地借用了人们都认识或者也比较喜欢的一种形式，他对它进行了改良，归纳，演变成为自己的东西。让大家一看就知道这就是张晓刚，成为他的个人风格，个人印记。

陈安健平时除了上课、画画，几乎没有社交圈子，也基本不和其他人来往。那时候张晓刚、叶永青、程丛林等同学都很有名了，但陈安健不知道怎么去走进他们的圈子，天天本本分分地按自己熟悉的生活方式走自己的路。

当时在川美师范系油画教研室一起任教的共四个人，除了陈安健，另外有张晓刚、叶永青和陈卫闽，每个人各上各的课。也有人开玩笑地给他们油画教研室这几个人的画画方式搞了个总结，算比较准确地概括了他们四个人那时的绘画特点，说：张晓刚是"揉"的画家；叶永青是"喷"的画家；陈卫闽是"刮"的画家；而陈安健则是"戳"的画家。陈安健那时候还没有画照相写实，画风景时表露出笔触性的"戳"，喜欢特写，带点夸张性和夸大感。

陈安健回到川美后过了一两年左右时间吧，突然对照相写实主义产生了极大的兴趣，并且开始学习，尝试用这个风格来画画。他这样做主要有两个原因。一个原因是受了川美师范系另一个青年教师周宗凯的影响。周宗凯是中央工艺美术学院毕业分来川美的，上大学时，周宗凯有一个美籍华人画家教师叫姚晴章，画照相写实的，也给周宗凯他们上这门课，所以周宗凯也喜欢用照相写实风格画画。陈安健看见周宗凯的画，画得很精细，心下油然生起喜爱，就想学，

069

交通茶馆

于是经常上门去虚心向周宗凯求教。第二个原因呢，陈安健读大学时也看到过查克·克洛斯（Chuck Close）的照相写实画，当时就觉得他画的人物肖像画得太好了。心想，要这样画一张画，不知道需要几年才能完成？他那时认定自己肯定画不出来查克·克洛斯的那种效果，也就没有想过去学这种绘画风格。但谁知道呢，人对事物的认识观总是会随着年龄的改变而改变的吧。这不，到了现在，陈安健突然对自己说，既然照相机都这么普及了，为什么我不可以也做个尝试，把照相机的照相功能充分利用起来，把拍下的照片用画画表现出来？那样的话，肯定可以把题材表达得更细腻、更充分，所以陈安健就付诸行动了。

  说起照相写实主义，国人虽然对之不一定有多深的了解，但对以其风格出现的绘画至少不算太陌生。前有罗中立1981年画的《父亲》领军，后有出自冷军之手的大量逼真到无以复加程度的人物画等跟随。鉴于其刚好迎合了中国人对写实绘画的偏爱，照相写实主义这个来自西方的艺术流派在中国这个大市场已算出尽了风头。查阅可知，照相写实主义最早流行于20世纪六七十年代的美国，其领军人物之一的查克·克洛斯曾如此说："我的主要目的是把摄影的信息翻译成绘画的信息。它所达到的惊人的逼真程度，比起照相机来有过之而无不及。"虽然称作照相写实主义，虽然该流派艺术家的作品以现成照片为素材，但其作品在尺寸和细节刻画上却是超越照片的。在视觉效果上，照相写实主义的作品对观众造成一种强烈的压迫感，故又有人将之称为超级写实主义。

大概在20世纪90年代初，陈安健完成了第一幅照相写实画，是应一个熟人所邀，画的马来西亚前总理马哈蒂尔。画幅高约一百五十厘米，宽也相差无几。熟人找来马哈蒂尔的照片，给陈安健做参考。陈安健先从两只眼睛开始画，在画的过程中并没有完全照搬照片，做了些改变。因为是第一次画照相写实，花了好些日子才完成。画完后他去请周宗凯来帮着看看，周宗凯说效果还不错。陈安健就叫邀画的那个熟人来把画拿走了。陈安健记得对方给了他2000元作为报酬，后来这画去了哪里他就不知道了。

作为油画创作技法一个分支的照相写实主义，它和极端写实有所不同，而且它也并不像一般人想象的那样，只需拿着张照片原封不动地照着描画下来就行，似乎创作的过程就像是开动一部复印机一样。实际上，在照相写实画的过程中，还是有很多艺术要求和创造在里面的。陈安健由于自己的喜爱而踏进了这个领域，从那之后，他就渐渐地把它作为自己艺术创作的一个主要语言了，而且没多久，他以照相写实风格创作的作品就崭露出引人注目的亮色。再往后，因为画得有些出彩了，学校就安排他在师范系主要教照相写实画这门课。他自己说之后他在这个领域一直走得比较好，心里很感谢周宗凯。

陈安健自认生性胆小，有"史"为证。一次，在离美院工作室不远的一栋大楼上有人跳楼自杀，搞得陈安健晚上从工作室回来经过那栋楼下时就害怕得不行。思来想去，他干脆花钱去请了一个门卫大爷，在他晚上画画晚了要回家的时候，让这大爷来陪着他一路走回去，权当是个保镖的意思。如此一年过去了，他还让老大爷陪他。有人问他

交通茶馆

说那事都过去这么久了你还怕吗？他咋个回答？说怕是不那么怕了，但是不好意思让老大爷一下子断了这笔收入。

陈安健被人戏称作四川美院1977级的"老哥萨克"，首要原因是他的资历，然后是基于他365日都安于自己的生活，风雨无阻地埋头于画画的状态。比如，早些年当川美因为"伤痕艺术""乡土艺术"在全国艺术圈风光无限时，他却沉默着。他从涪陵调回川美来工作，又正逢全国"八五新潮美术"空前活跃，几乎是个艺术人都会去那浪潮上扑腾几下，感受一阵，仿佛人人都在想着要赶上当代艺术的脚步。尽管到底怎样做才是真正的当代艺术也并非人人都那么明白，故而有很快在潮流中消失了的；有碰得头破血流的；也有自我标榜大行其道的。陈安健依然是那样悄无声息着，以沉默少言处世，以质朴单纯为人，不与世争，也不与己争，我行我素，埋头干活儿。虽然，他也借着好玩的心理，自个儿画了几张自以为带有实验性、探索性的画。如一幅取名为《农院》的画，画幅一米出头，画面偏蓝色，有几个农人在一个农家院子里干农活。但要细论起来，它与那些真正的当代艺术弄潮儿的作品差着十万八千里。

1988年，四川美术学院组织了一个有史以来最大型的师生"中国现代绘画展"，赴南斯拉夫展览，全部共一百多件参展作品皆由南斯拉夫当代美术馆馆长和另外几个外国人一起来川美师生的工作室亲自挑选的。陈安健没有想到，居然自己也有一张画被选上了，心里自然很高兴。后来他一直说那次去南斯拉夫的展览非常公平。

陈安健被选上的这幅作品，总体呈浅蓝灰色的调子。画面上，几

个彝族人背着小孩，打着雨伞，背着背篓，牵着一匹马，明显是表现一个赶集日的情景。这幅作品中出现了比较有意思的几点：一是艺术语言。我们因此看见，这幅作品所采用的语言，完全不是那个时期陈安健主要采用的苏派写实，也不是表现主义，而是一种我们可能都没有看见他曾经用过的比较奇特的叙述方式。无数细长纤维状的笔触，似虚似实的"漫画"勾勒出画面上每一个物体的造型，自带一种朦胧感。有人说陈安健是"戳"画家，喜欢画出笔触的效果，从这幅画里也许我们多少可以看到一二，虽然"戳"的痕迹不那么明显，但至少画出笔触效果这一点还是很明显的。二是色彩。画面整体呈浅蓝灰色，牵带着那些数不清的或白色，或黄色，或黑色的纤维状笔触，融合出一种灰蓝色的迷蒙感，从彝族人服装、头饰、雨伞等生发出来的亮丽色彩，却以一种鲜明的对比，在这迷蒙中恣意绽放，似乎提示着生命的美好、旺盛和活力。三是最有意思的一点，在画面中部站立的妇女撑开的黄色雨伞左边，趴着一个晃眼看去好似天外来客般的"物体"。稍不留神，观众的视线就会与之错过。重要的是陈安健描绘这个"物体"采用的手法，俨然是一种近于抽象般的，甚至好似涂鸦一般的表现手法。这种表现手法出现在他的那个时期的确有些令人惊奇和费解。可以说，这幅作品从语言、到色彩、到画面上的观念，都透出一种强烈的实验探索意味，很可能与他这个时期尝试弄潮当代艺术有一些联系。

听听陈安健自己是怎么回忆这幅作品的。他说，这幅作品最后用到的素材，是他从几年前去凉山写生的一些速写挑选出来经过加工整理得来的，不是出自照片。当时翻看速写本，看见有几幅速写不错，就选了出来。因为是参考速写，有些细节处不太好处理，所以就用了带点线条的网状手法去画，觉得这样可以避免露馅儿，想着用这种网状的线条造型，只要找到一个效果就行了。画之前，他也反复对自己说，一定要有所突破。画的过程中并没有想要模仿谁，但不排除潜意识里有可能受到西方风格的影响。画完了自己看看也还满意。至于画面上出现的那个好似天外来客般的"物体"，他说，其实那是一个彝族汉子，因为喝醉了，随便趴在那里就睡了。你看他身边不是还扔着一个酒瓶和两只酒碗吗！这个情景也是他在凉山采风时亲眼看到的。让人觉得最有意思的恰恰就是他表现这个人的手法：因为喝醉了，所以整个人、整个造型也变得"抽象"了。真是好一个被真实描述的"具体抽象"！（图10）

关于这次难得的展览，后面还有一段故事。四川美术学院这次在南斯拉夫举办的"中国现代绘画展"在当地引起了极大的反响并获得好评。但由于某些原因，展览结束后参展作品没能及时运回国内。不久，南斯拉夫国内发生了政治动荡和战火冲突，接下来，南斯拉夫解体成为多个独立的国家，川美的参展作品被放在了斯洛文尼亚博物馆内。虽然川美一直多方寻找这批画希望能运回国内，却因为多种原因未能实现。直到2001年川美外事处调来一位新工作人员，利用多种渠道，经过不懈的努力，又得到当地华人朋友的帮助和斯洛文尼亚博物馆的支持，终于使这批在国外停留了十多年的画作回到川美。虽然其中一小部分作品因为那些年的战乱影响而遗失，但绝大多数作品也都完整

图10 《街景》（92cm×73cm，1988年）

"归来"，算是不幸中的万幸。陈安健送展的作品也在返回的作品之中，成为他今天珍贵的留藏之一。

慢慢地，陈安健的探索之笔不再像以前那样"随心所欲"，有点儿下意识地归类了，街景成为了这个时期他很主要的一个题材。他画街上来来往往的人，画那些在小摊前买东西的，在街边驻足聊天的，总之人们从种种日常行为下表现出来的不同生活状态，都在他的笔下走进大家的视野中。花花绿绿的画面俨然如一幅幅民俗画卷，充满了

图11 《街景》（40cm×28cm，1998年）

生活气息，充满了人间风情，很容易让人走近，很逗人喜爱，也很让人接受。他也开始注重在画面中明白地诠释社会性、人性，还有某种不太说得清楚的效果，也在他的画面中流露出来。陈安健自己也开始觉得画得有点不错了，但他同时也认为画中的文化氛围还是显得弱了一些。所以，还有问题（图11、图12）！

　　当然，和以往作品比较而言，"街景"时期的作品中也有很不错的。虽然表面上看它也是直观地表现着人们的普通行为状态，描画一种并不高调的场景，但同时得益于艺术家的细微观察和思考，他也发现了其中深层次的道理，并巧妙地对它进行了深入的解剖，由此表

图12 《街景》（40cm×28.5cm，1999年）

达出自己的观点和态度，如创作于1999年的作品（图13A）。首先，这幅作品的原型场景，在重庆的朝天门、望龙门等水码头都常常可以见到。画面上，客船到了码头，客人们正在下船登岸。与此同时，一个肩扛一只大包的人也忙忙慌慌地从岸上往船上走。在跳板上某一处地方，朝不同方向行进的这两组人碰到了一起。由于扛包之人几乎占去了本来就比较窄的整个跳板，而且行动不便，所以这时即使他想让路也让不开。因此，从反方向来的行动可以稍微灵活些的下船人，只好"主动"弯下腰去"钻"过这个既是人为似乎又不是人为造成的障碍。这样的结果显然就是，本来大家都想急着上、下

图13A 《街景——下船之一》（55cm×39cm，1999年）

船，却反而演出了俗话说的"欲速则不达"的效果。如果不去深究画面上这两组人由于追求不同"利益"所造成的尖锐的矛盾冲突，那么它给与观众的，或许就只是画面直观地表现出来的人们生活中的一个小插曲，一点儿小趣味。尤其这种现象在我们的生活中真的应该说已属见惯不惊的了！但是，如果我们愿意去细细地思考一番，就可以从中明白一种做人的道理，悟出一种生活哲理来。而这，正是艺术家的匠心巧妙之处，他把自己观察到的所谓生活"小事"和由此引发的思考，悄悄地"埋伏"在一种不经意之间，又悄悄地把通往思考和结论的钥匙交到观众们的手上。

图 13B 《街景——下船之二》（40cm×28.5cm，2001 年）

    也许是对这个题材所包含的内涵有几分满意，又也许是为了帮助人们理解他这幅作品的真实意图，两年后，陈安健以几乎相同的构图和内容，创作了另一幅作品（图 13B）。与前一幅作品截然不同的是，这幅作品中，"挡路"的扛包人没有了，取而代之的，是一个站在侧边小跳船上，礼让一队正挑着货物下船的人。如果我们把这两幅画摆在一起，反差则一目了然，其真实指向，也不用赘言解释了。

    1999 年初，叶永青来到陈安健的画室，见到他这几年画的被保留下来的几幅街景，说画得不错，可以办个展览，你抓紧画，有二十几幅，到上河会馆去办个展吧。

交通茶馆

陈安健听了很高兴，心想这几年下意识的归类创作所付出的努力看来总算有了点儿回报。能得到叶永青的肯定，他觉得很开心也很不容易，那时候叶永青在艺术圈人的眼里已是个了不起的艺术家了。接下来陈安健就更加努力地创作，为举办个展积极做准备。

— 7 —

提到茶馆，那肯定就会说到茶。关于茶，这里面的学问可就大了。今天的国人有不喝茶的吗？在大众的认识中，茶应该有一席之地吧？国人的家家户户，日常没有在家里备着茶叶的，应该少之又少。家里来了客人，主人会马上给客人烧水泡茶，这已经成为了现代社会主人对客人展现礼节和尊重的一个定式，也可以说成为了一种自然而然的条件反射。

据《神农本草经》记载，茶是神农尝百草时一次偶然发现的，也是神农将它取名为"茶"，介绍给世人。关于茶，至少有一点是今人都知道的：它具有解毒、养心提神、芳香开窍之功用。也许正是这个原因，它才被人喜欢而流行天下。

据史载，两汉至三国时，茶经巴蜀传到长江中下游。至魏晋南北朝，茶已被广泛种植，在人们的日常生活中占有了显著位置，有些地方还出现了以茶为祭的文化习俗，且从最初流行于普通百姓生活中，跻身于社会上层的大雅之堂，再借助僧、道以其辅助修行养生，文化人将

之作为他们释怀抒情时的新宠等途径，茶演变成了催化、升华人们精神文化生活的一个重要媒介。

今天，国人对饮茶以及对茶的认识，早已不是对一种物质简单、肤浅的认识，或仅仅是停留在物质层面的享受，更饱含了精神文化和社会行为文化的注入。在中国漫长的历史中，留下了太多与茶相关的故事与佳话。传说宋代宰相王安石请苏东坡在过长江三峡时，帮他取一瓮中峡之水用以烹阳羡茶，治其所患的痰火顽症。但在船过三峡时，苏东坡却因沉迷于两岸美景忘记了取中峡之水，待想起来时，船已至下峡无法回转，只得聊取下峡之水献给王安石。自思本为一峡之水，何来区别？却不知被王安石以其水烹茶时识破。虽是传说，但人们对于该如何烹茶的重视，由此可见一斑。又比如在民间广泛流传的所谓"扬子江中水，蒙山顶上茶"之说，更从一个侧面揭示了茶在人们的精神文化中的地位。人们在长期进行茶叶生产、经营、品茶饮茶及茶艺活动的过程中逐渐形成了对茶的价值观念，审美情趣，并建立了茶文化的精神层次如关于茶的诗词歌赋等文艺作品。人们在品茶的过程中感悟人生，将品茶与人生哲学相结合，上升到哲理的高度，追求精神的愉悦，树立了茶道、茶德等。

茶在民间更扮演着不可或缺的角色。除了日常的自饮或待客之外，更比如家有新媳妇过门，媳妇要给公公婆婆敬茶；出门学艺拜师，徒弟要给师父敬茶，等等。此类正式或随意的大众化仪式足以证明，经过两千多年的时间推移，茶在人们的社会活动中，已到了几乎是"无处不在、无孔不入"的地步。

交通茶馆

最早在公元317—322年，我国就有了出售茶水的记载。到南北朝，社会上出现了茶寮，供人喝茶歇脚，算得上是茶馆的雏形。正式记载茶馆的，是唐代的《封氏闻见记》："自邹、齐、沧、棣，渐至京邑，城市多开店铺，煎茶卖之，不问道俗，投钱取饮。"表明在唐代茶馆已较为普遍。茶馆的兴盛与繁荣，则是在宋代。以政治、经济、文化中心的京城和交通要道，货物集散的大城市为主要代表，不仅有供大众喝茶解渴的寻常茶馆，更有应多层次人等需要的特色茶馆。在饮茶的同时，亦可尽情享受茶文化的乐趣，开展多种社会交往。在宋代张择端的《清明上河图》中的汴梁城，可见人在茶坊饮茶的画面。到清代，茶馆更遍及全国大小城镇，尤其在北京，随着八旗子弟入关，饱食之余无所事事，茶馆便成了他们消遣度日的好去处。

进入近代中国，茶馆更和客栈、饭馆三足鼎立，成为人们社会活动中的必备之一。至少在民国时期，基于茶馆的社会功用，无意之中它还扮演了一个极为特殊的角色：如地方上有两人（或两个帮派）发生了矛盾冲突，最后需要通过谈判来结束冲突时，大都会请来本地一个德高望重的长者或者是最有势力的帮派"老大"出面充当"和事佬"，主持调解。双方带上各自的人，找一个茶馆，大家坐下来，各自陈述完理由，再由主持者判断是非，给出最终解决方案。双方都必须接受主持者给出的方案。被判输的一方，需承担此次调解的全部费用等。这个方法以前被称为"请茶"或"说茶"。20世纪50年代后，随着国家政治及经济的大变革，茶馆自然而然地也发生了相应的变化。曾经附带在茶馆背后的那些类似"请茶"等与江湖帮派关联的因素，随

着新社会对此类现象的否定，加上人们的生活方式和社会活动方式发生了较大的改变，茶馆数量大幅减少。也主要只出现在大城市的如公园或单位上的工会俱乐部这一类场所，成为向人们提供喝水解渴、休息聊天的地方。这种情况大致上延续到20世纪70年代末期。1988年北京老舍茶馆开业，可以看作是中国现代茶馆开始全面复兴的一个标志。

在某种程度上，茶馆彰显出中国人对喝茶环境的一种情结。中国的茶馆在历史中能"野火烧不尽，春风吹又生"，也是因为它根植于中国传统价值深厚的文化积淀的土壤之中。在历史的岁月中，茶馆文化演变成影响人们社会生活、有助于社会结构的平衡、体现人与人之间礼尚往来、展示公正公平的一个重要平台。茶馆作为重要的社交场所，茶客们得以在茶馆里相互交流心得，分享生活中的喜怒哀乐，结交朋友，就连服务的茶博士也扮演着倾听者和服务者的双重身份，为茶客提供尽己可能的帮助和建议。

与重庆比邻的成都，坐茶馆亦是人们日常生活中喜爱的习惯之一，更是许多街头巷尾、大乡小镇上的一道亮丽风景。不过因为风俗文化和生活态度的不同，成都人喝茶，无论是在固定的茶馆还是在公园里的茶摊，茶客们大都是半躺半坐在一张类似逍遥椅一般的、篾匠煞费功夫做成的竹椅上，显得何其优哉游哉。反观重庆人坐茶馆，除极少数追求现代风尚的茶馆外，其他绝大多数茶馆里，茶客们坐的都是那种传统的做工简单、直来直去、显得生硬且僵直的木头长板凳，又称为"条凳"。再者，从喝茶时对茶叶的挑选上，也可以看出成渝两地

交通茶馆

茶客这方面的不同端倪。比如说成都茶客偏爱喝显得柔情而带着些诗意的茉莉花茶，而重庆茶客则比较喜欢那种显得大气而粗犷些的沱茶。从面对同一种物质和精神享受但却选择截然不同的坐具以及茶叶这点上，多少可以看出些重庆人和成都人天性上的区别，包括两地人后天社会习性上的差别。

20世纪70年代，重庆九龙坡区黄桷坪街道有一家黄桷坪地区运输公司，集体企业，隶属九龙坡区交通局管。区交通局管辖了八个公司，这家运输公司的人员在这八大公司里面是最多的，从前公司的主要业务是搞装卸，兼做汽车运输。

运输公司的办公地点位于黄桷坪正街四号，房子修建于20世纪60年代，包含了今天的交通茶馆和街道正面的一些商铺、旅馆，以及后面的一些职工宿舍等一干建筑。有人说，按今天较真的说法，交通茶馆的这个空间其实应该算是违章建筑。这里原本是两个建筑之间的一块空地，运输公司自行在空地上搭建起一个传统人字形屋顶的建筑，把前面的街边门面和后排的单身职工宿舍连接起来，围合起属于运输公司的一个完整地盘并且还没有房产证。早年建成的交通茶馆建筑，上方是粗大的木梁，下面主要以灰砖砌墙，夹着一些木柱。公司这几栋规模都不算小的房子排在一起，占了好几亩地。今天要走进交通茶馆，先得穿过一条长三五米的窄巷，跨过一道简陋狭小的木门，就进了茶馆范围。进门往左边，是一间宽敞的平层，往右去是错层，有五步梯坎构成一个半层向上迤去。在茶馆的中部位置，踏十四步梯

坎往下延伸进入人们口中的负楼。外面街边，平街一楼和二楼是交通运输公司原来的办公室，三楼是会议室。进入了20世纪80年代初期，公司去离着不远的滩子口另外买了五亩地，建了一个厂，又修了新房子，就把公司的办公室都搬进新房子去了。黄桷坪正街四号这里，原来里面楼上的一些房子就被改成了职工单身职工宿舍，靠外面公路边的房子改成了门面，还办了职工伙食团，负楼做成了浴室，为职工工作完后洗个澡提供方便。

20世纪80年代初国家开始大步实行改革开放后，为了适应社会、经济的发展，服从大局的要求，区交通局下派工作组入驻黄桷坪地区运输公司，提出要发展多种经营，广开门路，期望改变运输公司当时已很严重的寅吃卯粮的状况。

准确时间是在1985年，区交通局及黄桷坪地区运输公司领导同意，对公司的原有业务进行大刀阔斧的改革，后来的交通茶馆、交通旅馆就此应运而生。

为了最适合经营，街边楼上的房子改成了旅馆，楼下做成其他门面，后面那个"违章建筑"改作茶馆。为什么首选会是开茶馆呢？主要原因应该有两点。其一，大家觉得当时黄桷坪这个地方没有一家正儿八经的茶馆，所以从直观上或者说一厢情愿认为开茶馆的生意应该会不错。其二，在谁都看不清楚未来方向的这个时候，应该是习惯思维和传统影响占了上风。那个时代对于很多人来说，尤其对那些上了点儿年纪的人而言，茶馆在他们脑海的定式思维认识中绝对可以说是有一席之地的。之所以会这样，就是因为在中国的传

交通茶馆

统历史长河中,茶馆的发展和它前面已经奠定的良好社会基础对人们的影响,可以用既广泛又根深蒂固来形容,因此一有触碰,就会自动跳出。

交通茶馆最初开张时不叫这个名,是叫"交通茶园"。为什么叫茶园不叫茶馆,现在已经找不到人来解释。不过仔细想想,大概率这是与当时人们生活环境的影响有关。那些年之前,茶馆这个名字给大多人的印象,似乎都与游手好闲、好吃懒做、惹是生非等这一类词语有关联。另一个原因,可能是人们觉得"茶园"比"茶馆"规模大些,而且"茶园"那时多数都与大的单位有所属关系。20世纪80年代之前,就有原来的茶馆被改成了比如叫"工人茶园"之类的例子,它主要是用作单位上举办一些公共活动的场所,有点儿"扮演"单位工会俱乐部的感觉。黄桷坪这家"交通茶园"后来不知在什么时候,被悄悄地变成了"交通茶馆",现已无从考证。

在交通茶馆之前,黄桷坪街上本已有另一家茶馆,叫作望江茶馆,私人开的。因为望江茶馆那里可以看到江景,曾经生意火爆了一些日子。而它的火爆很可能也是运输公司当时会选择开茶馆的重要原因之一。那时大家都会以抱团取暖式的方式来设定自己的经商思路。后来黄桷坪街道也步入了城市改造,大兴土木的行列,这里那里不断地矗立起来一些高楼,望江茶馆望不到江了,失去了招揽人的天然风景,没有了灵魂,不多久就自然消失了。

单作为交通茶馆的这一部分,有三百多平方米。因为和交通运输公司的所属关系,开设茶馆时大家就顺理成章地把它取名为"交通茶

馆"。你可以说它是简单明了，也可以说取这个名字的人根本没有动什么心思。不过，如果考虑到茶馆尤其是这个茶馆的内涵，取了这样一个简单明了的名字，好像也还恰如其分。接着，交通茶馆就开业了。

交通茶馆、旅馆各自为政，自负盈亏，当然每月也要按比例上交一些利润给公司。茶馆初开张时，有五六个员工，年龄大都在40岁以上，还有快要退休的。旅馆的经营因为要求相对特殊一些，所以公司又专门招了几个年轻些的人员进旅馆做服务员等。运输公司原来的一个龚主任出来承包了茶馆和旅馆，任第一任经理。龚主任也是一个比较怀旧的人，买来放在茶馆里用的都是有着大几十百把年历史的桌子椅子，配上凹凹凸凸的千层泥地面，灰扑扑的墙面，使得茶馆俨然一副老茶馆模样。

在交通茶馆和旅馆工作的运输公司的原职工工资和从前一样，每月大概有几十元钱，龚主任好像每月是四十多元钱。公司领导想的是，把茶馆、旅馆拿出来自负盈亏搞经营，一方面是迎合了大形势的需要，开展多种经营；另一方面呢，公司不用再负担这些职工的月工资，也算给公司多少减轻了一些负担；最后，还可以从茶馆中盈利。一箭三雕，何乐而不为？

然而正如一句俗话所说：想象很丰满，现实很骨感。

交通茶馆开张了。开张日有没有敲锣打鼓、张灯结彩那样的热闹场面今天已不知道，但来祝贺的各路领导应该总还是有几个的，祝愿交通茶馆生意兴隆通三江，财源茂盛达四海之类的习惯性贺词应该还是有的。

交通茶馆

茶馆开张了，来的茶客主要是运输公司的退休工人，旁边电厂和铁路上退休、下岗的工人，街道上年纪比较大的无业人员，街上的老人和一些居民。渐渐地又有了不多的外地人，比如来探望在川美读书的孩子的父母，想找个安静的地方说会儿话、休息片刻，看见茶馆，突然唤醒了骨子里某处的记忆，顺理成章地走进来坐坐；还有正在找活儿干的农民工"棒棒"，走累了、口渴了，拐进来买杯便宜的茶喝，说不定还能顺便揽个小活儿。不过也别指望天天都有很多这样的意外"过客"争先恐后地来照顾你的生意，毕竟，茶客进茶馆的实质就落在一个字上：闲。销量还处于比较低的日子。事实上每天就只有不那么多的固定茶客，可以优哉游哉地进茶馆来满足精神享受。但在交通茶馆的生意不那么好的那些年，茶堂内经常都是空落落的。

与其他地方茶馆不同的是，交通茶馆差不多是自开业不久，就有年轻男女流连其中。美院的学生不知道是谁最先发现了这么个去处，口耳相传，慢慢引得更多的学生进入。几毛钱买碗茶，一坐大半天。"醉翁之意不在酒"，身在茶馆不为茶，在于一边耐心地在茶客中寻找、等待可以入画的"模特"，一边也可以自己看看书，或是和谁聊聊天，让身心都脱离了课堂的拘束，放飞于轻松和自由之中。后面几年，黄桷坪街上又应高考之运冒出一些美术培训班，不少考生为了参加高考时速写考试的需要，也寻摸到茶馆里来写生，掏几毛钱买杯茶坐上老半天，就可以有现成的、免费的、不同的"模特"供自己练习。很是安逸。而这，既增加了茶馆的人气，又对茶馆起到宣传作用，自然也

多少有助于茶馆的经营。也正因为有这样不同年龄、不同性别的"茶客"，使得交通茶馆明显带有一种与别地茶馆不同的活力充沛的烟火气，应该也正是因为经常有艺术学生在此游走，茶馆沾了些艺术气息，为它后来的茁壮成长打下了良好的基石。

再说旅馆，由于本身档次低、条件差，加上地处堪称偏僻的城乡接合部黄桷坪地区，每天人流量本来就不多，而且旁边山坡上不远处又有一个各方面条件都好得多的国营大企业发电厂的招待所。即使有外地来出差的客人，条件稍微好点儿的，人家都选择住到电厂那个招待所去了。交通旅馆大都只能像抓漏网之鱼似的捡几个囊中羞涩，尤其是一些从县城或乡下来对住宿条件不那么挑剔，或是想着住在街上更方便点儿的客人。

几年过去，来到20世纪80年代末期，交通局和运输公司都觉得现在这种承包形式下的交通茶馆、旅馆，还有原来的车队（也进入了承包）等的实际经营效益都非常不理想。不要说公司指望每月可以分几个利润，就连他们养活各自工人等的基本要求，都经常拉响警报亮起红灯。另外呢，运输公司本身这时更是已经"沦为"了特困企业，希望有一夜之间的大改变也就是痴人说梦了。有鉴于此，区交通局再次派下一个工作组，对运输公司的全部经营进行重新调整，并帮着具体实施。转眼又是两年过去，到1991年，工作组觉得改革的进展效果仍然不尽如人意，开始酝酿干脆把步子迈大一点，甩包袱甩得彻底一点。讨论后的决定是，把交通茶馆和旅馆面向社会给私人承包。

交通茶馆

　　消息发出去了，然而事与愿违，没人出来揭榜。又等了一段时间，还是没人。无奈之下，工作组和公司再次商定，由运输公司把交通茶馆和旅馆收回去，改由公司负责，不搞私人承包了，因为搞也就是在走一种形式，没有半点实质性的良好效果。收回去的茶馆和旅馆仍然由先前的龚主任负责日常管理和经营，基本上是又回到了从前吃大锅饭的状态。大家也不指望有什么大变化了，就那么过吧。说来也巧，接下来几年，报考川美的考生人数一浪高过一浪，顺应潮流，黄桷坪街上的私人美术高考培训班也如雨后春笋般不断冒出来，很多艺术考生、考生家长、艺术培训班的学生，以及连带而来的大量来来往往的人，被带进了黄桷坪街上。不能给人们更多挑选的黄桷坪正街，交通茶馆就成了很多人歇口气，打发多余时间，同时也是越来越多的美术培训生们坐得下来画速写的好去处。沾了从川美招生生发出来的一年比一年红火又红火的光，交通茶馆的生意总算可以维持，飘飘摇摇地一路走了下去。

8

　　陈安健从川美毕业后分配到涪陵工作，又从涪陵调回川美教书，到1999年开始画茶馆画之前，总体上说，没有很值得炫耀，特别吸引人们眼球的作品。在他笔下大多就是风景、少数民族人物、街景等，题材始终在变化，或者说一直在探索，在清醒下迷茫着。在迷茫中清

醒着，因为自己的寻觅和追求而困惑，因为困惑而去追求。用他自己后来的话说，叫作：过程长了些，醒得慢了点儿。

当然也不是完全没有值得一提的作品。比如有一幅《街头闲谈》，画面表现的是在四川阿坝州洪源的街上，一个汉族人和一个抱孩子的藏族群众正在交谈。这幅画入选了1994年第8届全国美展，在中国美术馆展出，得到观众的好评，口碑很好，说是画得很朴实，被评为优秀作品，让陈安健着实高兴了一阵子。陈安健自认《街头闲谈》这幅画对他后面创作街景作品有很大的影响和帮助。这幅画后来被当时学校的一个老师拿了去，再后来又说被弄丢了。

艺术圈人说这一届美展一个金银铜奖都没有评出，获奖作品都只给了优秀奖。是为了表明宁缺毋滥的意思吗？不管怎么说，这次参加全国美展获奖，还是给了陈安健极大的鼓励。此后，他也开始持比较积极的态度参加其他一些展览了。

虽说这个时期陈安健的创作方向还不是特别明确，但20世纪90年代城市建设大发展所带来的人们市井生活的快速且巨大的变化，也很自然地进入了陈安健的视线，使他坚持画了好些年"街景"，不但逐渐唤醒了打小来重庆老城在自己心中留下的记忆，更培养起他对普通市民日常生活、行为方式的敏锐观察力。这对于他后来的茶馆系列画得以茁壮成长，无疑是一块营养丰富的沃土，一笔巨大的财富。

陈安健那些年钟情于街景画，和他从小生活的通远门周围的大环境，和在临江门朝天门等地的那些童年玩耍，一定有着某种内在的联系。而与交通茶馆的相识，却归于一次"偶然"下的必然。

交通茶馆

　　1998年左右，陈安健有一次和人摆龙门阵，无意说起黄桷坪街上那家交通茶馆，说今天茶馆里面还在用人们多年前使用过的那种马灯，看上去很有些味道，得空时可以去坐一坐，体验一下久违的感觉。作为黄桷坪的常住居民，陈安健对其说的这个交通茶馆当然有印象，也经常从它门外走过，但从没有动过走进去看看的念头。

　　要说起来，前几年，茶馆这个题材还真的偶有"闪"进过陈安健的脑海。之前画街景画时，有意无意之间他也多少有过往茶馆方向"偏"的意思，但却始终没有过要正儿八经把它"纳入正轨"的念头。他不知道是不是小时候曾与七星岗的老虎灶茶馆、枇杷山公园的露天茶馆，以及后来其他地方的茶馆有过的交集，留在他脑海里的关于茶馆的那些印象在潜意识中起作用，所以才会时不时地依稀浮起与茶馆关联的某种感觉。不过最后还是没有认真地去考虑它。原因很简单。无论是从前的七星岗老虎灶茶馆，还是包括其他地方的比如在小城涪陵那些狭窄的街头巷尾见过的茶馆，留下的几乎都是同一个印象：茶馆就是一个供人喝茶休闲的地方。一个几乎都显得破旧的场所，里面摆几张普普通通的大方桌，四方围坐着几个无聊的喝茶人，自顾自地在那儿要么靠着桌子打瞌睡消磨时光，要么互相大声地吼着扯闲篇，或者是吆五喝六地打麻将、打川牌，这里面能有什么高端、大气、上档次的表现吗？能画出什么可以真正打动人的作品吗？那些茶馆无一例外，连他都没能打动，就别说去打动大众了吧！当然，肯定也有过一瞬间，觉得茶馆也许算一个可以表现一下的题材。但归根结底，还是觉得它确实太平淡了，没有画面感，没有真正值得画、值得进入艺术作品的

那种东西。所以他也就让自己"客串"了一回过客，把那些茶馆欣赏了几眼而已，走过就过了。

陈安健后来反思，造成这个结果的主要原因，应该与那时一门心思想的都是要画宏伟题材，画那些让人看了能够眼前发亮的东西所致。而茶馆，显然完全与宏伟主题不搭调。加上那时候他自己的认识也不够，更没能以艺术的眼光、思维去认真地、深层次地观察分析，就简单地把眼睛见到的茶馆界定为没有多大趣味的、普通稀松的日常生活场所。偏偏陈安健自己对寻摸高端、上档次的东西又不在行，不清楚哪些该归入这个范畴。于是就导致他一边没有头绪地画街景、画风景，画招人喜欢的少数民族风情画等，一边又总觉得街景画、风景画的文化感不强、归纳性不强、高度不够，长期陷在自责、徘徊、困惑的困境中，不知道怎么可以跳出来。

但不管怎么说，陈安健自认茶馆还是在他心底留有一个很好的记忆，对于他后来终于走入了茶馆系列画，是早早就埋下的一颗启蒙的种子。尤其是后来当他对生活的理解、对艺术的理解、对人的理解不一样了时，当他重新来梳理一切时，那枚埋下多年的种子就发芽了。

就在某天，陈安健带着一种莫名的兴奋，一种他后来认为是被冥冥之中的神奇力量鼓捣着的激动心情，鬼使神差般就专门去了黄桷坪街上那家交通茶馆。

走进那条很短也很窄的小巷，穿过进入茶馆的那扇狭窄的木质小门，映入他眼帘的景象竟立刻让他有种如遭电击的感觉：这个茶馆，

093

交通茶馆

太霸道了！

没用白灰或水泥修整的砖墙砖柱，直接向世人暴露着它们诞生时的本来面目，上方有粗大的木头搭出的传统老房子那种人字形木框架，顶着外面鱼鳞般透迤而下的小青瓦，夹以亮瓦采光。茶堂里摆着十几张老旧的四方桌，搭配着已经过时的长条凳。角落里有一个灶台，旁边的柜子上放着很多大茶壶、茶杯等等。看似杂乱无章的场景，却隐隐透出传统、文化、地域和生活的本质。那一瞬间，陈安健眼里已分明看到了曾经的熟悉，感受到眼前的这一切刺激着他的深心，生发出一种久违的轻松和愉悦。除此以外，陈安健心里还翻腾着一种很有些复杂的情感。站在这个到处都弥漫着20世纪60年代气息的老茶馆里，那一刻他觉得自己似乎被一种时空穿越感俘虏了，有震惊、叹息、感慨、激动、疑问等情绪，拥抱在一起大力搅动了他的心扉。

陈安健走进交通茶馆去的那个下午，是重庆的一个六月天，天气已比较热，热气和灶台上烧水泡茶的水汽混杂在一起，使得本就不那么亮堂的茶馆空间里，更弥漫着一种似薄纱般的雾气，和老旧茶馆空间中的一切合在一起，像是一个正发动着的火车头。一边喷出蒸汽，一边发出不快但有节奏的、低沉的"轰、轰、轰"的声音。那个下午，茶馆里的茶客不算多，大多数人都坐在那里静静地休息，有几个人围坐在一张桌边打川牌。

陈安健快速地扫视了几遍，以他艺术家的眼睛很快就发现了可以为己所用又可以入画且非常有意思的素材：上面，用粗大木头搭成

的那一溜传统的人字形木框架，醒目地展现出传统文化的同时，也展示着一种很美的构成；下方呢，茶馆中部有一个小错层，一边是几步梯子往上走，一边是一溜梯子向下去，这使得整个茶馆里面的空间形成了一个三层格局，既有镜头感又有画面感。看起来的效果是，一走进来就看见了一个"舞台"，一个真实的生活舞台，又是一个真实的画面舞台。静静的传统建筑，安静和喧闹的茶客，昨天岁月的沉淀和今天时光的荡漾，共同交融着讲述一个迷人的故事，都向他提示着一种前所未有的好感。在他看来，这里可以由得他任意取材，随心所欲地画，能有很好的画面感。陈安健甚至不由得有些怀疑地在心下问自己，这是自己从前见到过的茶馆吗？为什么以前自己从没有过这么好的灵感呢？为什么以前走进自己眼里的茶馆与茶客都等于无趣、无聊的代名词，而不是像今天这样，饱含着厚重的沧桑感，释放着人生的喜乐悲欢，抒写出平凡后面的神奇呢？在重庆这座高低起伏的山城土生土长的陈安健，最喜欢家乡的层次感，久而久之，几乎可以说每见到一个画面，都会有一种很强烈的层次感立刻活跃在他脑海。而现在，这个自然而然中的层次感如此鲜明的老茶馆，一下子就让他着了迷。他站在那里，陷入了美妙的构想中：茶馆的结构、空间中的层次、屋顶上射下来的阳光，如果再加上一些这里那里人为布置的灯光，和着那些斑驳的砖墙，衬托着那些悠闲轻松的茶客，它们共同讲述出来的一个丰富的岁月故事，那会是一幅何等迷人的画面啊！

　　陈安健真的激动了，是那种"踏破铁鞋无觅处，得来全不费工夫"

交通茶馆

的大激动。他立即对自己说，这个茶馆非我莫属了。他清楚地意识到自己已经找到了一条明确的艺术之路。从今天开始，他就要全身心地投入进去，要好好地利用这个茶馆，它就是自己艺术创作取材的源泉地，一个可以有主题表现又能够延续、不断挖掘的艺术源泉地。从这里出发，他会走向自己艺术创作的目的地，也就是说他不会心血来潮一般地在这里画几张随感似的东西就罢手，而是要像拍一部不确定集数的电视连续剧一样，不断地拍下去。陈安健告诉自己不能做、也不敢再做蜻蜓点水一样的花活儿，不能把它当作纯粹好玩的事儿。他要"沉"入交通茶馆里，慢慢地去理解、去挖掘、去解构，把交通茶馆作为一个不断开发的，可以取之不尽的艺术基地。他要用交通茶馆的画面去展示自己理解的生活，去表白自己的艺术追求。

想到这里，陈安健高兴得差点儿忘我地手舞足蹈起来。他说从现在起，之前那种漫无目的地画风景、少数民族、街景，都要暂时丢开，要一门心思开始投入进茶馆了。利用老茶馆来讲今天的故事，一定会有意思。他必须画出自己的东西，画别人没有画过的东西。他也相信到此时为止，还没有见到有谁把茶馆作为自己创作的唯一或者说主创作来表现的。再者说，每个人的画法和感受不同，所以最后画出来的结果肯定也不同。于他而言，茶馆可以说是从他内心里长出来的，是经过他苦苦寻觅后上天奖赏给他的。所以，它只会是他的茶馆。

他想起平时大家开玩笑常说的，每个艺术人都应该是一个"山头"。罗中立是一个山头，张晓刚是一个山头，程丛林是一个山头，还有他

很多很优秀的同学、朋友，他们都有了自己的山头。现在呢，他也看见了一个应该属于自己的山头，他要做的，就是坚定地去占领那个山头。他对自己戏言道。

陈安健与交通茶馆就这样一见钟情。

今天来看，陈安健与交通茶馆不期而遇，至少有两个重要原因。第一，从小以来与茶馆相遇的经历在他潜意识里起的作用；第二，长时期在艺术追求之路上的困惑带来的必然。遇见交通茶馆之前，他一直都在想着要有一个属于自己的、能够长期画下去的题材。可是以前他总觉得好像所有题材都被别人画完了，不知道还有什么是自己可画的，一天天想来想去就是找不到可以属于自己的、能让他准确把握生活脉络的，或是自己很熟悉的东西去表现。在他眼里，就连当代艺术的所有形式似乎都已经被别人玩过了，比如符号这些都有人尝试画过了。而现在，当这两个原因在某个合适的时刻因为一个自然的存在发生了碰撞并合二为一时，属于他的"果"就自然生成了。

既然现在有了目标，陈安健就开始实施。从那天后，只要一得空，他就会去交通茶馆收集素材。他没有采取传统的画速写的方式，而主要借助了照相机。之所以这样做，是出于几点考虑。首先他觉得这样来得快，有利于把他希望的某个人物的动态表情等定格在那一瞬间，如果是靠画速写，则有可能他还没画完，那个人已经离开了，毕竟别人不是你专门请的模特，而且有不少人可能也并不情愿你画他。其次，

交通茶馆

这个特定时刻的现场的光线和人物，基本上都可以被照相机很好地定格下来，便于他后面把此情此景搬上画布时，有最好的一手材料作为提示。最后，从确定了画茶馆题材后，他同时也决定了要用照相写实的手法来表现。为什么一定要用照相写实风格呢？首先，应该是基于他长期受苏派写实训练后带来的比较根深蒂固的影响，然后是近些年来他也一直在用照相写实做创作。这之后的体验在他心里慢慢建立起的认识使他认定，照相写实更符合自己可以慢描细画的性格，更符合自己周到细致地讲故事的节奏。既然要用照相写实手法来画，那么用照相机迈开第一步就顺理成章了。这些年来陈安健也觉得，画照相写实还有一个好处：只要你把题材确定了，就可以安心地动手画了。也就是说，你可以有一个稳定的作画方式，不像学生时代学的苏派画画，其中有一种随时都在变化的意思，始终你要不断地去找感觉，那种感觉找起来也可以说很难。而照相写实呢，如果你对造型有了自己的理解，就可以很好地去表现，当然事先你肯定要做多次构思构图，不过这样的构思构图可以不像传统那样在纸上去反复做。他说，自己完成构思构图也是一个比较长的过程，得需要多次拍照，要把拍回来的照片进行组合，慢慢形成满意的画面，最后才进入实际绘画的过程。总之，照相写实可以省去用笔造型上的一些麻烦，它很稳定，你只要构思稳定了，照片拍好了，就等于你的画面工作完成了一半。当然也不能说照片拍好了就可以马上照本宣科地画，那样的话多半也不会成功，特别是画大画。陈安健要的是用拍下的照片作为一手素材，但绝不是一成不变地画照片。

即使采用拍照来代替画草图，但从开始到最后正式用于创作的那张"照片稿"，也需要花费相当的时间，毕竟人的思维不可能像水龙头一样想开就开、想流淌多久就流淌多久。从被某个场景或人物打动，拍下第一幅照片，到后面一次次修改、组合照片，直到完成草图，这个过程可以相对短，也可以比较长，如果遇上组合照片不顺利，比方说思路被打了"结"，没有找到走出来的"点"，那就可以用漫长来形容。再有呢，因为是用照相写实的技法来完成作品，总共需要的时间就比一般画画更要长得多。

虽然20世纪70年代才开始在西方流行照相写实主义，但借用照片来辅助绘画也并非首创于今人之手。据说，当年德拉克洛瓦创作《宫女》时就借鉴了照片。

陈安健有了自己的目标，也开始迈出步子，不过做计划相对容易，真正进行起来并不能一蹴而就。就像演一场戏，开场有过门，接下来可能是做很多铺垫，然后出现曲折，进入正题最后进一步发展……比如说一个最基本的现象，开始陈安健在茶馆里对着那些茶客人等拍照，大家都以为他是一个来凑热闹抓镜头的，引起一些人反感，有人甚至很不客气地对他大声叫喊说："嗨，有啥子好拍的嘛！不要拍不要拍。"下逐客令之意溢于言表。幸好陈安健脾气好，也不气，也不怼回去，他知道自己是在干什么，他更知道为了刚刚从心底生起来的那个梦想他应该怎么应对。所以他总是朝对他喊叫的人哈哈一笑，一边半开玩笑地说："放心放心，保证不会拿你的脸巴儿去卖钱。"

交通茶馆

几乎每天，茶客们都看见他像一部上了发条的机器，两手端着相机，在茶馆里四下不停地走来走去，抓拍他中意的那些人物。他们从习惯下自然流露出来的，抑或是受到某件事情刺激时表现出来的行为举止，他们在不自觉的一瞬间被各种情感俘虏爆发出来的真实表情。有时候，碰到陈安健特别中意的茶客，他希望其能够真心地配合他，可以按他的想法多拍几个不同的动作，他会悄悄地把这个茶客叫到一边，塞给其几十元钱作为报酬。

凭着执着和努力，一年多过去，陈安健已收集了相当数量的照片。经过仔细翻看整理思索后，他觉得现在自己可以动手开画了。

当陈安健决定用照相写实手法来画这家传统的茶馆和茶客们时，当年曾经以四川画派闻名，国内的最早画乡土人情画的那些艺术人都已经完成了转型，开始在他们的另外一片艺术田地上耕耘，国内艺术大圈也早已流行起玩"视觉""观念"等被定义为当代艺术的东西，陈安健偏偏一反"潮流"，按自己的思路走开了自己的路——所谓的四川"乡土写实"，即使这条路已经比别人慢了好几拍。

1999年，陈安健满40岁，中国人传统认识中归结的"四十而不惑"之年。走进了不惑之年的陈安健，却刚刚被自己的一个梦想蛊惑。这个梦就是他的交通茶馆画。他知道自己的艺术之路要大转向了。他对自己说这就该是我的"水到渠成"。

1999年底，川美为筹办60周年校庆活动，提前邀请了很多校友回校。陈安健把回校的一些老同学请到交通茶馆去喝茶。何多苓进

到茶馆，在靠窗边的一个座位坐下，马上就对陈安健说："这个茶馆太好了！千万让他们想办法把它保留下来，房子可以修补，但是不要变。"

陈安健心里本来一直也是这样的想法，但这话从何多苓嘴里说出来，他觉得分量就重了很多，毕竟那时何多苓已经是国内有名的大艺术家。得到了老同学的肯定，陈安健对自己选择画茶馆的底气也更足了。

这一天叶永青来到川美师范系办公室，看见了陈安健刚完成不久的几幅茶馆画，大为欣赏，马上对陈安健说，这个不错，你不要画街景画了，干脆就画这茶馆，文化氛围好得多，文化分量更集中，而且茶馆有传统，没有商业味儿，街景的文化氛围显得分散，又多了很多商业性。他对陈安健说你抓紧画，有个二十幅，就可以去"上河会馆"办个个展。

叶永青对茶馆画的肯定，给了陈安健很大的鼓励，让他更加信心满满。他心想，既然现在著名艺术家都愿意邀请我去办茶馆题材画展览，这就是一份明明白白的认可，是对我题材选择定位准确的认可，也无疑是极大的鞭策和鼓励。到这时，陈安健自己觉得像是真的完全醒悟了。

虽然醒悟得慢了点儿，但至少陈安健在从迷茫到醒悟的这条路上是一直不停地行走的。不怕慢，只怕站。中国老百姓的俗话不是这样说的吗？

要说呢，也许还应该归因于1977级学生骨子里的一种共性，就

101

交通茶馆

是看见别人做得好，走在了前面取得了成功，心里总有一份不甘心，想方设法都要追上去。陈安健现在也正是这样，知道不足，就要努力赶上去。

为了创作去上河会馆展览的一批茶馆画，陈安健辛勤地在交通茶馆和自己的工作室中"耕耘"。

2000年6月，陈安健的名为"茶馆·岁月·人生"的油画个展在昆明上河会馆举行。不负所望，第一次向大众亮相的这二十几幅茶馆题材作品，受到了前来观展人们的真心喜欢。

展出的这二十几张画基本都是小画，最大的一米，多数在40厘米至80厘米内，让人想到陈安健是不是在刻意模仿荷兰画家约翰内斯·维米尔的小画风格。也许，有一些这样的考虑吧？但至少，另外一个真实的原因是，那时候陈安健自己认为，茶馆场景不适宜画大画。

来看看陈安健1999年创作的第一幅茶馆系列画：金色的阳光不知从破旧茶馆的哪些地方溜进了茶馆里面，把本应该是被灰色笼罩的茶馆空间演绎成一个满是温馨色彩且生机勃勃的场所；茶客们惬意地沐浴在这难得的阳光中，放松地品味悠闲生活，啜饮着茶给他们带来的愉快享受。一个或许本应属于静穆的画面，被从茶博士高拎着的茶壶的长嘴流出的水如潺潺流泉一般，打破了那静穆，也打破了一个原本凝固的空间，幻出茶客们满脸的微笑和满心的喜悦，让他们自由自在的心境，随着水声如音乐般释放出来，弥漫在茶馆空间中；散坐在四下的茶客们，却共同创造出热气腾腾的一团和气，老旧的茶馆因此

图14 《茶馆系列之一》（40cm×28.5cm，1999年）

绽放出旺盛生命的鲜活活力（图14）。

  不难理解，现在出现在画面上的情景，显然不是照相机快门一闪所定格下的原始情景。陈安健对画中人物的位置、布局、展示，谁该正面而坐，谁该侧面露脸都做了精心的考虑，并通过人为引入的光线进行了巧妙合理的安排，使得画面场景看上去直观而自然，洋溢着满满的幸福和欢乐。

  出现在上河会馆展览上的这批茶馆画，因为陈安健采用了"照相写实"手法，画中人物显得栩栩如生。他们来自于民间，让他们具有了自由随意、情趣横生的无拘无束感，也因此削弱了与观众的

交通茶馆

距离。

　　画面中的人物虽年龄性别各异，但是以中老年男性"专业"茶客为主。时不时地穿插一个两个中年妇女，应该是现实茶馆中茶客里少见的人物，因为在中国传统里，妇女扮演的角色是全职家庭妇女，像坐茶馆这种活动，不属于她们生活中的主要安排之一。偶尔画面上也会出现一个年轻女孩，也许是为了寻找一个安静的去处读几页书，或是为了在里面随便溜达一圈，只为找到一种并不熟悉的慰藉，又或是为了寻找一份陌生，好从这陌生里去获得几丝灵感，注入她的速写本中。总之明显感觉得到女孩坐在这里并不是为了品茶，她以傲人的青春，冲破了老茶馆的陈旧，把老茶馆的传统定义冲破一条缝隙，翻出一页新篇章。

　　其实，就连茶客们坐进这破旧昏暗的茶馆里来也并非就真是为了喝茶，如俗话所说，"醉翁之意不在酒"。从某种意义上，他们只是为了服从于自己生活的一种习惯，来和天天见面的其他茶客打个招呼，一起摆摆天南海北的龙门阵；来打几把川牌、下几盘象棋，从这些没有担忧的"酣战"游戏里收获几分心灵的满足；或是打望偶尔走进茶馆来的一个陌生人，暗暗猜猜他的职业，他走进茶馆里来的目的等等。包括还有独自发呆的茶客，他仰头凝望着从上方玻璃屋瓦那里穿射进茶馆里来，公平地访问下方所有茶客的那几道略显惨白，被挤压成长方形柱子一般的日光，一边发着这样的呆，一边把坐茶馆的闲暇时间交还给自然。这就是他们的生活，也是他们平凡生活中的一抹亮色。

出现在画面中的那些被岁月修理得有点儿支离破碎的砖墙，大大方方地衬托着前景的茶客，在厚重斑驳的色彩中，似乎都可以嗅到好多年来从茶客们身躯里发散出来、嵌进砖墙缝里的浓浓的汗气和油气，不时又悄悄地散发出来熏陶老茶馆的茶客们，潜移默化地赋予他们随遇而安的生活态度，也可以被理解为平庸懒散，百无聊赖的日常。

陈安健用自己久经锻炼的眼睛，敏锐地捕捉住了发生在茶馆里的点点滴滴，把他需要的各种人物安排在茶馆背景的小空间中，也可以说是茶馆小空间中某一个更小的局部空间中，运用自己的画笔，把他们的姿态、情感表现出来，奉献在世人眼前。

虽说陈安健确定以照相写实作为自己茶馆画创作的艺术语言，但之前多年学习的苏派写实总会不甘心似的，在不知不觉中溜出来露一下脸。苏派那种以块面笔触塑造形象，色彩上追求"高级灰"的现象，在陈安健早期特别是在上河会馆展出的茶馆画中，分明飘浮着痕迹，所以它们并不能说是完全的照相写实主义风格。关于这点，陈安健自己后来也认可，并解释说，这个时期的作品的确是按着照片稿画的，但表现手法上确实带着苏派写实的味道，经过了一段时间后，自己注意一点一点地强化照相写实那种细部描画，才逐步地转变过来。除此之外，西方古典主义油画语言在陈安健早期作品中的影响也比较明显地流露出来，如那些年在艺术界曾经风靡了一阵子的所谓"酱油色调"，即来自对古典写实绘画的表征性学习的表现，在他的作品中也时不时见到。所以，变化总是慢慢发生的。

交通茶馆

　　上河会馆展览的这些作品，由于基本采用了照相写实主义的表现手法，所以从那细腻的笔触、细致入微的刻画下展现出来的人与物的真实感和鲜活感，至少仅仅在形式上就迎合并抓住了普通观众的眼睛。毕竟，在中国过去的半个多世纪里，艺术教育基本上都是在"写实"这个圈子里打转。画得像就意味着画得好，就能打动人，这在广大普通人的脑海里已经形成了难以撼动的定式思维。

　　如果我们不打算去深挖茶馆里那些平凡大众背后的故事细节，那么陈安健在画面里讲述出的故事看上去就是平淡无奇的，应该也能让人思索、回味，回味中可能也会尝到几丝苦涩，从丰富而繁杂的场景后面渗透出来。

　　不可否认，从某一个角度说，茶馆系列画之所以一面世就能得到人们的喜欢，很重要的原因是来自于它画面中表现的题材。这个在现代化城市中几乎被人们遗忘了的老茶馆里，社会普通人的种种生活景象，亲切地唤醒了人们埋在心底的记忆。那份对自己也许从童年少年时代起就留下来的美好记忆，抑或是对父辈昨日生活曾经经历的记忆。由此不难看出，陈安健的茶馆画创作，就此开始，为他的艺术发展奠定了一个良好的基础，打开了一个很好的入口，茶馆——怀旧——思索——欣赏。

　　叶永青对陈安健本次上河会馆展出的茶馆画作出评价：陈安健用现代看似不经意的平实笔调构筑了这个发生于我们所生活的时代同步的、平淡却令人感叹的故事。叙事是简单的、藏而不露的超写实手法，浓重的色彩暗合了作者艺术发源地——四川油画批判现实主义和乡土

写实的传统文脉与素养。面对茶馆人生舞台般的杂味俱全的俗事世界，陈安健有点像个旁观者，有非常明显的客体的角度，外在世界通过他的眼睛走马灯似的转，旋转出形形色色的人生百态……陈安健的作品传达的情绪总是淡淡的，好像一杯沏过多次的凉茶。

他又说：陈安健笔下的茶馆系列作品给我们一个反观现实的机会，其中的素质是当下大量艺术作品所不具备的，它揭示了人们回避不言的某些东西，关于这个时代的一些社群和个人的状况突然暴露出来。这种对于人的状况的关注，正是了解中国人生活的一个重要维度。在这之中，也隐藏着我们这个时代艺术生活的另类面目。

不过，我们也得实事求是地说，作为最初尝试的这批茶馆系列作品，陈安健对于如何选取最好的角度才能最到位地展现茶馆与茶客，如何以一个艺术家的语言来随心所欲地讲故事、表述自己心里想要说的话，还欠缺了驾轻就熟的本领。所以，我们不难从这批作品中看出明显的生涩和生硬感，比较拘泥于形式感，包括苏派语言的"不当混入"；也看见明显透出来一种为了想客观地表现此时此地此人此事所做出的被迫的刻意，看见画面中呈现出来的基本上都是对茶客们平时茶馆生活状态的直接、简单的描绘，纯粹为了表现茶馆文化而在刻意下出现的失措：真实但是没有曲折，平凡但是缺少亮点，直观却少了趣味——那种存在于人们的日常生活中但不应该与生活中的普通画等号的趣味。也就是说，陈安健此刻作为一个旁观者，作为一个运用艺术的语言来讲故事的人，把这个故事讲得太直白、平铺直叙、强烈地显出一种就事论事，还把故事有点儿讲

交通茶馆

偏了的感觉。虽然从表面上去看,他的确是在描绘茶馆里的人物,但真正的焦点却被意外地"落"在了对茶馆场景的强调上。画面上出现的人物明显是围绕着茶馆而存在,觉得他们更像是茶馆的附属品,其实他们本应该是现在茶馆场景的主人,是引导整个画面的主人,茶馆不过是用以解释他们处身何地的一个次要媒介。造成这种结果的原因固然很多,但至少,有一个很重要的原因是,此时的陈安健还没有真正进入角色,还没有把自己也变成一个老"茶客",他就像一个外来人,突兀地撞进了"茶馆",不知此身在何处,一片茫然之下,生硬地把自己眼睛看到的一切直截了当地折射了出来。所以这批作品总的看去,与他之前的街景画并没有太多不同,感觉他不过是把行走在街上的人物,换成了坐在茶馆里的"茶客"而已,或者有提炼,也有故事,但没有启发,没有趣味。

  总体而论,第一批茶馆画亮相于大众,固然极大地吸引了人们的目光,收获了不少掌声,但以更高的要求看,还是缺少了一些对文化、传统、人物的生活世界和人物内心精神层面深层次的剖析和细致的挖掘。其缺少了一条重要的纽带,即艺术升华的纽带,可以把客观现实中存在的人物百态和精神层面在画面中紧密联系成一体并升华。正如陈安健后来自己也总结到的一样,他说他画茶馆,是一步步走过来的,应该有几个阶段的变化。第一个阶段是直接描绘。那时,他是眼睛看到什么就画什么,没有做过多的其他考虑,只要找到了自己认可的生动场景,加以一些组织就动笔了。如反映茶客在茶馆里喝茶、摆龙门阵、打牌等的日常场景,大致上说就是用写实的手

图15 《茶馆系列》（56.5cm×39cm，1999年）

法来直接记录下他们的活动。画面主要是表现场景，也有画的人物肖像。关于这个问题，我们回顾一下在上河会馆展出的作品就更能一目了然（图15、图16）。

当然，我们也不能过于求全责备，毕竟此时的陈安健刚从前面多年的困惑与迷茫中跳出来，处在一个摸着石头过河的阶段。

至少，茶馆系列画的首次问世，"沉寂"了二十多年的陈安健一下展露在大众面前。人们带着极大的惊喜发现，当世间弥漫着浮躁的喧嚣时，居然还有这么一个"老哥萨克"静悄悄地行走着自己的艺术人生路；居然大大方方地送给大家一份久违的、充满安静与祥和的画面；居然让大家发现，原来在尘世疯狂追名逐利的烟熏火燎后面，还

图 16 《茶馆系列》（56.5cm×39cm，1999 年）

保留着像交通茶馆这样纯净的世外桃源。那中国传统穿斗式的小青瓦屋，屋顶那一行行传统的玻璃亮瓦，柔情地容许阳光穿过自己薄薄的身体，去抚摸茶馆里那些闲散的茶客，把金黄色的温暖书写在他们满足的脸上，把他们朴素、自由、无忧无虑的心态毫不保留地呈现给所有人（图 17、图 18）。

茶馆系列画的面世，也让长期坐交通茶馆的那些老茶客们突然发现，原来陈安健并不是悄悄拍拍他们的照片而已，他让他们走进了画中。特别是那些在画中露了正脸的茶客现在开始高兴，因为自己的形象走进了画中得以传名而"永恒"了。这之后，他们对陈安健的态度一百八十度大转变，看见他来拍照或是写生了，不仅没有人再反感地

图 17 《茶馆系列》（56.5cm×39cm，2000 年）

图 18 《茶馆系列》（56.5cm×39cm，1999 年）

图19 《茶馆系列》（56.5cm×39cm，1999年）

叫喊，转而一个个都直劲儿热情招呼"陈老师"，让座的、让茶的，把他完全当成了自己人。黄桷坪街上著名的"三花"之一的"胡蹄花"老板，看见坐在画中享受别人擦皮鞋的自己后，碰到陈安健时很高兴地对他说：你好啊，以后随便画哈（图19）！

如果要进一步对陈安健茶馆系列画受到大众喜爱的原因加以分析，至少包括了以下几个主要原因。

首先，中国多年来在艺术领域的写实主义教育，客观上使得对写实画的接受和喜爱在大众中打下了坚实的基础，大众对于这种画得真实、细腻、内容紧贴他们的日常生活，明确反映出他们的喜怒哀乐，

他们自认一眼就看得懂的作品，基本上都会叫好。

其次，中国85新潮后，艺术界还有社会大众在艺术认知方面，对于前几年突然大范围地潮涌而出的被称为当代艺术的很多种他们不认识、不能接受的表现形式产生出极大的厌烦和反感情绪。也许正像俗话说的"审美疲劳"一样的心态，他们对这个时期中的太多言之无物、无病呻吟、生拉硬造、自我标榜的"艺术"种类厌烦了，心和眼睛都渴望"逃离"。恰在此时，陈安健以极端细腻的照相写实技法刻画的茶馆人物——与大众没有半点儿距离的人物，包括他们为大众熟知并接受的、让人感觉轻松愉快、妙趣横生的行为方式出现在大家眼前，让人们眼前一亮，好感油然而生。换句话说，正是基于它对普通人这样浓墨重彩的渲染，才收获了普通大众的心。

最后，茶馆画中出现的经由老茶馆和茶客们传递出来的人们记忆中的昨天，安静、自由、悠闲以及青春岁月的怀想，对应着今天的纷乱与喧嚣，强烈的对比，合成一份以渴望为基调的催化剂，把对老茶馆和茶客们的喜爱带入一个近于梦幻的境界。

如果与罗中立的《父亲》相比较，《父亲》是以一个普通农民为代表的形象，赢得了大众的心；而陈安健的《茶馆系列》画，则是以一种普通人（茶客）为代表的形象赢得了大众的心。不得不说，《父亲》所占据的天时地利人和远胜于《茶馆系列》，其画面拥有的归纳性和典型性也都远高于后者。但我们还是可以做一个假设，如果茶馆系列画是出现在20世纪70年代末80年代初期，我们更有理由相信，它们一定可以得到比今天高得多的荣誉和赞美。也如陈安健自己说过

113

的一样，他是真的"醒得晚了点"，虽然如此，上帝并没有忘记奖励那些付出了真努力的人。

在上河会馆举办的茶馆系列画首展，让陈安健一"战"成名，也让陈安健对自己的选择更充满了信心和力量。

9

假如人们习惯了对一件事物一定要有一个时间界限来进行划分以便更好地认识和定义它的话，在对陈安健茶馆系列画的风格、内容、表现方式做一个概括分析后，我们或许可以大致把他2005年之前的茶馆系列作品归为第一个阶段，把那之后到2010年的归为第二个阶段，而在2010年之后的，归为第三个阶段。

2000年川美举办建校六十周年校庆，很多校友返校，还有很多艺术名流也应邀来校，包括陈丹青等人。校友和友人们参观了川美留校同学及其他一些老师的工作室，又在学校陈列室看了他们的小型作品展。陈安健的茶馆作品被安放在陈列室的三楼展出。陈列室一楼二楼展出的作品，大都出自那时在中国艺术圈如雷贯耳的艺术家们的作品。

陈丹青上到三楼，看见了陈安健的茶馆画后很是高兴，后来专门为之写了一篇文章，题目叫"地方与画家——读陈安健《茶馆》系列"，收录在陈丹青《退步集·地方与画家》中。他说，他本来正在搜寻这

一类的作品想要说点什么，恰好和陈安健的茶馆画不期而遇。

陈丹青在文章中写道：到达三楼展厅，作者名姓渐次陌生。游目四顾，就看见了陈安健色浓味咸的《茶馆》系列，不料这一看，好比酒席间尝一口当地土产的榨菜，我这才感觉自己分明到了四川。[1]论资格，陈安健是属"前辈"，与77、78级川美弄潮儿同届同窗，论现状，则除了一大堆画作，了无功名。这些，原不可怪，我所诧怪者，在当年川美风云际会而风流云散后的今天，这位老兄居然将自己反锁在二十年前四川"乡土写实"的美学樊篱内，冷饭热炒，孜孜矻矻。那天，我仔细观看他的每一幅画，不禁有所感动，有所感慨了。

他又写道：当年由罗中立率先取用的"照相写实主义"，在《茶馆》系列中熄灭了宣言般的英雄气息，作者仅以傻瓜相机式的快照摄取茶客姿影，同时，以"照相写实"忠实而琐屑的技术，一五一十描摹着他们的面相与神态。……我们可能会同意：国中零星可见的"风情画"，大抵是矫饰的，低层次的自然主义，陈安健笔下的茶客百态则无不散发着真的市井气，因他自甘于做一位蜀乡的市井——茶客就茶，并非钟情于饮，而是与老茶馆世世代代朝夕旦暮的日常氤氲相厮守；重庆茶客陈安健，就是这样一位接地气的地方画家。

文章最后他说：我确凿记得那天在陈安健的画前这才自觉来到四川，怎么说呢，就好比去年站在维米尔画前，于是身在荷兰。这两位老兄的画境岂可相较？但姑且将这对照降到最低层次：借取时髦辞令，我们不是要追究艺术家的"文化身份"么，很好，什么是我们大家抹

---

[1] 陈丹青：《退步集·地方与画家》，广西师范大学出版社2002年版。

交通茶馆

之不去的文化身份呢？咱们别谈文化吧，单论身份，那么，这两位同志就都是不折不扣的"地方画家"。要是如此对照仍嫌牵强，或者，我们且来听听蔡国强同志怎么说，这位满世界爆破开花的福建泉州人在上海国际双年展的告示板上坦然宣称：我是一位地方艺术家！

陈安健的同学张晓刚看到茶馆画时，在一张画前驻足注视了一阵子。他注视的是一幅茶馆场景画，画面中有一个老人在埋头喝茶，但不是肖像画。这时的张晓刚已经很出名了，不管是在艺术品市场上还是在艺术圈内，都已经成为了一根标杆。陈安健注意到了这个细节，张晓刚离开后，陈安健回头又专门去看那幅画。他不知道张晓刚为什么会对这幅画特别注视，也没有和他私下交流，但陈安健心下想，是不是画中有什么特别之处引起了他的注意呢？沿着这个思路，陈安健又仔细地慢慢去看画，突然间他脑海里跳出一个想法，可以用特写来表现一个喝茶老人。之后，这个想法就时时在他脑海里萦绕。但虽然心有冲动，他并没有马上动笔，只是一遍遍地计划、构思，想着怎样才能够真正把它画好。同时他又反复对自己强调，千万千万要注意这画不能和罗中立画的《父亲》撞车，否则就失去意义了。为了把这幅画画好，他特意去找了几个自己很满意的模特来反复摆拍，寻找最好的姿势动作，更在展现画面的光影效果，增强画面的感染力，使用什么色彩等方面都认真仔细地一遍遍琢磨。他告诉自己，画老人画，如果没有恰当的很好的光线，画出来肯定不好看，所以如何配光，如何让日光射在老人脸上或是射在其他哪些部位，都要精心考虑好。总之，为创作这幅画他很下了一番心思，一心一意就想把它画好，希望最后

图20 《茶馆系列——红衣女孩》（40cm×28.5cm，2001年）

能出来一个特别满意的画面效果。

  2002年5月，川美举办"77、78级毕业20周年作品邀请展"，参加者包括罗中立、程丛林、高小华、何多苓、张晓刚、叶永青、周春芽、龙全、王川等一批在中国美术史上占有重要地位的著名艺术家。陈安健也应邀携2001年创作的四幅作品参加了展览。这几幅作品基本上依然是之前上河会馆展览作品的那种风格，焦点还是落在茶馆的日常场景和直接叙事上。但在其中，我们已看到他开始把重点向人物刻画倾斜，有着叙事的委婉性、趣味性发展的影子（图20、图21）。

图21 《茶馆系列——小狗之一》（60cm×44cm，2001年）

　　正如俗话说的慢工出细活，直到三年后的2003年，陈安健才完成了经过长期构思的老人肖像画。准确说，是"一口气"完成了6幅《茶馆系列——老人头》喝茶老人肖像画系列。他说，画完这6幅画并没有花太多时间，基本上是一幅接一幅很快就完成了，但是构思的过程着实花去了太多时间。

　　来看看这六幅《茶馆系列——老人头》作品。以100厘米×89厘米尺寸的茶客"老人头"特写画幅，在陈安健的茶馆系列画中并不算小。也许是画家为了力图消解掉茶馆固有的各种杂音，从而让

人们能更好地进入画面上人物的内心世界，所以整个画面都被抹去了茶馆的背景，老人头像占据了绝大部分空间。这样大比例突出的头像给人造成一种先声夺人的效果。陈安健用照相写实的技法，以精到的技巧，描绘出老人们头上纤毫毕现的发丝，被岁月雕铸出密密皱纹的皮肤。陈安健选取了几个不同的角度来刻画这几个老人，但他们无一例外的都正埋头一啜盖碗茶杯中那琥珀色的茶水，那样晶莹剔透的茶水，让观众都忍不住真想伸出一根手指去蘸几滴来一闻茶香。

陈安健选取的几个老人头像都那么平凡而普通，是那种我们随便在一条大街小巷里就可以见到的人物形象。他刻意从不同的角度来画这几幅老人头像，也许是为了达到艺术的完美表现，或者只是想借以最好地展示自己的照相写实功夫，让人一目了然他作为一个艺术家具有的百炼成钢的绘画功底；又也许是觉得只画一幅意犹未尽，不能充分地宣泄出自己的认识和感想；但或者他并没有那么多考虑，就只是为了做一个简单的实验，看从哪一个角度展示出来的老人最能表达自己的感受，可以最好地打动观众？6幅画面上的老人都在低头饮茶，其中4幅，被陈安健有意选取的角度隐去了老人的眼睛，而另外2幅，虽然观众基本上可以见到人物的眼睛，但他们也都没有正面平视观众，因此让人无法明白看出老人们此时此刻的心情。然而借助他们那份专注于抿茶的神态，尽可以让人生起若干联想：那里面饱含着的安分守己、随遇而安，只求平和或也可以说麻木不仁，以及充盈着他们平常度日中自得其乐的满足，哪怕这满足来自于仅仅饮一口廉价的沱茶或

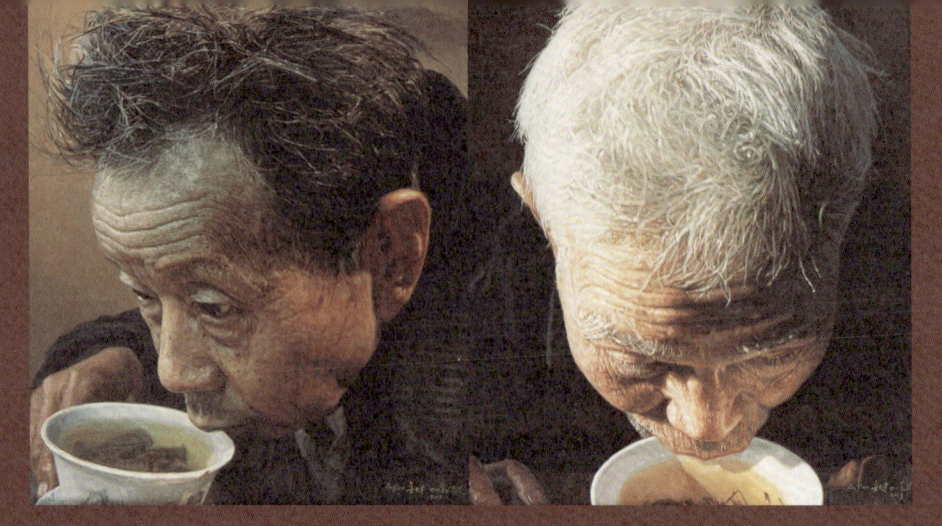

图22 《茶馆系列——老人头》　　　图23 《茶馆系列——老人头》

图24 《茶馆系列——老人头》　　　图25 《茶馆系列——老人头》

（图22、图23、图24、图25，89cm×100cm，2003年）

是花茶什么的。

　　与其说这几幅"老人头"组画就是简单的肖像画，我们更愿意认为它们是艺术家通过刻画这几幅老人头像来完成对世人心理状态的一种解剖，是对普通人一种生活态度的解说。因为在这里面我们明明可

以感受到画家心里的平静与关怀，也体会到他对已逝去光阴无可奈何下的一种隐隐的留念。

4幅《茶馆系列——老人头》（图22、图23、图24、图25）及另外2幅其他作品入选2003年"携手新世纪——第三届中国油画精选作品展"，于中国美术馆展出，其中3幅《茶馆系列——老人头》获得优秀作品奖。

我们从另外一个角度去看，这几幅《茶馆系列——老人头》画的出现，不仅仅意味着出来了几幅精彩的作品，更重要的是，它标志着陈安健的茶馆系列画的风格就此揭开了新的一页，亦如他后来说的，在上河会馆展览后的两三年内，他本沿袭着第一个阶段即直接描绘的方法继续创作茶馆画，直到有一天，他发现自己仿佛对那种全场景式的茶馆和茶客的画面表现患上了"审美疲劳症"似的。而使他生起这种感觉的诱因，或许正来自于创作这几幅《茶馆系列——老人头》。所以，与其把这几幅"老人头"作品看作简单的肖像画，更不如说它们是陈安健对自己前期茶馆作品生起的一个深沉的思考，一个怀疑，一个新的悟性或者说新的起步。而我们似乎还可以夸张一点儿地从另一个方面来总结这几幅"老人头"画的作用：它们的出现，打破了陈安健初期茶馆画一如之前街景画那种风格，至少，感觉有点儿像是把那种与繁杂的"洛可可"类似的风格转变到了相对的"极简主义"风格上了。从此开始，陈安健的茶馆系列画在表现风格上发生了大幅度的变化，也许这变化，还是在他不知不觉中发生的。

交通茶馆

所以好事是，这几幅《茶馆系列——老人头》作品使得陈安健明白地看到，他应该提升了，无论是对于画面还是在画面后面需要被体现出来的思想、文化内涵、艺术指向等等，都需要提升了，他不能把自我束缚进一个固态的茶馆里，和那些真正的茶客们一样，悠闲地消遣时间。他需要打破那一张束缚自己的网，带着他自己，还有画面中的那些茶客们，一起走进一个新天地。他说最初他只是在茶馆里对着实物找感觉，觉得怎么构图好看就怎么画，画多了，发觉画不下去了，没趣了，就想着要依照自己的生活经历来进行导演了。于是，他也得到了被称之为第二阶段的观念：构思。具体说就是，现在，当他找到比较满意的画面线索后，他会先进行有意识的构思，通过特有的手段安排出合适的场景、人物，再去画面中表现。基于此，他在收集素材的同时，开始更重点注意捕捉当茶馆里发生了什么不寻常的事件或者是由某种社会活动，焦点事件在茶馆里激起波澜时茶客们表现出来的不同反应等。陈安健自称，画了"茶馆"系列画后，才有很多人知道了他，认识了他。所以说，是茶馆画把他带到了大家眼前，是"茶馆"成就了他。如果他没有画茶馆画，还是如以前那样画少数民族人物，或者某些风景画，他肯定走不出来，也没有人会邀请他参加这个"77、78级毕业20周年作品邀请展"。这应该是他的真心感受，但不一定是真实的。不过有一点是可以肯定的，站在聚光灯下的只有成功者，旁边的，都是映衬红花的绿叶。

陈安健现在茶馆里采风拍照时，那些老茶客们和他都熟悉了，认为他是个很和善，也很好相处的大学教授。所以他们不但配合，还时

常主动摆出一些别出心裁的动作，做出夸张的表情，常常让陈安健收获一些意外的灵感，去转化成画面上的趣味，营造起某种很有价值的意境。这个时期，他已经不满足于拿着相机只是在茶馆里拍摄那些中意的茶客或游人的照片，而开始在黄桷坪的大街小巷行走时，都注意留心寻找潜在的、人物形象有特点、有性格、能彰显出特殊意义的"模特"，然后拍下来，以备"不时之需"。当然这样寻找模特的过程并不尽如人意，有时候他得客客气气地费老半天口舌去和别人解释，希望别人能够大方地助他一臂之力。不过也有自己找上门来愿意给他做模特的。有一个茶客，毛遂自荐来做陈安健的固定模特。陈安健觉得这个茶客的形象自带幽默感，很上相，就高兴地接受了他的自荐。另外有一个老人家，姓姬，他不是茶客，天天牵着一条狗在黄桷坪街上溜达，陈安健看见了，觉得这个老人家形象很大气，便去请他，问能不能做自己的模特。没想到这个老人平时就很喜欢拍照，爽快地答应了。

后来陈安健又发展了几个固定的茶客"模特"，因为觉得他们的形象与他的作品很对路子。总的来说，为自己的作品寻找模特的结果还算是满意的。陈安健有时也会请那些给他做模特的人吃饭，和他们搞好关系。开始创作前，他更会根据某个模特的相貌特征、个性和言行举止表现出来的特征等，在画面中为他安排不同的角色和不同的动作。

从茶客们最初对陈安健对他们拍照时的反感，到后来得到他们的信任和满腔热情的支持，让陈安健深受感动。时间长了，他和这些茶客们建立起了真正的友谊。一贯秉持善意对人的陈安健也会给那些固

交通茶馆

定模特一点费用，因为知道他们的家庭收入都很低。这些淳朴的人也真的是非常支持陈安健，无论何时，只要陈安健需要，说一声，约好时间，他们都会赶来协助陈安健拍照。往往陈安健因为按照自己画面的构思需要反复拍片，反复改变他们的动作，但基本上他们都不会有抱怨，除了偶尔开玩笑说几句牢骚话。

在模特这个问题上，陈安健从创作茶馆系列画伊始，就一直投入了极大的心思。他主要是从老茶客里面挑选模特，因为他觉得这些茶客长期浸泡在茶馆里，耳濡目染，会比其他比如农村来的棒棒，更多一些茶馆岁月积淀下来的特有感觉。当他的画面内容需要"棒棒"形象时，他会仔细挑选，启用感觉合适的"棒棒军"。每次为了创作拍照前，他都会不厌其烦地给"模特"们讲说，告诉他们怎样站位怎样动作等等；为了迎合他构思的画面中的光线和构图需要，他常常会让他们做出一些他们认为真是刁钻古怪得不行的姿势。虽然有时候他们也会对此故作不满地抱怨几句，说几句牢骚话风凉话玩笑话，实则总会十分配合，乐滋滋地按陈安健要求的那样一遍遍地摆姿势。陈安健这时十足像一个导演兼制作，告诉这个那个模特你现在怎样怎样做动作，一边忙着前后左右跑来跑去，手中的相机一直拍个不停，还要反复看片反复调整，直到满意地完成他正式创作之前的"草图"。一般情况下，即使看似还顺利，这个"编排"拍照的过程也会花去他不少时间，如果碰到什么特殊原因，这个时间也可以用漫长来形容。

在陈安健的作品中经常出现的几个模特，主要包括以下几位：

范家强，比陈安健大一两岁，交通茶馆的老茶客，算得上是茶馆

的一号人物，也是跟陈安健关系最好的一个模特。陈安健喜欢跟着其他人那样也喊他"范大爷"。"范大爷"年轻时是铁路工会的美工，搞宣传工作，会画画，以前他在茶馆喝茶时，常常为身边的茶客朋友们画速写。

范大爷时不时地会拿些稀奇古怪的小玩意儿到茶馆里来炫耀，说这是古董呀高科技呀什么的，逗得熟悉的茶客们哄堂大笑，说那你应该身家百万了，换个高档茶馆喝茶去。范大爷爽朗地大笑，说我还就舍不得这个交通老茶馆。

范大爷近乎光头，略显胖的脸庞，留着一大把迷人的白胡子，那是陈安健建议他蓄起来的，说那样更有范儿，更入画，有点儿像从前茶馆里的"舵爷"。他双眼生得溜圆，射出几分熠熠的神光，自带一种莫名的威慑力，粗看上去，让人一下联想起几十年前的样板戏"沙家浜"里的胡传魁。陈安健正是看中了他面庞上具有的这一种舞台张力，觉得他这个相貌出现在画面上一定会非常吸引眼球，于是让他"上镜"了自己好些重要作品中的主角。

范大爷喜欢别人画他，也喜欢教别人画画，高兴时会大大方方地为那些来茶馆画速写的美术培训班的艺考生指点几句，示范性地画上几笔。他真的很享受自己成为茶馆的焦点。

但是范大爷刚到花甲之年，2017年冬就早早与世长辞。他妹妹因为好多天都没有他的音信，去他独居的家中寻找，才发现他已去世二十来天了。

范大爷其实是表面看着硬朗，但身体并不好，有点闲钱总喜欢拿

交通茶馆

去买保健品，老茶客们都说他后面这几年看上去就像是个 80 岁的老头。陈安健记不太清楚最早是什么时候请他来做模特的了，但他感到比较欣慰的是，他用自己的作品记录下了范大爷人生岁月中的一些闪亮时光。

吴达贵，1998 年退休，家住九龙坡，一个月起码有二十多天会到交通茶馆里来待着。自从陈安健开始画茶馆系列画，他就一直为陈安健做模特，因此他在茶馆系列作品中也是个常常露脸的主儿。

周隆光，年过甲子，家住距离黄桷坪几公里外的杨家坪边上的大黄路，皮肤黝黑，坚持每天走差不多两个来小时的路到交通茶馆喝茶，他告诉旁人说这是为了锻炼身体，因为前些年不幸得了脑梗死。他为陈安健做模特也有六七年的光荣史了。

邓美琴，中年妇女，早先在机务段工作，性格比较活泼，算是交通茶馆的老茶客之一。她自称是"多年前发现了交通茶馆这个好地方，后来不做工作了，每天早上基本上是六点半起床，七点过些就到茶馆来了，喝茶到中午回家吃饭，下午又来喝到五六点钟"。她说最初来的时候因为和茶客不熟，就自个儿在一边喝茶，后来和大家熟了，就聚在一起打麻将。作为茶客，她算是陈安健"请"入画中的唯一一个"御用"女模特。几年前她改去别的地方打麻将了，不过如果陈安健什么时候需要这样一个模特时，她必会随叫随到。

谢泽明，"谢棒棒"，来自四川富顺的农民工，年近花甲，长期"漂"在黄桷坪，性格开朗，也是陈安健长期使用的模特之一。陈安健叫他很方便，所以在不少作品中他都有露脸（图 26）。

图 26 《茶馆系列——花花》
（30.3cm×44.4cm，2016 年）

交通茶馆

田庆华，黄桷坪人称"田棒棒"，知天命的年龄，因为对画画有几分喜爱，也因为经常被川美请去给学生当模特，故而对自己本职工作"棒棒"之外的兼职模特业务门儿清。只要陈安健叫他去做模特，总是立马就非常乐意地答应了。"田棒棒"生得瘦削，个子稍高，可能应了"近朱者赤近墨者黑"的老话吧，另外可能也是为了效仿有些艺术人，大多时候，他都给自己留着一头长发，还烫了好些个波浪，很有点儿"艺术范儿"，也有人背后笑称他这叫"艺术棒棒发型"。作为画面上的主角人物，他出现在陈安健第一阶段的作品《茶馆系列——棒棒》，第二阶段的作品《茶馆系列——田棒棒走黑棋》，和第三阶段的作品《桃花镜》《喜乐平安》中，而在第二阶段的作品如《掰手腕》《乖乖之一》《乖乖之二》《夏日来风》《枪杆子里面出政权》《茶馆系列——打蚊子》等里面，则是作为配角出现的。不管怎么说，他至少是在陈安健茶馆系列三个阶段的作品中均有出镜的模特或不多的模特之一，跨度已达二十年以上。陈安健在构思创作《喜乐平安》时，有一天从黄桷坪街上回校，一眼看见了站在校门边揽活儿的田棒棒，灵机一动，就把田棒棒"规划"进了这幅作品，考虑到人家好歹算是一个有名气的棒棒，不仅把他安排在画面里的主要位置以增加作品的辨识度，而且为他安排了仿佛是这支正在播撒快乐的队伍指挥者的身份：拉二胡。

田棒棒参与"表演"的比较有意思的一幅作品是陈安健创作于2002年的《茶馆系列——棒棒》。在这幅画中，突兀地占据了近半个画面的"田棒棒"，以一种很好笑的姿势——硬生生地弯下腰去只

为了要注视（看穿）照相机镜头出现在观众眼前。这样的动作我们平时并非不常见，比如孩子，当他们对某种不解的事物非常感兴趣，又急欲知道答案时，他们就往往会不顾一切地想方设法去寻找答案，这时他们会忘记了礼貌，忘记了规矩，甚至忘记了危险，一心一意只想着他们感兴趣的答案。因此可能会做出各种很好玩很有趣甚至很惊险的动作，其中就包括了田棒棒眼下做的这个动作。而田棒棒此刻出现在画面中的模样，正是那种孩童式的对未知求解的渴望，那样的好奇、那样的天真。田棒棒当然不是孩子了，所以画面上出现的田棒棒的这个姿势、这样的神情，是为了入木三分地刻画出一个来自于偏远乡村、对外部世界几乎一无所知、对见到的任何事物都感到新鲜有趣的真实的农民工形象。

这幅作品的构图上，站在画面左边的田棒棒位于焦距的焦点，而出现在他右后方的茶客们则因为景深的改变处在了次要的位置。棒棒的身份与茶馆这个江湖社会从很大程度上说本就是一种格格不入，棒棒与茶客，这两者所讲述的也是完全不相干的两种人生故事，他们是一种毫无关联的关系，也可以说他们是处在两个截然不同的世界里。为了最基本的生计而成天奔波的棒棒，显然不大可能坐在茶馆里来悠闲地喝茶，他更可能是进来找活儿干的，或者是刚才给别人扛活儿走了进来，偶然看见艺术家在这里拍照，出于无知下的孩童式的好奇，趋身上前观看，并做出来这样一个欲求甚解的姿势，全然不顾及自己这样的行为是否会与周围的"社会"发生冲突。他站在前面，和后面的人物构成一种既协调又不协调的画面关系，相

图27 《茶馆系列——棒棒》（100cm×70cm，2002年）

互不搭调的一种协调，画面生发出十足的幽默。虽然画面上田棒棒的这个动作也带给我们几分乐趣，但更让我们在一笑之后，生起几多叹息（图27）。

　　陈安健说这幅画的得来其实很有些偶然，他自己也比较满意、比较喜欢这幅画，因为作品中小小的成功似乎也是在他不期而然之中降临的。他说事情往往是你一路苦苦追求可能最后两手空空，但谁知道，缪斯又会在哪个时候对你和你的作品青睐相顾？

　　以惟妙惟肖的画面出现在大众眼前的《茶馆系列——老人头》几

图28 《茶馆系列》（170cm×200cm，2004年）

幅作品，又一次给陈安健带来了掌声和鲜花，让他被更加聚焦在大众的注视中。在陈安健本人看来，这除了是褒奖外，更是激励和指引，使他信心满满地在这条路上大步前行。因而不久后，他就创作了一幅近乎肖像画的大尺寸作品，成功入选2004年第十届全国美展，并获优秀作品奖（图28）。出现在这幅作品中的老人，就是以那个牵狗溜达的姬姓老人为模特的。

交通茶馆

　　说这幅画近乎肖像画，是因为画面里没有了茶馆的景深背景，只有一个精心描画的老人的半侧面头像，占据了画面的绝对比例。说它近乎肖像画，是因为画面上还有另外一个人物的局部形象，那是一个掺茶的妇女，虽然她"隐身"于一个角落，完全居于画面中的次要地位，却在整幅画中起到一种提纲挈领般的作用，不仅衬托出主角所在的场景，更通过她的动作，极大地增加了画面的趣味，丰富了内涵，扩展了意境。陈安健匠心独运地把掺茶妇女右前胸的白色围裙带、她手中茶壶的长嘴、从长长的壶嘴中泻出的开水连接成一个流动的S形，因此把一个本来应该在瞬间定格的静止画面演变为一个充满活力，多了些许趣味的画面，使得这个画面揭示的，已不再停留在表现一个喝茶老人的日常行为这个点上，却明明白白地洋溢出浓浓的人与人之间的温情。也许，正是因为这个理由，这幅画才受到了大众的喜爱。这幅画让我们再一次清楚看见了陈安健在画面表现无论是思想还是场景构思上的大转移，运用简洁的手法更好地诠释复杂的内涵：从表面上看，它似仍然是在描绘茶馆的点滴生活，但透过画面，我们已经看到了在它后面拱土而出的一个新发展，标志着陈安健的作品已不再只聚焦于直观地反映茶馆场景下的日常生活，而的确是在向更高一个层次的关注上升了。

　　另一边呢，多年与"街景"打交道在他心里留下的烙印也不是轻易就能消失掉的，时不时地，它也会在他有意无意的"疏忽"之下溜出来表现一番。如2003年创作的《赶场天》一画，我们就有充分的理由说，它其实就更像是一幅街景画，或者可以作为街景画与茶馆画

图29 《茶馆系列——赶场天》（180cm×130cm，2003年）

相结合的一个例子。你也可以说它是在哪个乡镇的赶场天上轻易能见到的喝地摊茶的风景。但至少，它的发生地不在茶馆里，它的主题，也与喝茶拉开了很大的距离。散乱的茶摊在这里，在画面比重上只是一个小比例，尽管它占了不小的空间。这幅作品的语言却是明明白白的照相写实主义，与初期茶馆画那种语言相对比较混淆的情况泾渭分明，由此看到陈安健经过这几年的潜心修炼后，在画作表达上已基本定调、成熟（图29）。

如果我们回头去还可以看见，在他茶馆系列第一阶段中的很多作品，似乎都可以被搬到之前的"街景"作品框架中。它们给人一种感觉，

133

图30 《茶馆系列》（97cm×77cm，2002年）

就像不过是换了一个场景，换了几个行为不同的角色，但仍然讲述着基本相同的故事。画面依旧比较凌乱，缺乏中心，缺少文化氛围，缺少思想，缺少思考，还是一幅幅表现世俗的画面而已。如果只从以茶馆反映世俗风情的角度去认识它们，这是可以的，但无论如何，现在需要的是艺术的表现，而非把社会现实照搬进画面来的直观。不过，值得高兴的是，我们也在这个阶段的大多数作品里看到很重要的两点：一是如同之前的那些街景画一样，茶馆系列仍然一脉相承地讲述着普罗大众的平凡故事；二是无论出现的场景看上去有多么热闹、多么熟悉，表现的是大场面抑或是小情景，已经大幅度地

图31 《茶馆系列》（60cm×45cm，2003年）

消减了之前街景画中那些可能让人不那么喜欢的喧闹和嘈杂音，从艺术表现上说，也可以被视为旁枝末节的东西，转而化为一种沉静，或者说已演化出一种不让人心烦的热闹（图30、图31）。也许，这是因为画面上的"场景"真的已被从一个大开放的街头空间移进了四壁萧然而狭小的茶馆里。但茶馆本来不就应该是一个充斥着喧闹与嘈杂的场所吗？不管怎么说，如果我们的这种感受是真实的，那么就只有一个解释，这得归因于艺术家，是他把自己内心的沉静，完整地融入了这些作品中。

　　因为陈安健的茶馆系列作品基本是采用照相写实技法创作的，

交通茶馆

所以完成一幅画的时间就相对长得多，或者这也是陈安健初期茶馆画作品尺寸大都为几十厘米的小画的重要原因之一吧。尺寸小些，相对说画的时间就短一些。而另外一个重要原因，也很可能出自他对维米尔的崇敬和模仿。按后来的粗略统计，陈安健自1999年动笔开画《茶馆系列》之后的20年里，茶馆系列画平均一年为10幅左右。

  陈安健这些年画下来，觉得画茶馆有个很大的好处，它可以让你不慌不忙地、慢慢地去观察，去审视那张四方桌子四边坐着的茶客。还有很重要的一点是在他进入茶馆画之前并没有认识到的：坐在茶馆里四方桌边长凳上的每个人，背后都可能有若干精彩而生动的故事。这个人坐到了茶馆里，他那些故事往往就会不自觉地流露出来，也许是某一天因为什么他自己给大家讲出来的，也可能是由别人用一个话题而牵引出来，总之这是一个很有意思的现象。陈安健发现这点后，就很注意仔细观察每一个人，猜测他会不会有着什么有意思的故事，看自己能如何动心思，去把他的故事挖掘出来；他们的这些故事也许相互有交叉，有融合，但他可以把他们的那些故事改编成另外一个综合的、更加活力充沛、趣味盎然的故事。在他的作品里，要么是综合表现在某一个人身上，要么化为一个大场景的画面展现给大家，用这样既有个性又有共性的故事，深深地打动观众。正因为他的这个意外发现和收获，让我们因此可以在陈安健中后期的作品中看见那么多别出心裁的、与众不同的趣味情节和既真实又梦幻的故事。

应该肯定的是，正是陈安健平时沉默不多言，不高谈阔论又很冷静的性格，才使他得以在充斥了太多夸夸其谈、太多浮华浮夸的那些日子里，依然保持了一颗难得的平常心。在平和的心态下，以一种公正客观的立场，透过细心观察，通过自己的心对作品反复加工、精雕细琢，才创作出了看似简单平常，描写小民俗事实却又丰富地包含了社会、文化和传统错综复杂关系的茶馆系列画作品，借助它们完成了他自己艺术之路上的转向，更借助它们展现出平凡世人的生活百态：欢乐、痛苦、希望、追求等等，那些人们见惯不惊的平凡人的种种细枝末节，像突然被置于若干倍的放大镜下特写在人们眼前，唤醒并刺激了人们的情怀，让人们不得不去思考、去寻觅、去分享，也让人们得以重新拾回曾经的欢乐，并对这些作品生起由衷的喜欢。

陈安健说他越是深入到茶馆系列画中，就越被那些平凡人的日常故事所打动，就越想"用四方桌讲天下事"，讲小老百姓们平凡的生活琐事，包括他们的喜怒哀乐等等。渐渐地，他的画面中出现了很多普通人惯常的戏谑、调侃，他们之间的交流方式、心计，透出重庆独特的码头文化和江湖智慧形式。他希望把平凡人本来生活实质中包含着的这一切都经由画面中这些小人物表现出来，还大家一个真实的生活面貌。

他说，小时候，重庆到处都是茶馆，比如离他家不远的通远门下边就有的那个"老虎灶茶馆"，常来常往中，不知不觉地就给他留下了很深的茶馆和茶客的印象。他说自己以前受苏联艺术创作思路的影

交通茶馆

响很大，一天想的都是寻找类似我们说的高大上典型题材，画画也要有宣传目的，结果反而把比如像茶馆这样很真实的也很生活化的东西忽略了。

陈安健的茶馆系列画一次次在大型画展上获奖，自然让他得到了圈内的认可，也更被交通茶馆的茶客们以及黄桷坪人熟知，作品更加受到大家的喜爱。

—— 10 ——

时间到了2005年，运输公司终究还是觉得由自己来苦苦经营交通茶馆不是好办法，虽然勉强也撑下来了，但经营效果始终无法达到一个相对满意的状态。尤其此时，另外一个"重大事件"的发生，让茶馆的前景更蒙上了厚厚的一层阴影：重庆市决定在离黄桷坪约四十公里远的歌乐山脚下创设一个大学城，为此，政府极力鼓励原本在城中心区的大学迁往大学城内，而四川美术学院正是响应政府鼓励、首批迁入大学城的大学之一。尽管搬迁并不是一觉醒来就会实现的事，但这个突如其来的消息绝对像一场不小的地震，携带了足够的分量，给相关联的人或事一记"重击"，那真有点像一句西方谚语说的，"最后一根稻草压垮了骆驼的背"。

运输公司领导被迫决定再次"壮士断腕"，熬不下去了，就另谋出路吧，反正大前提是，公司不能再背着一个沉重的包袱向前爬行。

经商量决定后，公司再次面向社会发出了承包招揽书。

　　幸好，时代发展了，也有敢闯敢干的人站了出来。招租信息发出去没几天，就有人来租下了茶馆这个场地，签约，一番收拾后，搬了几张台球桌进去，做起了当时也算颇为流行的台球生意。可是没多久，生意就做不下去，停租了。公司只好再次张榜招租。过了几天，又来了一个愿意租的，黄桷坪街上大家常叫他为马三的一个年轻人来揭了"榜"，准备把它改建成那时在城里已开始流行的网吧。谈好条件，公司和马三签下租约，马三也依约交付了定金。公司刚准备松一口气，就有不少人对马三要经营的网吧议论纷纷，多出来一些担心：网吧这算一个新生意吧？新生意就意味着变数多，万一他又经营不下去了呢？那样的话，要么是又把它甩出来，要么更糟，甚至拖欠公司的租金。这样三天两头换一个人租，不仅麻烦多，公司的利益也得不到充分保证，还会间接影响公司的改革计划。很快公司又听到一个消息，说马三打算投入一笔钱，把茶馆的原有建筑来一个大幅度改建。于是有人更担心了。茶馆是20世纪60年代的非正式建筑，电线随意缠绕，四面漏风，如果一大改动，很可能把存在的安全隐患都暴露出来，那不是反而成了公司的烫手山芋。

　　当运输公司这次对外发出招租承包时，陈安健也从别人口中知道了这个消息。就在他还在考虑自己可不可以去揭榜时，就听说有人已捷足先登，把它变成了台球室。还没等他反应过来，兀然又听说承包人又换成了马三。打心里说，陈安健并不在乎谁承包了它，不过这个消息的后半段的确让他震惊：马三接手交通茶馆后，一是要对原建筑

交通茶馆

动大手脚改建,二是经营要变为网吧。也就是说,这些年来他一心一意苦苦守着的交通茶馆,无论是形式还是内容,从此以后都将随着历史的脚步被埋进历史的尘土中了。这家茶馆消失了,黄桷坪就再也没有了茶馆。那就意味着,他的茶馆系列画或许也将戛然而止,虽然这时候他已经收集了很多素材,在相当长的一段时间里也可以继续画下去,但失去了真实的茶馆,他觉得他那些照片有点儿像是失去了灵魂的幽灵。他担心自己那时候再创作的茶馆画很可能会像一幅幅没有生命的图片。他发自真心地呐喊,茶馆不能消失,这么一个有一些历史难得保留下来的,体现出传统文化风味并承载了很多人尤其是老茶客们人生情结的老茶馆,一旦消失就永远消失了。它的消失对于黄桷坪的记忆、历史文化,都将是一个大损失。过去几十年里,我们已经轻易地损失了太多这类包含着丰富传统文化的东西。再说,咱老百姓也需要有个喝茶的,能够延续传统茶文化的地方不是?还有,交通茶馆这个建筑真的不适宜作网吧,建筑样式和网吧完全不协调不说,风险也大。

陈安健肯定是十二万分不愿意看见茶馆消失,其中固然有相当一部分原因是这个他视为的艺术源泉地消失会对他的艺术创作带来无法想象的影响,另外他也真心期盼着能把这个今天已很难得的老茶馆保留下来。但面对运输公司已经和别人签订租约的事实,他束手无策,只能人前人后发一通牢骚。

说来,也不知真的是注定了他与交通茶馆有着一份不解的缘分还是怎么回事,他的牢骚不知怎地就传到运输公司领导耳朵中去了。

那时好些公司领导本来就真的是在忐忑之中，主要是极不情愿新承租人要把茶馆改成网吧而为此对原建筑大动手脚，就是说过的，那样很可能会把很多安全隐患暴露出来，就是那些乱拉的电线，老朽的木建筑等，改建时万一引起垮塌、引起火灾什么的，那可不得了。所以公司领导听到陈安健的牢骚话后，几个人一商量，念头一转，顺水推舟，安排龚主任来找到陈安健，说陈老师你愿不愿意出面来承包交通茶馆？如果你愿意的话，我们负责去和马三商量，请他退出承租。

陈安健毫不犹豫就答应了。

应该说运输公司做出这样的考虑和选择也是大有讲究的。首先公司觉得，陈安健这些年来一直在画茶馆系列画，大家都知道他已经在这个上面画出名了。现在如果他来租下茶馆，自然是要保证他的创作可以继续，所以茶馆就不会面临被改建以及随之可能带来的风险，那让公司省了不少心。其次，这几年里陈安健常常在茶馆里拍照，和茶馆的员工都混熟了，在大家眼中，陈安健是美院的教授，人品也不错，一定不会骗人。再说他每月有国家饭碗保证着的，他租下了，后面支付租金也不会有问题。总而言之，把茶馆租给陈老师，稳当、省心。至于陈老师他能不能真的搞好茶馆的经营，基本上没人去太多想过，至少没有人就此提出过疑问。大家主要想的都是得有一个可靠的人来接手承包茶馆，能够把茶馆正常经营起走，能够按时交得上租金，涉及每方的利益都不会有问题，能把公司这几个员工养活，保证他们的退休工资不受影响，就够了。

交通茶馆

也有人好心提醒陈安健,说这可能是给你挖的一个坑让你跳进去哟!陈安健听了一笑,不置可否。他内心只希望这个茶馆能够延续下去,既是对文化的保护,也是给自己的艺术创作提供资源的自留地"菜园子"。他知道自己需要什么。

于是,运输公司出面去找到了马三,做了一番工作,马三就同意了解约。为了解约顺利进行,陈安健主动负担了因为运输公司和马三撤销之前签订的承包合同而产生的一笔损失费。陈安健和运输公司重新签订了承包交通茶馆的合同,一年一签,租金每月2800元,以后按年按比例递增。

龚主任和陈安健商定,茶馆的员工依旧用运输公司的职工,但每次签约必须是陈安健出面,公司只认陈安健。热心的龚主任又出面找来在交通旅馆上班的公司员工,一位姓佘的妇女任茶馆经理,负责茶馆的日常经营。到这时候龚主任心里又有些过意不去,觉得虽然陈安健是端的国家铁饭碗,但毕竟是靠工资吃饭,他出面来承包,却不在茶馆的经营里获取任何利益,只承担风险,如果让他一个人出租金对他是不是也有些不公平,有点儿说不过去。龚主任就主动提出,陈安健负责每月承包金2800元中的1500元,其余部分在茶馆收入中支付,算给他减轻一些负担。陈安健那时就根本没想过是不是要多找一个合伙人来分摊一些租金,在可以减轻自己经济负担的情况下才承包茶馆,他本来就是一口答应了愿意承包,答应了由自己出租金,主动提出不参与茶馆利润分成等条件的。之所以这么干脆,只因为他一心想要让这个茶馆原封不动地保留下来,无论是基于对自己的艺术创作有利考

虑，还是为了要保护一个传统老茶馆。

龚主任找来的另一位合伙人佘定明反而心里打着鼓，因为摆在大家眼前的事实是，每天来茶馆喝茶的人那时真可谓寥寥无几，生意极清淡。依这个状况，不要说赚钱，能保证大家的基本收入，恐怕就不错了。思考再三，应该还是看重陈安健多年来大家都看在眼里的良好形象和良好的为人口碑，佘经理决定摸着石头过河，先走几步看看吧。就这样，这个算是顶着风风雨雨走过来的交通茶馆，终于顺应社会潮流，正式走上了被私人承包的路。

川美教授陈安健出面承包交通茶馆这件事，成了黄桷坪地区一段时间内不小的热门新闻，包括美院的师生和社会上很多人，都有些不那么理解。不过话说回来，这年月对于别人爱干什么，大家一般都不会多说，那是别人的自由，理解万岁。

陈安健只给佘经理提了两个要求：一是时刻注意保证老房子的安全，二是不随便涨价。

陈安健说他不懂经营，但他清楚，首先要保证茶馆的全面安全，不能有安全隐患、不能出安全事故，万一出了事故就麻烦了，那会让大家都不愉快。开茶馆的目的是要让茶客们在这里舒舒心心地喝茶消遣，这是茶馆服务工作必须尽到的首要责任。他说既然我是茶馆的承包人，就要有这份责任心。还有一个重点是，不随便涨价，保持平民消费，这样就不会让老茶客流失，能让更多的茶客接受，让走进茶馆来的茶客们愿意在这里坐下来"混"时间。做到了这些，交通茶馆存在的意义才显现出来。

交通茶馆

　　为了让茶客们在茶馆里坐得住，或者说也让他们能有一种坐在家里的感觉，陈安健又自己掏钱买了大电视机，更换了营业需要的一些相关设备，为排除茶馆一些明显的安全隐患做了整改工作。

　　后来陈安健和佘经理也想过是不是能想法装上空调，因为重庆的夏天实在是太热了。说是茶馆四下漏风，但漏进来的那点儿风在炎夏酷暑天不过是会让人感到呼吸更压抑的热风，到最后他们还是放弃了。一个原因是他们觉得，在大环境那样炎热的情况下，装个空调基本上也等于做无用功。另外一点，陈安健觉得，有茶客打光胴胴（赤膊）坐茶馆，正是江湖茶馆的一个传统特点，是江湖茶馆的本来面目，也才体现出茶客的率性、粗犷。而这，也是他希望交通茶馆能够保留的一个重要元素。

　　茶馆里有一个专门的柜子，里面放着好多大小不一的茶杯，那都是老茶客们的，为了不需要每天随身带来带去多出来很多麻烦。他们离开茶馆时，就自己把"专用"茶杯洗干净，放进柜子里，这很像一些高档酒吧里身份高贵的客人把自己价格不菲的名酒存在吧里一样，有一种VIP的骄傲和专属特权，以此区别于偶尔进入的茶客和那些被好奇引来的游客。

　　佘经理说："有些茶杯好久都没人用过，落满了灰尘，但是我们也不动它，不洗不扔。有些老茶客脾气很怪，你看他是好久没来，但说不定哪天就来了，看见自己的杯子干干净净的，还以为别人用过，会很不高兴。也有些杯子搁那儿好几年不动，多半是主人已经走了。"

　　为了体现不涨价、保证"平民消费"模式，新开张的交通茶馆依

然维持了先前的消费标准。过了好些年后，国人的收入和国家的物价指数大幅度上升了，为了正常经营，茶馆也才逐步地相应提高了一些价格。有一个参考可知，20世纪80年代交通茶馆卖的大众茶是5毛钱一碗（以一个茶客计），近40年过去后的2023年，一般工人从当年的月工资三十几元翻一百倍以上涨到了三四千元，而交通茶馆针对大众的茶才涨到10元一碗，涨了19倍。当然茶馆也准备了更高档的茶叶，价格也会更高一些。但除非来的茶客点名要喝更好的茶，否则堂倌都不会主动去推销那种价格高些的茶给来客。除喝茶以外，茶馆今天也给茶客准备了一些喝茶时"哄"嘴巴的小吃，比如炒熟了的葵瓜子，也是10元一大盘。此外，对多年来一直在交通茶馆喝茶的老茶客，给他们以特殊待遇：可以自带茶叶茶杯，坐一天只需交2元开水钱即可。总之就是，茶馆主要是想着怎样让茶客坐得下来，坐得高兴。另外呢，考虑到管理上单纯些，别把茶馆搞得太乱，且不影响大多数茶客，茶馆不卖茶点，不卖餐食，茶客也不能带餐食进茶馆来吃。不过在和茶馆一墙之隔的临街餐馆的墙上开了一个小小的窗洞，到饭点时餐馆那边炒菜的烟味和香味就会不断飘过来几丝几缕，提醒茶客该吃饭了；茶馆这边的茶客也可以透过这个小窗洞为自己点餐，那边做好了餐，喊一声，茶客就过去了。

管理茶馆的佘经理说："没有哪个真的想靠开这个茶馆赚大钱。"

阴差阳错也好，努力追求也罢，不管怎么说，交通茶馆顶着新租户陈安健的名字闪亮登场，打开了新的一页篇章。

交通茶馆

登场归登场，但不等于生意也会立马就好起来。茶馆员工们心里盼着的自然是生意快点儿好，那样首先能保证开得起工资，最好是还能发几个奖金。也罢，就算万一生意不好影响到租金都找不回来时，至少还有陈安健老师顶着，一时半会儿的天也塌不下来，走走看吧。交通茶馆就在一众人等忧思中亍前行了。

每天清早六点，茶馆就开门了。来得最早的自然是那些"多年一贯制"的老茶客，他们每个人都有自己固定的座位。如果哪天哪个老茶客因故来得晚了点，他的"专座"被不知道的人给先占了，那他便会和人争得面红耳赤的，直到顺利收回自己的"专座"。

谁喝什么茶，谁和谁投缘，谁的脾气怪，谁喜欢和哪些人打牌、下棋不红脸，佘经理可以说是对每个老茶客都了如指掌。

这些老茶客，大多数是附近的老人，不少还是同一单位的退休老工人，每天都会约着一起来交通茶馆喝茶聊天。他们说在这里感受到一种真正的老重庆的茶馆味道。很多茶客也从互相不认识到认识，最后成为不错的朋友。

大都是在午饭前后，一些老茶客离开了，去做自己下午的安排，剩下一些则继续在茶馆里"泡"茶、"泡"时间。茶馆空出来的位子会被后面陆续而至的游客占领。随着陈安健茶馆系列画日渐声名远播，交通茶馆的名声越传越远也越传越响亮，到茶馆来的游客好像也日渐增加。不过，多数老茶客并不那么喜欢以观光猎奇为目的而走进茶馆里的游客，他们有种自己被当作动物园的猴子给人看一样的感觉。但他们不会抗议，大都只是不屑地把头转向一边，一天

天过去，渐渐也习以为常了，毕竟他们来茶馆求的就是一份淡定、休闲、超脱。他们照旧喝自己的茶，聊自己的天，专注于自己的事情。

新开张的交通茶馆不安排麻将。陈安健觉得一方面是打麻将多少都要下点儿赌注，不然他们说没劲儿。但谁知道他们下多大的赌注呢？不好掌握。万一他们违反了有关管理规定，对茶馆影响不好。再者，打麻将的人总喜欢边打牌边呜嗤呐喊，那会破坏旁边那些想安静喝茶的人的心情，也会让茶馆可能充斥着一种乌烟瘴气的感觉。那不是陈安健希望的，但茶客们可以下围棋、下象棋、打川牌。

交通茶馆开张后的一些日子，时不时地出现亏损，幸好亏损不多，还在大家心理可以接受的范围内。但总的来看，生意仿佛是一点一点地慢慢在好转。细想想，一个重要原因，应该正是由于陈安健承包了茶馆，或者更准确地说，主要得益于陈安健的茶馆系列画挣来的名声。一个把画画得那么打动人的美院教授，竟然私人出面承包这么一个小小的、破败不堪的交通茶馆，这个有故事性的新闻，经口口相传，逐步发酵后肯定产生了不小的社会影响；美院教授画的茶馆系列画本来就在社会大众中博取了众多眼球，赢得了众多粉丝，而他现在又承包了老茶馆，那到底是一间怎样的茶馆竟能具有如此的魅力？所以渐渐地越来越多的人，并不都是茶客，还有很多美术爱好者，更多是来渝的游客，都抱着一个相同的想法来到黄桷坪，就想实地看一看在陈老师的画中被描画得充满风趣的老交通茶馆，也看看那些快乐地出现在现实生活中的老茶客们，真的是那样快乐吗？自然也有很多专程前来的人可能是揣着另一个相同的愿望：在

交通茶馆

交通茶馆这个空间里，可以百转回肠地咀嚼、品味一下自己童年时代的一份记忆。

不少来过了交通茶馆里的人在欣赏之余都会发出感慨，说遗憾的是现在这个建筑的风格太普通了，如果它是从前在重庆到处可见的那种吊脚楼民居似的建筑，就完美了。当然，感慨归感慨，存在的事实却是谁也改变不了的，变了，它就不是陈安健笔下的交通茶馆画了。说一千道一万，它就是过去了的那个时代的产物，和那些几乎天天与它形影不离的老茶客们一道，用千百个平凡普通的日常，和他们不知不觉中生发出来的万万千千心绪，演绎出茶馆的点点滴滴风云，融合成陈安健画笔下的那些故事：从前的一个时代，和当下的这个时代，一起携手走向将来。

值得一提的是，从陈安健承包了交通茶馆后开张伊始，负责经营的佘经理付出了非常大的努力，也可以说是几倍于正常经营的努力：她一边辛苦地打理着茶馆的一切日常，还一边要照顾家里的小孩子。但看着茶馆逐步变好，她的心里也充满了快乐。

2006年，在川美提议和九龙坡区政府的支持下，以川美大门区域为出发点，向杨家坪方向延伸，黄桷坪正街打造了一条绵延一公里多长的"涂鸦街"。仿佛是一夜之间不知从哪里刮来了各种色彩聚合下生成的狂风，把正街两边连同着好多延入深巷的岔街边的高高低低建筑都涂上了五彩斑斓的涂鸦画。由此，黄桷坪街道以一种近乎"哗众取宠"般的姿态把自己投进大众的视线中。这条涂鸦街被冠之以全国乃至极可能是全世界最长的涂鸦艺术一条街，也让普通大众通过这

个"科普"行动，突然就知道了世界上还有这样一种"涂鸦艺术"。而在之前，胡乱涂画是被人们视为属于小孩子调皮捣蛋恶劣行为下的产物，现在它摇身变成了"艺术"，明确地向人们昭示说你可以毫无顾忌地在高楼墙上、大街地上、崭新的门店招牌上或者破旧的老屋墙壁上用任何颜色随心所欲地创作，涂抹出自己心里希望的某种"艺术"图像，无论这图像有多么荒唐怪诞，都行！包括把任何艺术大师的名作夸张地涂改乱绘在任何地方。当夜幕降临后，更有由千百盏色彩绚丽的灯光组成的河流汹涌而来，和这些涂鸦交相辉映，构成一种似真似假，神奇的景象。不管人们对它的好坏评价如何，至少，舆论的效果把黄桷坪这条罕见的涂鸦长街一度推到了大众眼前，也顺理成章地把更多爱热闹、好稀奇的人，从天南海北吸引来了黄桷坪。涂鸦艺术这种在国外似乎早就有些过气的门类，在重庆黄桷坪城乡混合的这块土地上却兀然以一个另类的、硕大无比的新生事物的面貌茁壮生长起来，为黄桷坪带来一股强烈的新风，灌输进许多自由、随性、融洽的新鲜血液，也凸显出黄桷坪这块被艺术之泉浇灌了大半个世纪的土壤其本来面貌。风风火火的黄桷坪涂鸦艺术一条街为方方面面都带来了正方向的助力，自然也包括老交通茶馆，把它的形象抬上了一个更高的位置。

当然也有一些人对这个新生事物耿耿于怀，特别是家庭主妇们。她们觉得原本干干净净的街道被这些花里胡哨的涂鸦搞得污七八糟，现在映入她们满眼的尽是让她们眼花缭乱的颜色和她们看不懂的杂乱线条。但到不久后的后来，很多人、主要是街上做生意的店铺老板们，

交通茶馆

发现这个飞快就名声四溢的"涂鸦街"让很多外地人慕名来到黄桷坪，不仅增加了黄桷坪街上的人气，更让老板们直接或间接的生意受到了照顾，这样的效果凸显出来，他们立即就变成了坚定的涂鸦拥护者。然后时间再过去多一点，大家都接受了。

川美决定了搬往大学城后，学校很多还没有开展的项目就被暂时搁置，工作重心也开始大面积转向大学城新校园建设。原来驻扎在黄桷坪的501、102艺术工作室、坦克仓库艺术中心等很多川美教师和社会艺术家，开始筹划搬往川美新校区。因为新校园里会建起一个5万平方米，全国最大规模的虎溪公社艺术家工作室。也有一些人虽不愿意搬往大学城，但也不看好继续留在黄桷坪，干脆到更远一些的地方找了满意的工作室，搬走了。

陈安健没打算离开黄桷坪，他在学校提供的新校园教职工住宅区里买了一处住房，也在虎溪公社申请了一间工作室。他不搬有几个原因，放不下那些几乎365天都把自己交给交通茶馆的老茶客们，因为交通茶馆和茶客们而诞生了他的茶馆系列画，还因为他对黄桷坪有一种无以言喻的情结。他从18岁走进黄桷坪校园的那一天起，这个情结就被种在了这块土地上，这个情结，也是他茶馆系列画作品不可或缺的营养和动力。

陈安健喜静，平时也不喜欢远足，但在2013年夏天，他终于为自己安排了一次走出国门的机会，去了法国和英国。他先去的英国，参观了英国国家美术馆等，随后在伦敦参加了一个豪华旅游团，坐了一趟大巴车去英国乡下游览了一圈。偌大一部大巴车，只装了

20个人。那天也是个好天气，整天都是蓝天白云。大巴车一路开出去好几个小时，沿途没见到任何工地，到处干干净净的。最后来到一个小镇上，看见天空中有很多滑翔机，像小鸟儿一样在飞。这趟游览给他留下了很深刻的印象，连带着对英国生起几分真心的喜爱。后来他从伦敦乘坐欧洲之星列车过海底隧道去法国巴黎，兀然觉得真的是到了另外一个国家。最先的印象就是巴黎这边城市明显比较脏，法国人显得更随意，缺少英国人身上流露出来的那种绅士或者贵族味儿。在巴黎自然少不了去一些著名的博物馆和美术馆。参观时，他不明白安格尔的那幅名画《泉》为什么会被挂在馆里一个完全不起眼的楼梯转角处。而且看着这幅原作，总感觉它与之前留在自己脑海中的印象有着较大的差距。在巴黎得到的一个意外收获，是他在埃菲尔铁塔下散步时，在一处地摊上，他发现摊主卖的一件T恤上面印满了好多翘臀挺胸的金发女郎，这让他觉得很有点儿意思。那仿佛是在宣说着法国人的自由、开朗、奔放，是否还包含对女性的一种爱？他就把它买下来。回国后，他创作《茶馆系列——帅》这幅作品时，把这件T恤拿到茶馆里去给范大爷穿上。他想的是要表达中西两种完全不同的文化，在茶馆里发生了一次既喜剧又幽默的碰撞，产生出一种有趣的画面效果，同时也向人们揭示出一个道理：文化交流的重要性。不仅如此，陈安健意犹未尽，几年后又把这件T恤继续穿在范大爷身上，走进了作品《茶馆系列——出国》中。他说这幅画是为了刻意制造这样一种感觉，好像范大爷也出了国，去国外溜达了一圈刚回来，瞧他那副压抑不住的

图32 《茶馆系列——出国》（52cm×42.5cm，2017年）

兴奋心情，俨然"趾高气扬"的动作和"不可一世"般的神态，显然是正在众人眼前吹牛摆谱。而在这"吹牛摆谱"的后面，其实可以引出更多的思考（图32）。

不管基于什么原因，生性好静被人称为地方性艺术家的陈安健好歹是出了一趟国门，不远万里地踏上了欧洲的土地，欣赏到了很多世界级大师的原作名画，在欧洲现代化中心巴黎的街边地摊上买回一件

普通的T恤助他完成了两幅满意的作品，也算不虚此行吧。而同样被称为地方性艺术家的维米尔，一辈子脚步没有走出过故乡；还有著名的法国艺术大家米勒，也在自己的村庄里一直画到去世。在这一点上，陈安健比他们幸运，时代不同了。

11

交通茶馆以新面貌开张后，陈安健成为了每天必须光顾茶馆的人之一。当然，和那些天天早上准时到茶馆来的老茶客们不同的是，他不是冲着喝茶去的，而是借此行走在自己设定的轨道上：拍照、构思、创作。交通茶馆揭开新的一页历史时，陈安健的茶馆系列画也渐渐地载着一种新思想往前了。

陈安健强调说他第二阶段茶馆画的重点是"构思"。在有了合适的素材线索后，进行一番认真的考虑，通过一些特有的手段安排来表现画面。也就是说，画面中出现的情景多了很多人为的"匠心"。

陈安健把交通茶馆最里面的一个小房间布置成了自己的一个小工作室。他觉得这里弄个工作室有很大的好处。首先，他在这小工作室里作画时，耳边可以兼听着外面茶客们大声的聊天，这让他最大可能有一种身临其境感，可以让自己在创作时思路一直与茶馆和茶客们保持着紧密的联系，潜意识中与他们不断互动交流，说不定什么时候脑子里就会蹦出来一个现场灵感。其次，有这个工作室，就可以把他"套"

交通茶馆

到这里来,让他有机会随时在茶馆现场发现第一手有价值的素材,就可以马上去拍照留存资料。最后,出乎于游客、茶客们的意料,在一间茶馆里突然出现这一间画室,无形中起到一个极好的宣传作用。特别是对那些慕名而来的游客型茶客,当他们好奇地正在四下打望时,突然间发现在这个小空间里竟然摆放着那么多已经完成和尚在创作中的画,进而还发现这些画作居然正是吸引他们来访的老茶馆系列画,如果碰巧这时画家陈安健本人也正在那儿挥笔作画,他们那份惊奇和兴奋就不言而喻了。大都会你呼我应地拍照打卡,或邀请陈安健一道拍照留影,以作到此一游之存。他们这样的行为,自然而然地为交通茶馆作一份免费宣传。

在陈安健脑海里,基于构思,茶馆是一个可以让他自由布景的舞台,而那些茶客,特别是身兼"模特"的那些主角茶客,都是活跃在这个舞台上的主要"演员",和他一道,借着他独出心裁的画面,记录下在茶馆这个"江湖小社会"里发生的真实而生动的故事。也包括一些从外面那个大社会反射进来的故事。陈安健自己对茶馆、茶客、事件等方方面面的深入认识和独到的体会,通过他主观的、下意识的、努力的安排,被他明明白白地画入这个时期的画面中。换句话说,现在大家看到的这个时期的茶馆系列画,虽然场景依旧是在人们熟悉的老茶馆里,人物主要还是那些人物(茶客),他们还是在反映真实发生在他们身边的生活,但因为经过了艺术家有意的、异想天开般却又合理合情的"搭配"、调节、安排,所以画面上表现出来的情景,不仅充满社会小人物特有的朴素的天真烂漫,还更具有强烈的说服力和

图33 《茶馆系列——自画像》
（118cm×152cm，2008年）

图34 《茶馆系列——炫彩时代》
（60cm×80cm，2010年）

感染力。相比于第一阶段的作品，可以明显看出，现在的作品中的确浇灌了艺术家大量的思考。

  陈安健谈到在自己的创作中如何构思和安排时曾这样解释说，比如他要表现画面上有一个人在喝茶，他可以再安排一个人来坐在同一张桌子边与之产生互动，制造故事，编出情节。根据需要把该考虑的都考虑进去了，才开始创作。编排的过程中他必须得像一个导演，反复思考，反复调整，希望能达到最佳境界。每画一幅画前，一般都要这样反复调整七八次。

  来看看第二阶段里两幅比较有意思的画：《茶馆系列——自画像》和《茶馆系列——炫彩时代》。两幅画画面的色彩都很鲜艳，尤其是第二幅（图33、图34）。

155

交通茶馆

　　第一幅画创作于 2008 年。那段时期，虽然交通茶馆在以陈安健为承包人的"新"轨道上已经运作了两三年，但生意并不特别理想，茶馆的员工们也是觉得茶馆人气不够旺盛，氛围比较低沉。陈安健在茶馆里面寻找画面，也总觉得现场场景的颜色太过于朴实，单一的感觉。这一天，他的一个学生小包到茶馆来给他当模特。陈安健试着把一副金色的假发给她戴在头上，猛地眼前一亮，觉得很好看，接着他又把一顶扮演小丑的彩色假发扣在自己头上。瞬间，觉得这两副假发绚丽颜色和先前茶馆低沉的氛围相冲撞，产生一种很特别也很风趣的对比效果，连带着茶馆也好似在突然中爆发出一股活力。陈安健就借着这个画面画了第一幅画，取名《茶馆系列——自画像》，好些人看了都说这幅画挺不错。受此感触，两年后，他又画了第二幅画面相同但尺寸小了很多的画。严格说两幅画的差别并不大，只是他觉得第二幅画的用笔稍生动一点，色彩艳一些，另外桌上的两部手机被他故意调了一下方向，大致摆成了一个八字形，这样看上去多一点开阔感，视觉上有更多想象的空间，构图也好看些，也让画面有更多的视觉想象和视觉上的舒适感。

　　一个人受逻辑思维支配形成某一种习惯，得要经过相当一段时间内相同行为的重复，而一旦这个习惯基本形成，人要改变它也就不再那么容易。无论你如何努力想去改变它，它都有可能在你不知不觉中"溜"出来，左右你的行动，而且往往还让你自以为是在实践一种新的方式。基于这种情况，我们就常常会看见一个人的某一种表达方式，会在不同的时期中出现。尤其在艺术家这里，在他探索前行的路上，

图35 《茶馆系列——走哪一步》（80.5cm×64cm，2006年）

这种情况有可能表现得更为明显。当然，这样的重复表现有时候恰恰是艺术家下意识的一种追求，但有时候，则是出自他无意识下的反复，亦即受习惯支配的产物。前者是一种艺术的创造，而后者，则很可能是一种瑕疵。当然，通过对画面上表现出来的这两者的解读也不难发现，它们所体现的内容是完全不同的。

在陈安健茶馆画系列的第二阶段，他的相当部分作品依然明明白白地露出第一阶段作品中那种直接描绘的印迹，甚至也可以追寻到

157

图36 《茶馆系列》（60cm×44cm，2007年）

更早前的"街景"时期作品的痕迹。如果我们把第二阶段创作的这一些作品去与前期的作品作一个对比，就可以清楚地看见这点。这种印迹主要体现在作品的思想认识深度、画面的表达形式、所具有的内涵以及画面的布局构图安排等方面（图35、图36）。由此也可以看出，即便是在走进了第二阶段一段时间后，陈安健对自己茶馆画认识上的艺术表达和行进的方向都不能说已经成熟。很大程度上，他还是被自己自然而然下的行为意识支配着，被习惯支配着，或者说在一种自然而然的发生与下意识思考这两者相互纠结的情况下进

行着创作。所以这个时期的作品里才会不断出现前后时期的相同与不同形式的反复交叉。当然，正如同我们不能指望一个人今天做了一个决定就可以马上与昨天彻底割裂一样的道理，我们也不能苛求陈安健第二阶段的作品应该或能够与第一阶段的作品截然"划清界限"。正如同他自己也多次说到的一样：变化是一点一点发生的。只有时间才能够解释这个变化始于何时、成于何时。但是如果在经过了相当长一段时间的磨合后，这种交集和反复仍然存在的话，至少也说明一点，艺术家自己对于如何能够"割裂"与昨天存在的"瑕疵"的联系，从认识上说可能还没有真正到位，为之付出的努力可能也还欠缺或者说是不那么成功的。换个说法，如果我们只把不同时期的每一幅作品都简单地看作一幅孤立的作品，那无论用什么样的方式或语言等去表现都没有问题。但如果我们需要把每一幅作品都上升到这一个人对艺术的连贯追求和认识这条线上去考量，把它放在这个艺术家本人的艺术创作链环中去考量的话，我们有理由问处于创作第二阶段的陈安健一个问题：为什么这种现象会反复出现在第二阶段，甚至还磕磕绊绊地"挤"进第三阶段初期呢？（图37）当然，我们也清楚地看见，即使是他第二、第三阶段里出现了这样"反复"的作品，与他第一阶段的作品相比，也有着明显的进步。

第二到三阶段期间，有很大可能是受到前面画那几幅老人头作品成功的影响，陈安健又创作了好些幅与老人头像类似的男女肖像特写作品，如创作于2008年的《茶馆系列——福头》《茶馆系列——觉》《茶馆系列——淡淡的茶》《茶馆系列——白色圣母》，2009年的《茶

图37 《茶馆系列——雨天》（40cm×32.5cm，2014年）

馆系列——某日》，2011年的《茶馆系列——抿》，2017年的《茶馆系列——伴儿》《茶馆系列——日暖茶香》《茶馆系列——小星星》，等等。总体而言，如果从重复这个角度看去，效果并不太好，至少没见什么新意。但可以理解的是，对于艺术家本人而言，愿意用相同的方式或者对相似乃至相同的题材进行重复，也是无可厚非的。他这样做，自有他的道理。

图 38 《茶馆系列——白色圣母》
（156cm×200cm，2008 年）

图 39 《茶馆系列——回望》（105cm×104cm，2008 年）

看看2008年里创作的两幅作品：《茶馆系列——白色圣母》和《茶馆系列——回望》（图38、图39）。陈安健以几乎如出一辙的相同构图创作了这两幅作品。这样的内容不同但构图高度相似的作品，在陈安健的茶馆画系列中比较少见。不过尺寸上，《白色圣母》比《回望》大了近一倍。

《白色圣母》画面中，桌边坐着一个身穿红衣，面庞红润、文静淑雅、表情甜美的少女，她正全神贯注于面前桌上的一尊白色圣母瓷像。深沉而肃穆的背景，很好地突出了前景上带点儿朦胧感的人像。整个画面流溢出一种厚重的古典韵味儿。如果没有那只摆在桌上的盖碗茶杯和正在往杯里掺茶的壶嘴，任谁也不会把这个静谧祥和的画面与以喧闹为特征的茶馆联系起来。

《回望》中则是坐了一个小伙子，从他的穿着和脸上被风霜塑出的皱褶判断，这应该是一个平日努力为生活而奔波的人。陪衬他的背景，是在陈安健茶馆系列画中人们惯常见到的茶馆，那里有几个正在黑白棋盘上自得其乐的茶客。

《白色圣母》中少女的目光所视，是她面对的那尊西方圣母，一抹淡淡的光从她头顶的左上

交通茶馆

方人，捧起她的青春面庞和那尊玉白色的瓷像，柔柔地泛出一团和气与和谐。《回望》中小伙子的目光去处，却是桌面右上角边的一尊铜塑东方佛像，朦朦胧胧地置身于不知自何处生起的几缕袅袅青烟中，营造着一种轻盈而又带几分神秘的气氛。

  不知道陈安健创作这两幅画是指向什么目标，是基于一种简单的场景直接表现，还是为了体现东西方文化的一种碰撞？不过从两幅画的题目这个角度考虑，《白色圣母》题目与画面切题且直截了当，而拿《回望》去与画面图像联系，则显得含蓄，甚至有些难解。从画面上看，《白色圣母》中少女头上方一只虽隐在暗色中却似在偷看少女的鹦鹉，少女青春活泼的面庞，那双晶莹明亮的眼睛和桌上的白色圣母塑像，共同在画面上构成一个自上而下、由远而近的运动着的"S"形，这不仅使得画面愈显生动，也平添了几分魅人的灵气。而《回望》中，除前景人物的姿势与《白色圣母》大致相仿外，画面里多了些其他配角人物，有点儿分散观众对主角观看的焦点。简单说，仅从画面而论，《白色圣母》主题突出，富有联想、画面爽朗而鲜活。相比之下，《回望》的表达却显得几分晦涩。而且，《回望》画面的表现方式似多少又回到了初期茶馆画那种就事论事的客观方式，少了些可以让人们扩展想象力的元素。也或者，是因为它想表达的意图被隐藏得太深故而不易为人明悉？尽管如此，我们还是认为，《白色圣母》应该会更受人喜欢，而《回望》则明显稍逊一筹。

  其实，《白色圣母》这样的画面内容和构图，并非绝无仅有，早在2007年的《轻声细语》中就已经出现了，虽然画面中道具摆放

的位置有所不同。而与之构图相似的,还有2008年的《应》,2010年的《吉祥的一天》,2017年的《红色暖意》,2018年的《红白的机缘》等,由此也足以说明陈安健对这种构图和这个题材的喜爱和看重。

或者我们也可以说,从风格表现上看,《白色圣母》归于第二个阶段中没有任何问题,而《回望》则几乎可以纳入第一个阶段。对这样的情况,包括图37《茶馆系列——雨天》等,我们都有一种感觉,仿佛是在突然之中,创作者就"跌"入了初期茶馆画那种少了些匠心独运的安排、却受困于直观表达的方式。总之,这样的作品出现,至少让人明白一个道理:在探索前行的路上,创作者的逻辑思路会沿着此前一条已被既定的线路发展,在前行的过程中,无论他怎样试图"逃离"这条既定的线路,那个既定的逻辑表达方式都一定会在后面的某些时间点自觉不自觉地跳出来,虽然现在的它与之前的它在表现方式上多少会有些不同,但总面貌是存在的。所以说,在一个人探索前行的路上,必然会有很多曲折和反复,有被人叫好的,也有难免的败笔。

这个话题到此还没有结束。同样在2008年,陈安健竟又以与《茶馆系列——回望》完全相同的画面,创作了《茶馆系列——福光》,不过在尺寸上它比《回望》却小了近一半(图40)。

如果在《回望》与《福光》两幅作品中去寻找不同,除了画面整体色调明暗上有些许比较明显的差别外,稍微粗心一点儿的人,很有可能"空手而归",细心些的人呢会在逐步逐点的对比下惊喜地

图40 《茶馆系列——福光》（63cm×60.5cm，2008年）

发现：在《回望》中，小伙子右手指上夹着的那支香烟是点着了的，而在《福光》中却没有点上。除此以外，围绕着那尊佛像袅袅升起的青烟，在空间中的形状也有些许不同。

在这（两）幅作品中，还有一个很有意思的点，就是摆在桌上的那个水杯。一只长长的茶壶嘴正从画框外伸进来，往这水杯里掺水。水杯本身并不稀奇，但仔细想想，它在这里出现就有特别的意思。我们可以看见，小伙子面前已经有了一个掺满水的盖碗茶杯，那么，这个筒状玻璃水杯显然就不是他的了。那它是谁的呢？在画面中我们并没有见到，玄机就在这里了。首先在茶馆里不用茶馆提供的专用盖碗茶杯而使用自己的水杯，说明这玻璃水杯的主人是一个"享有特权"的老茶客。那么现在这个老茶客在哪里呢？我们看不见，但我们可以猜想：他可能离开了茶桌，去旁边了；也有可能他就坐在小伙子对面，那证据正是桌面右下角的那个不锈钢水杯盖子摆放的位置。只是玻璃茶杯的主人被构图"构"在了画面以外。而正是这个"以外"，创造出了一番别有用心的意义：有人不见其人，无人可知其人。这种安排让我们想起一个小故事：说古时候有人赴考，被要求以题目"踏花归来马蹄香"作画。其难点在于如何表现出马蹄之"香"也！而其精妙，就正来自于这种似有似无。不知道陈安健创作这幅画时是否有想到过这一层意思，还是仅仅出于构图的需要而把道具做了这样的布置。也不知对于这样一个看似内涵并不那么丰富，题材一般而且也缺少些趣味的画面，何以会引得他不惜费心费时去做两次表现？

　　数年之后，当陈安健被问到为何以这个题材画了相同的两幅画，其中是不是有什么特别的理由？陈安健的回答居然是他自己也不知道为什么！他想了一阵后，带着开玩笑的口气说，不晓得是不是因为当时觉得画面中的这尊菩萨让他生起了一种特别的感觉，就是想到了人

交通茶馆

们常说的佛光普照的意思，它把希望和福音带给朋友，带给大众，大家都幸福。于是就不知不觉地画了两幅，但确实记不准了。

这样的回答也让人想起一个或者不一定那么贴切的笑话：说有一个人，平时写字总是十分潦草，鬼画桃符一般。有一次他给同事写了个什么条子，人家拿去后无论如何也看不出、猜也猜不出他究竟是写的什么字，只好拿回去问他本人。他接过条子看了半天，突然大声叫道，都过这么久了你才拿来问我，现在我也认不出是写的什么字了！

哈哈！艺术家的创作动机，看来真是捉摸不定的，不仅外人，还包括他自己。

其实，从另外一个角度我们也可以观察到陈安健不同时期的作品在思想和观念上，艺术水平上出现的高低变化，如果这里可以用"高低"定义的话。这个观察角度就是他对作品的题目命名。我们可以看见，他第一个阶段中的作品，几乎一律都简单地被冠之以《茶馆系列》。这说明，他当时对自己这个系列创作的认知真的就是停留在茶馆本身，应该主要想的也就是直观地表现现场的茶馆和茶客的真实生活。人们因而也看见，他在这个时期的画面内容，几乎都是对茶馆小空间中的日常琐事的直接描绘或称"记录"。进入第二阶段后，大多数作品则在《茶馆系列》后面加上了一个指向更为明确的副标题，因此扩展了它指向下的外延。如2006年的《茶馆系列——假象》、2007年的《茶馆系列——新茶》、2009年的《茶馆系列——想当年》等等。作为一个标志，也作为一种延续的逻辑，他也携带着这样的"成果"走进了

图 41 《茶馆系列——掰手腕》（120cm×93cm，2007 年）

第三阶段。需要强调的是，重要的并不在于作品多了一个副标题，而是它由此让人们清楚地看见，艺术家的创作思维和表现自此开始，上了一个大大的台阶，即我们前面说到的，这之后他的作品开始逐步转向，从第一阶段的直观、简单描绘，向曲折、丰富的思考和安排转移、发展、探索。一幅作品题目（副标题）的"好"与"差"，甚至仿佛带着一种宿命，直接决定了这幅作品的水平高低，决定了它是否会被大众认可和喜欢。也许，这就是一种文化在其中所起的作用。

如第二阶段中一幅值得称赞的作品，《茶馆系列——掰手腕》（图41）。应该说，这是一幅尺寸不算大但潜在场面堪称很大的佳作。出

169

交通茶馆

现在画面中的人物前后左右高高低低的达到了 22 人之多。全画面明亮而暖和的色彩，创造出一种既浓烈又热烈的气氛，与画面表达的内容形成呼应。画面中心，一个五大三粗的汉子和一个娇小玲珑的女子正在掰手腕。明眼人一看这显然就该是一场没有任何悬念的对决。即便如此，这场较量也毫不例外地引来了茶馆里的众人围观，也恰恰是对这围观的描绘，诠释出茶馆茶客们"奢侈"的悠闲、轻松和自由。"掰手腕"是在老百姓中决定分胜负且大家乐意观战的一种民间游戏，生平没有参与过这种游戏的人可能真的是少之又少，所以它才拥有一个广大的普及的市场，也能够时时被人们接受。"掰手腕"的重点在于角力，在于展示一种胜负较量，有些像动物界那种"强者生存"原始道理的遗传。沿着这种思路，引出这幅画的几大亮点：首先，娇小女子敢于挑战粗壮汉子的勇气，一种明知不可为而为之下产生出的矛盾和反思；其次，画面上这场对决出现的局面，并非人们理所当然地认为的强战胜弱，而正好是相反，这相反的后面衍生出来一种反传统的滑稽；再者输家（一个五大三粗的汉子）并没有因为自己"可笑"的失利而露出气急败坏的表情。反之，他胖胖的脸上出乎意料地写满了沾沾自喜、自鸣得意、心不在焉、胜券在握的狡黠的笑。而这就是这幅作品成功的焦点所在：风趣与幽默。这样的风趣与幽默存在于百姓大众的日常生活中，成为他们快乐生活的调料品。所以《茶馆系列——掰手腕》提供给围观它的大众的，也正是这别样的调料品。

陈安健多年来对风景画的偏爱，虽然由于茶馆系列画半路"杀"

图42 《溪流之一》（100cm×80cm，2009年）

出而被冷落一边，也因此离开了观众的视线，但却并没有真正被他从心中踢出去。就在他专心致志地以照相写实描画他的交通茶馆系列时，时不时的，仿佛是为了做游戏、又或者是为了换换思绪，他会把自己的笔转向与茶馆画毫不相干的纯风景画这里。而且，由于他这些年里一直在反复"操练"照相写实手法，现在出现的照相写实风景画，比之前描画得更细腻真实（图42、图43）。在这两幅风景画画面上展现出的那份可以乱真的艺术的真，甚至仿佛可以让我们听见山泉汩汩

171

图43 《溪流之四》（150cm×100cm，2009年）

流淌而下时发出的清脆悦耳的音乐之声，让我们不得不对他绘画技法上的成熟驾驭献上几个赞扬。

　　此外，也许还是受前些年画了不少少数民族人物的影响，又仿佛是为了验证自己画人物肖像的本领能够不受局限地涉足任何一个领域，或者只是一时兴起，总之，这时他又以照相写实手法画了几幅少数民族人物画。让人比较意外的是，与一般画人物画大都不会指明画中人物的真实姓名不同，他这时画的少数民族人物画其中两幅，都写明了其真实姓名（图44、图45）。

图44 《藏族老人邓澄》
（110cm×145cm，2006年）

图45 《彝族老人傅正华》
（110cm×145cm，2006年）

  陈安健回忆说，现在大家看见的这幅《藏族老人邓澄》并不是他画的第一幅，在这幅之前他还画了几幅小尺寸的，都没有背景，拿给人去卖掉了。只有这一幅才真正像是作品，而且在这幅画上很下了一番功夫。为了让邓澄能更好地展现出藏族的特点，陈安健把邓澄原来穿的衣服做了相应的改动，增加了藏族群众喜爱的珠串配饰等，背景也进行了刻意的处理，表现出高原上常见的那种浅淡的灰色，有点儿灰尘飘浮的感觉。

  创作这幅《藏族老人邓澄》的几年前，陈安健去甘孜藏族自治州

交通茶馆

康定市塔公镇体验生活,在街上看见了邓澄,觉得他的形象很不错,面膛饱满,身体强壮,藏民味儿十足。不过这第一次他并没有和邓澄有直接交集,只给他拍了些照片就离开了。几年后陈安健又去塔公镇,拿着画的照片给当地人看,人看了后告诉他这个人的名字叫邓澄,住在哪里。陈安健就找上门去,看着邓澄从低矮的房子里走出来,两人这才算真正认识了。此时的邓澄和几年前相比,容貌已出现了明显的变化,牙齿也掉了好几颗。

作品《彝族老人傅正华》中表现的傅正华,是陈安健去西昌采风时,在当地举办的彝族火把节上认识的。在陈安健眼里,傅正华也是长得很饱满、一脸富态相,他就给他拍了很多照片。在拍照过程中,知道了傅正华是布托人,还是当地政协的一个副主席,作为青年代表,曾经上北京受到过中央领导的接见。后来陈安健为了完善人物形象的装扮、满足自己创作的需要,专门找到他家里去再次给他拍照。

必须承认,陈安健此时的技法表现较之十年前堪称已有飞跃式的进步。但艺术并不是为了炫耀技法或是技巧的讨巧。如果从单纯的一个人的艺术路径来考量,他画这些风景或者少数民族人物画,意义并不大。但艺术家自己时不时地表现出一些不安分,甚至偏离自己的艺术"主航道",也是无可厚非的。而且谁也说不清楚,偶尔冒出来的这样的一次"歪打",说不定突然就会收获一个"正着"!

仔细加以分析,我们在陈安健的茶馆画里看见他毫不掩饰地描画

了一个真实的茶馆"江湖",一幅真实的"乡土"面貌,一个浓缩的社会舞台:在好多作品里,都看见有好多人在公众场所的茶馆里旁若无人地、很"不文明"地光膀子喝茶聊天、打闹喧哗。而且这样的描绘差不多全部贯穿了他三个阶段的作品,成为茶馆人物的一种"标配"和特殊的"标记"。老重庆人都承认,这种情景,在从前的重庆夏天的确比比皆是。这些场景和图像一方面明白地展示出强烈的地方风俗,揭示出重庆火炉城市的自然特点,同时也是对重庆人生性豪爽的解说词。但毋庸置疑,也正因为作品中具有的这类"标记",才让陈安健的茶馆系列画成其为"乡土艺术"。不过今天,随着人们思想认识的改变,包括物质文化的提高,这样的景象基本上已看不见了。从这个角度说,"茶馆系列画"正可以作为那一段历史的见证。

12

陈安健第三阶段的茶馆画系列作品,用他的话概括而论,叫作"调动",是"升级版的表现"。是以茶馆为基础,把茶馆与人的关系、与外面大社会的关系,包括与一些带有时代特征的社会事件发生的反射,进行主观性的联系并加以精心考虑和安排后的创作。他第三阶段的创作,是包含了第一阶段和第二阶段中的一些良好的要素,再加上他在第三阶段得到的重要观点和认识后,产生出的综合产物。因此,

图46 《茶馆系列——小兄弟》（40cm×31.5cm，2013年）

这个阶段里所表现茶馆日常琐事的作品，也明显不再是第一阶段中那种直观的表现，而已经是在有所引申、有所提高，并有着更广义的诠释下的"琐事"表现。就是说，此"琐事"所展现的深度慢慢体现出来了（图46、图47）。

2012年，中国作家莫言获得诺贝尔文学奖。对于这个国人皆为之轰动的事件，陈安健自然不会闲着。之后两年内，他通过自己长期对茶客们生活多方面的关注、对他们日常行为下表现出的对人生认识

图47 《茶馆系列——顶》（72cm×52cm，2016年）

的理解，重点选取了莫言小说《丰乳肥臀》作为道具，先后创作了好几幅作品，成为这个阶段的代表性作品之一，引导观众去观看、思考、领悟普通人的生活态度。

本来，对陈安健而言，既然关注社会事件本就是他这个时期创作中的主要方向之一，因此，把在国人中产生了重大影响的莫言获得诺贝尔奖这个事件纳入自己的画面中来，也算不上什么大惊小怪的行为。我们对他依据相关题材创作的这几幅画加以一番认真分析后

交通茶馆

不难看出，一方面，他通过这些作品所描绘出的社会上的普通人对此事件的态度，对莫言获奖事件给予了一笔浓墨重彩的渲染；另一方面我们更应该看到，在他这些画里讲述的，其实已经跳出了对获奖事件本身的关注，他只是借着这个事件的宏大影响来创造一种醒目的效果，借以让他想要表述的观点更容易被认识、被接受。诺贝尔奖所带着的对常人而言高高在上、遥不可及的"神话"般闪亮的荣誉和灰蒙蒙的老交通茶馆这些社会下层茶客发生的交叉混合，营造出的一种荒诞和魔幻的效果，在让人忍俊不禁之后，更不由得会发出几声深深的感叹。

首先，陈安健在2013年创作了以《丰乳肥臀》作为道具的第一幅画《茶馆系列——粉丝》（图48）。画面上，一个身穿背心，胡须花白的老人半伏在桌边，他左手腕戴着社会上一度流行的蜜蜡珠子和菩提佛珠，手上有龙图像文身，左胳臂上一张显然已经贴过了时的、失效的膏药摇摇欲坠，一个宛然混迹于江湖、追赶某种时髦的普通老百姓的人物形象呼之欲出。此刻，这位"粉丝"正全神贯注于捧在自己手中的那本《丰乳肥臀》。他这份全身心专注的投入，把整个画面铸成一幅静谧到鸦雀无声的状态，甚至连他头上方站着的那只鹦鹉似乎也静止了，安静地歪着头，沉思的眼睛乜斜着向下打望，引导着观众的视线，想去看看下面究竟发生着什么。这明显带着些许夸张描画出的场景，免不了会让人发问，到底是什么故事让这个人看得这样如痴如醉呢？这幅画用深邃而干净的背景，恰到好处地烘托出前景这个唯一人物的清晰行为，烘托出这个人物的内

图 48 《茶馆系列——粉丝》（88.5cm×121cm，2013 年）

交通茶馆

心与一眼看去好似见不到底的后景这两个世界的强烈反差，令人于潜意识地生出一个百思不得其解的为什么：作为粉丝，他本可以大大方方地、甚至张扬到欣喜若狂地读一本被叫好的书，但他却为什么会以这样一种姿态，全然一副遮遮掩掩，生怕被人发现似的方式来看这本书呢？这感觉分明就像他读的不是一本被叫好的书，而是一本人人喊打的所谓"禁书"。那么，艺术家在这里想要表达的，应该就不是一位好读书的、真正的粉丝，而是一个俗称"挂羊头卖狗肉"般的伪粉丝吧？他沉迷的很可能也并不是莫言书中描写的沉重的社会问题，而是书名"丰乳肥臀"字面意思的另一种指向，也就是画面里离观众最近处的桌面上摆着的那一只简易打火机上的印花图像，以其图示与莫言的书名遥相呼应，为解读这幅画起到重要的引导作用。假如这种观点成立，那这算是一种"俗"表现吗？其实不然。正如陈安健有一次谈到这幅画时说，他的主要想法，是以这样的一个角色来讽刺社会上那些不懂装懂的人，他们从不真正地用心去了解一件事情的真相，不观其真实，不真正努力钻研学习，却又老爱装出天下大事无所不知无所不晓的样子。就像画面上方那只鹦鹉，除了学舌，没有半点儿自己的东西，更谈不上创造。

进入2014年，陈安健显然余兴未尽，而且在同一年里以此题材又一共创作了四幅精彩的作品。首先，他接续"粉丝"的概念创作了第二幅画《茶馆系列——莫言的粉丝》（图49）。出现在这幅作品画面上的，一改前面《粉丝》画中那个像做贼一般偷读《丰乳肥臀》的"鬼鬼祟祟"般的人物，取而代之的是一群挤在一起兴奋阅

图49 《茶馆系列——莫言的粉丝》（50cm×39cm，2014年）

读这本书的男男女女，以他们各自无意识下做出的动作、姿势，共同打造出一个兴高采烈的场景。此外，这幅作品中也没有了前幅作品中为了迎合书名字面意义起暗示作用的其他道具，佐以满画面上洋溢着的喜悦喜庆。它至少存在这样一种注解，让人直观地联想为，即使普通的老百姓，他们也为莫言——一个中国人获颁诺贝尔奖而欣喜若狂，乐意共享莫言的快乐，为这份难得的荣誉添进每一个人的柴薪。

181

图50 《茶馆系列——诺贝尔》（155cm×120cm，2014年）

之后，陈安健创作了《茶馆系列——诺贝尔》（图50）。这幅画面上，重新以交通茶馆那经典的破旧建筑的深色场景为背景，托出前景一队欢天喜地的老顽童，他们以小孩子玩的"排火车"游戏的方式排成一队，明显是正在自娱自乐：几个赤膊的老茶客，有人把盖碗茶杯端在胸前；有人手里攥着一支叶子烟杆；还有人手拿山城挑夫日常觅生计找饭钱时必用的工具——一根竹子"棒棒"。这些相互不着调的搭配，一方面表现出人物的社会地位，另一方面展示出他们此刻很

随意、放松、儿童般的心态，从中释放出浓浓的、甜甜的趣味。在这队人中间，站着一个怀抱一只宠物狗的妇女，俨然是悠闲的化身，悄悄地释放出茶馆的精神。排在队尾的那个人右手做出一个"V"形手势，左手夸张地举着一部望远镜放在眼前正向"远处"打望，不知道他是在观望远方的什么，也不知道他做出的这个标志胜利的"V"是在为什么喝彩。也许是为莫言获奖而欢呼所表达的一种暗示，也许，这些都是艺术家的一种匠心独运。安排在画面最前面的"丰乳肥臀"一书是指向诺贝尔奖的媒介，队尾这个人手举望远镜远远地观望用以与那本书形成呼应，而他做出的"V"形手势正是为终于获得诺贝尔奖而画下的句号。《茶馆系列——诺贝尔》这幅画在陈安健心中肯定激起了不小的震动，让他久久不能放下，于是数月后，他又以相同的画面，但以大得多的尺寸创作了第二幅《茶馆系列——诺贝尔》（图51）。之所以创作第二幅《茶馆系列——诺贝尔》画，主要除了兴趣和喜爱外，还基于他认为第一幅画中有另外几点不足：一是觉得画面上方的空间有点儿矮，但又不好在里面去表现更多来加以修改，所以那里似乎显得空了一点儿，有些抽象。二是觉得画面场景的辨识度不够高。还有就是画面整体色彩偏重，与他想要的欢快存在明显的距离。在第二幅《茶馆系列——诺贝尔》中，由于增加了画幅尺寸，所以在上方足够大的空间里，明白地画出了带有强烈传统文化符号的老房顶结构，并让阳光从那里进入，让整个画面处在更为明亮的光亮中，因此画面显得更生动、更热烈。阳光的进入，让前一幅画里几乎隐在暗色中的那些飘浮在虚空中的泡泡也显露无遗，书写出一种活泼

图51 《茶馆系列——诺贝尔》（206cm×166cm，2014年）

而浪漫的情调。

  这（两）幅画中最为画龙点睛也最有意思的，自然是队伍排头那一个穿着基本齐整的胖子。他双手做成一个虔诚的手势，捧着一本已卷了书角的《丰乳肥臀》，并以之遮挡住自己的大半边脸；细看下可发现，他那只被艺术家刻意暴露出来的张得特大、如牛眼睛一般的左眼里，正分明发散出一种神秘和诡秘感，配合着他手中的书——书名，

184

似乎若有所指，却也让人猜不透他此时此刻的真正心思。整个画面既凸显出一派热闹与张扬，也营造起一份异常的滑稽、出乎意料却又在情理之中的夸张和荒诞的情节，五味杂陈之下，演绎出令人忍俊不禁的风趣，和几分不得不生起的沉思。

很有趣的一笔是，陈安健还别出心裁地让自己也走进了这幅画的画面中，或者这也真的是为了证明自己对这幅作品的喜爱，不过他并没打算把自己安排为画面中一个出彩的角色，而是刻意地弯下身子，"躲在"队伍最后边一个极容易被观者忽略的角落，显然是想以一个只想看闹热看稀奇的旁观者身份介入其中。这样的安排，无疑既增加了画面欣赏的广度，也增加了构成的深度，更增添了画面中的乐趣。但是，这一队人如此欢天喜地，做出这样一种离我们已有些远了的一个时代留下的莫名狂欢的形式，真的是为了中国人终于获得诺贝尔奖在祝贺吗？抑或只是老百姓借着一个理由而选择的单纯的、无厘头般的自得其乐？也许理由并不重要，陈安健所想要表达的，不过只是老百姓对社会事件的一种态度而已。虽然他们平平淡淡地过着每一天的日子，但其实他们的眼睛和心也没有离开对发生在他们身边的社会事件的关注，他们也拥有用自己的方式来表达自己的态度的权利。

陈安健接着创作了同年、同题材下的最后一幅画，也是很值得一提的一幅画：《茶馆系列——活神仙》（图52）。让人多少生起几分疑惑的是，这幅画的题目所指，与莫言的诺奖并不沾边。

这幅画的画面中，出现了四个同样如顽童般欢天喜地、活蹦乱跳

图52 《茶馆系列——活神仙》（61.5cm×59.5cm，2014年）

的老人，而细观他们的动作，正俨然如同人们耳熟能详的《西游记》中唐僧师徒四人西天取经路上的经典造型。为首之人肩扛一根山城挑夫扛活儿的"棒棒"，那动作、那面相，活脱脱就是顽皮的孙猴

186

子再版。让观众觉得诧异也很搞笑的是，四个老人都露着猪獠牙似的雪白的尖尖门牙。正常人自然是不太可能长出这样的牙齿的，何况这里有四个人同时长着这般诡异的门牙。陈安健为了在画面上创造起一种魔幻般，亦真亦幻的特异效果，专门去买了这几副假门牙来让他们四人戴上，使他们让人一眼看上去就是特别的模样。用"活神仙"这个世人皆知寓意为轻松快乐的题目，对应四个傻乎乎的老者，配之以他们笨拙而欢快的动作，以把幽默和风趣感最大限度地发挥，再借用西游记唐僧师徒四人跋山涉水下的动态造型，把人们的思绪引向西天取经的故事所包含着的中心意思，揭示出活跃在这几个人心中的一个执念。远方的才是好的，天上的才是神仙过的日子。但是，人间的日子才是最快乐的，近在眼前的可能恰恰是你的乐园。所以此时安排拿在他们手上的《丰乳肥臀》这本书，其喻意就正是指向"近在眼前"的人间快乐。由此看出，在这幅画中，《丰乳肥臀》的作用，已完全超越了它字面的意思。

这幅画的叙事很有哲理性，包括构图的灵动，画面中所蕴含的内容、张力，都让人喜欢。更明显的是，它已彻底跳出了茶馆系列画现场表现的局限，转而重点描写人物精神层面的感觉，包括迷乱、纠结、向往、快乐等等，尽在个中交叉。

作为第三阶段中比较有代表性的作品，几年后陈安健把它送去参加了全国院校导师巡回展，但是因为受疫情影响，它没能进入更多人的视线。

也许一个好的题材真的具有魔力，让人不能轻易住笔。进入

图53 《茶馆系列——传言》（61cm×51cm，2016年）

2016年，陈安健居然又把"丰乳肥臀"拉进了他的画中（图53）。不过出现在这里的"丰乳肥臀"失却了它的字面含义，仅仅成为一个"传说"。画面要表现的真实是，照样的一群佯狂的"疯老头"，一群老顽童，在茶馆一角自寻乐子，无拘无束的行为下，展现出每个人率真的个性，奔放出他们骨子里的浪漫，描写出作者对生活的追求和态度。

图54 《茶馆系列——帅》（200cm×165cm，2014年）

　　陈安健曾这样解释说，无论是画中的思想还是讲述的故事，其实他这几幅作品与莫言的故事都没有半点儿相关，不过是借道于一点引申的观念，通过画面形式，表达自己的一些想法而已。

　　此外，创作于2014年的《茶馆系列——帅》（图54），是陈安健第三阶段中一幅十分受人喜欢，也得到他自己认可的作品。这幅作品画幅尺寸较大，画面活泼，趣味横生，表现茶客们喝茶间歇中在茶

189

交通茶馆

馆里相互逗趣打闹的场面，把老茶客们平时深藏在心中的顽皮心态展露无遗。让观众睹之发出会心的哈哈大笑后，把自己和这些老顽童们融合一起，收获到真正的、朴素的快乐和愉悦。

虽然这幅作品看似也是描写的茶馆琐事，但陈安健在创作的过程中却颇费了一番心思。他有意为画面中心点的主角人物——一个白发老者，穿上了一件白色T恤，上面印满真正"丰乳肥臀"的西方女郎。这件T恤正是他前一年去巴黎旅行时，在埃菲尔铁塔边一个地摊上买的。当时在他眼里，觉得那件T恤有点儿像法国色情文化的一个代表，有点儿意思。现在他把它拿来穿在茶馆老茶客范大爷身上，想创造出一种像是范大爷刚去国外溜达了一圈回来，正在众人面前显摆的感觉。围绕着范大爷这个主角，陈安健安排了几个老茶客，他们明显带着极大的戏谑味道、控制不住自己心里的欲望但又小心翼翼地伸手去触摸印在白色T恤上的西方女郎。这样的"互动"生造出一个观念，东西方文化在中国的一个老茶馆里发生一种喜剧似的碰撞，在这碰撞下产生出一种画面效果，造出一种幽默与诙谐，同时也借以提示人们，不同民族间的文化交流是很重要的。为了强化出这种"幽默与诙谐"，画面左边一个坐在长条凳上，右手拿着一根显示自己"棒棒"身份的人物，一边伸出左手去触碰T恤上那些"丰乳肥臀"的西方女郎，一边却故作"害羞"地把脑袋转向另一边，还紧紧地闭上了自己的眼睛，俨然表示自己是不忍一睹那些"丰乳肥臀"的西方女郎的"正人君子"。艺术家通过刻画他这种假正经的动作，把

这一种人的心态展露得淋漓尽致。透过画面中出现的每一个人此情此景下表现出的那些充满风趣的动作，我们可以清楚地洞悉出他们所代表的一种人的心态。这些人聚在一起，构成了茶馆这个"江湖社会"，画出了社会的众生相。

与这个人物及那些正在忘我状态中嬉笑打闹的茶客们相对应的，是画面右下边那个头戴一顶牛仔帽，低垂的右手捏着一根长长的叶子烟杆，正在假寐中的老者。这个无论穿着打扮还是行为动作在这里显然是代表着"过时"形象的老者这一副完全的"事不关己高高挂起"的状态，与伸手触碰女郎的人物那种欲盖弥彰之间的强烈反差，折射出另一种碰撞，和在这碰撞下解说出的幽默与诙谐。在我们平时的日子里，其实早已见到了太多类似这样事不关己高高挂起的人物。画面的情节安排，不仅释放出轻松，更扩展了对《帅》的理解，所以得到观众的好评和喜欢，他们觉得它更"像"一张画，不仅技巧好而且有内容、有故事、有社会形象。据说很多人去川美陈列馆看到挂在那儿展览的这幅画后，都说它给他们留下了深刻的印象。之后他们回到茶馆来喝茶，一下子就把那画与现实联系起来了。

其实这幅画里还有一处生花妙笔。在画面左上边缘那里，有一扇窗户的小局部，窗户外是另一间屋子。如不仔细观看，人们很容易忽视这个地方。此刻，正有一个人站在窗户外那一边，他明显是被这边屋子里正发生的情况吸引，来这儿打望，看着这边一群欢天喜地闹腾的人。这个人物的出现，很好地起到了四两拨千

交通茶馆

斤的作用，扩展了画面固有的空间，开辟出一个新天地，让这边屋子原来的固有空间豁然开朗，延伸向外面一个更广阔无边的大世界。

最后来看看这幅作品题目的真正指向：一个已头发花白的老者，一个平时只在土得掉渣的茶馆里休闲、打发养老时光的老茶客，穿着这样一件西方文化符号强烈的T恤，再穿上这样一条时髦到有些另类的金色长裤，摇身变成了被冠之以"帅"的人物。这背后的意义是什么？艺术家想告诉我们什么？或者，这里的"帅"，不过是一种简单的不包含任何意思的虚构，只是茶客们的插科打诨，是他们聊以自娱自乐的家常用语。又或者，从最直观的理解上，我们是不是可以认为，这是体现人对生命的追求，对美好希望的大胆追求，无论他身处何时何地，都要活力充沛地彰显出生命的强盛，都敢于去把握自己的命运，追求生命火花的每一次鲜艳绽放。是一个老茶客举到他眼前的那颗象棋子上刻画出的"帅"所代表的意思——成为自己人生中的"老大"。

从构图上说，画面中人物呈半围合式的构图最好地突出了画面中心那个主要人物，借着他穿的那条金色时髦长裤，作为分割画面的中心线并起到打破画面呆板作用的同时，也让观众的视线焦点轻松地直接定格到他身上。而旁边那几个次要人物向他胸前伸出的手或者做出的其他明确指向他的动作，正起到了很好的引领观众视线的作用，借着它们凸出画面强调的中心点。

这幅画正中顶点处那只歪头看着下方正上演这一幕人间喜剧的小

鹦鹉，虽然只占了很小的比例，却也是非常有意思的一笔。它在这里代表着什么？是借着鹦鹉学舌的理念，来增加一种荒诞？这只高高在上的鸟，仿佛自天穹上向下张望，代表人类以外的另一个世界？或者，它在画面中的存在也就只是为了延展画面的深度、增强画面的灵动？要么是为了证明，我们生活的这个世界就是人与自然时刻融合着的世界！有它的存在，才是真正的"帅"。

陈安健通过自己下意识和主观指向性的安排，完成了一幅脍炙人口的佳作。他很高兴地说到目前为止自己唯一的一次出国去了趟欧洲，回来收获了《帅》这幅作品，也算不虚此行吧。《茶馆系列——帅》入选当年第十二届全国美展并获得提名奖。

如果要选择有代表性、能反映出陈安健第三阶段主要风格和他主要创作理念的作品，可当之无愧进入首选的至少还应该包含以下这两幅作品。

首先，《茶馆系列——历史的回声》这幅作品是迄今为止陈安健茶馆系列画中尺寸最大的，有了讲述宏大事件、表现宏大场面的可能。因画幅空间大，这幅画中出现的人物多至近四十人，是他目前所有作品中人物最多的。

画面构图分为上下两部分，因角色不同而自然生出界线：上半部分是红军战士；下半部分是观看群众，两端微微上翘，成自然弧形。这种构图方式是为了突出上半部分的画面：前排红军队伍右边第一个战士端枪指向前方，喻意红军一往无前的大无畏精神；后排

交通茶馆

左边最后一个战士手中枪的指向，则与前排右边第一个战士正好相反，喻意他正在断后，掩护战友突出重围，体现革命的献身精神。前排和后排战士手中的刀枪和手势，以及前排正中老年红军战士手握的大刀，共同组成一个"V"构图，喻意胜利。上方挂七盏灯，暗示北斗七星，为人指引方向。其中，第一盏选用马灯，跟红军时代的真实情况相符，以强化观众认知。画面左边中部，有一手持拐棍、着国民党军服的小个子，用绝望的眼神看着斗志昂扬的红军战士。这个角色的存在，暗喻国民党士兵对红军围追堵截的溃败。在其右上方，有一位头裹白巾的农民协会会员，举起右手做出"V"形手势；无独有偶，从画面底部偏左伸出的一只手也做出"V"形手势，而在画面中部最深的尽头处，有一位隐约可见的背小孩的中年妇女，同样做出"V"形手势。三者年龄不同，性别有异，跨越时空，形成呼应，宣示革命事业代代相传，后继有人。画面中还出现了大量红色：红旗、帽徽、领章，刀把和军号上系的红布条，四处分布的红色温水瓶，乃至女孩们头上的蝴蝶结，等等。鲜艳的红色营造出热烈而喜庆的气氛。在画面顶部靠左的那堵灰墙上，贴着一张中国人民解放军陆海空三军宣传画，暗喻当年的红军一步一步走来，今天已发展成为一支强大的人民军队。为了刻画观众的激动心情，陈安健在这幅作品里做了一个实验性的"创造"。描画观众时，他采用玻璃画重影效果，利用虚幻般的人或物的影子，与画面现场的真实事物进行错位交叉或重叠，把现实中不可能出现的景象变成了画面中的存在，尽管它们不符合透视原理。这样的表现形式产生

了一种特殊的图像效果，观众仿佛既各自为阵又有着共同目标，释放出兴奋心情。

基于此实验性"创造"，《历史的回声》让陈安健对艺术创作的认知上了一个新台阶：处在第三阶段的陈安健对创作茶馆画有了成熟的画面表现能力和综合把控能力，陈安健可以不再受"茶馆"场景的概念束缚，而是可以把所有想法都搬上画布去表现，这是他艺术观念的大收获。在这幅作品里客串红军战士的都是茶友，他们并不专业，却都有干劲有热情，全身心投入，情感纯洁而真实。基于对这幅作品的喜爱，和对它内在意义的尊敬，陈安健同年创作了第二幅题目和画面完全相同的作品。考虑到第一幅作品尺寸太大不利于参展，第二幅作品尺寸被缩小为165厘米×197厘米。

其次，是《茶馆系列——泡泡》（图55）。第一眼映入我们眼帘的，或许就是那些漫天飘扬的"泡泡"。画面中偏左面，一个身穿醒目的黄色小衣的少妇会吸引观众的目光：正是她，拿着人们平时见到小孩子常玩的吹泡泡玩具，吹出那些幻化出七彩幻影的"泡泡"。此刻她的那份明明白白的童心，已足以唤醒观众的童心，去与她一起享受眼下这快乐的时光。回头一览陈安健的作品可知，"泡泡"这个元素并不是第一次出现在他笔下，也不是最后一次。早在2014年他创作的《茶馆系列——诺贝尔》、2016年创作的《小鸽飞飞》、2018年创作的《出嫁去何方》、2019年创作的《喜乐平安》，以及之后在2020年创作的《老哥》，2021年创作的《桃花镜》，和2023年的《玫瑰花》等作品中，都出现了这样的泡泡。

图 55 《茶馆系列——泡泡》（96cm×102cm，2019 年）

首先我们认为"泡泡"在这画面上的作用，是以一种缓慢但又运动着的形式活跃了画面，让观众的眼睛跟随着这些任意飘浮的泡泡，慢镜头似的，细细地去浏览整幅画面。泡泡所代表的，几乎是儿童顽皮玩乐天性的专利属性，所以它展现的是一种童真的趣味，也因此使得画面饱含了纯真而充沛的鲜活力，并带着一种没有边界的张力，无限地扩展了画面，扩展了人们的思绪。最后，借用亦真亦幻的泡泡作为一种引导，引导观众的情绪也突破画面向外扩张，不再满足于画面这个真实现场，转而追求可能深藏在他们心底的一种梦幻般的情景，就像此刻画面上的几个人物，他们的视线和心绪都紧随着那些泡泡一起遨游。

　　在《泡泡》这幅画中，我们更可以借着泡泡的含意，来看看这幅画的与众不同之处。其实，明眼人可能在见到这幅画时就已经发现，在我们眼前的这幅画，明显不是我们见惯的陈安健一路走来的表现风格，甚至不是我们多年来习惯的写实画风格。事实上，它现在正以一种打破常规构图和传统透视的方法，乃至对色彩的大跨度处理——处于相对后景中人与物的灰色

交通茶馆

和前景上人与物的彩色，构成两个仿佛完全不同的世界。向我们传递出一种时空错乱下的、虚构的场景和半真半假似的信息，艺术家由此领着我们的思路走进他事先通过自己匠心安排而布好的一个"陷阱"中，去倾听他想要传达给我们的话语，去感受他为我们安排好的出于这个画面的"享受"：诞生在似与不似之间的另一种真实。就这点而论，可以说他已经成功了。在对真实与虚幻的安排处理上，《泡泡》与《历史的回声》有异曲同工之妙，但《泡泡》来得更直接、更强烈。

摆在画面正中心位置那只堪称"硕大"的红色温水瓶很值得一提。先看这个茶瓶的尺寸。在这幅画中，它显然是一个被刻意夸张放大了的、完全不符合传统透视原理的图像。从艺术表现的角度上来考虑，这样的一个它，表现的是陈安健现在持有的一种渴望有所打破、有所突破的思想，无论他采用的这个方式是否会被大家视为成功，至少从一个角度证明了他现在的追求是什么。另外，这显然是为了完成艺术家的某种目的而在他任意想象下"捏造"出来的一只水瓶。所以这么一说，是因为以它现实中具有的塑料材质的外壳，本不可能如镜子一般反射出人像来，但现在它却的确发生了这样的反射或者说是投射，因此无论如何，都把它转变成了一面虚构的"镜子"，一个抽象的寄托，让一个老人的形象亦真亦幻地"反射"或"投射"在水瓶壳体上。但老人拿着一把纸折扇的那只右手，却又真实地"跃"出了水瓶壳体，演绎了一个虚幻与真实同框编织出的荒诞。让我们在似信非信的心理状态下，不由得会问几个为什么。是老人的形象

被投射在抽象的镜子一般的水瓶壳上，还是水瓶壳其实只是从外面某处折射进来的一个虚幻的影像，透明地"罩"住了老人的部分身体？然而不管是哪一种情形，事实上它已经实现了把真实与虚幻融为一体的目标，还很有点像是一幅虚线描出的图像与真实的雕塑置换的一种方式。由此，我们有理由认为，陈安健正是在极力追求当代语境，极力有所创新的心态下创作了这幅画。他凭借着自己自由驰骋的想象力，让这幅画面具有了一种魔幻的力量。这样的结果分明让我们看到，现在的陈安健已经完全不满足于自己之前那种按部就班、循规蹈矩地进行严格的写实创作方式，他正努力寻求一种破茧化蝶的新路径。至少，在这幅《泡泡》作品中，我们很高兴地看到了他付出努力后得到的良好回报。也可以说，这是一次成功的尝试和创新。

　　刻意地把画面中的一些物体夸张放大，是这幅作品一个突出的特征。我们可以看到，不仅画面中央的这只茶瓶，包括人物，乃至后景上的砖墙，都出现在同一个场景里但并不符合传统透视的现象，而这显然正是艺术家为了创造一种似是而非，为了从这种似是而非之下生出让人回味无穷的趣味来的刻意手法。这样的夸张放大，我们可以把它视为一种"变形"手段。但需要注意的是，陈安健笔下的这种变形，与毕加索立方主义的变形有着根本区别。毕加索的变形，是改变了一个物体自身的固有形态，而陈安健这里的变形，就这个物体本身而言，并没有发生任何固有形态的改变，只是让它与处在同一幅作品中的另外的物体进行对比，"变形"就发生了。正如我们在《泡泡》中看到的那样。所以它既不是真正的变形（物体自身形态），又的确是变形（观念的变形）。

也许应该有所遗憾的是，即使在陈安健的第三阶段作品中，我们也没有看到很多秉持着如此观念所做出的以这样的"变形"方式进行表现的作品，除了同为2019年创作的《茶馆系列——红墙日记》《茶馆系列——悠然夏日》。《悠然夏日》作品边框出现的明显体现向着当代艺术观念靠近的尝试，意味着一种想突破的追求。从某个角度去看，《历史的回声》也与《泡泡》中出现的这种观念有不少异曲同工之处，但陈安健好像没有在这条路上走得更远。不知是不是因为主动的放弃，还是他没有生起过深入地去认识、挖掘这条新路的打算，陈安健没有想过它可能给他带来某种新"东西"，无论是通向成功还是失败。

如同陈安健自己所言，他后期画茶馆画时，在尝试做一些改变，如画中的有些人物，就故意被改变了焦点，把头画大了很多，以此增加画面的幽默感。比如还有一幅画中的一个女人，为了让她的头抬起来，就把她的脖子画长了很多，屁股也画大了很多，都是为了创造出一种趣味。有趣只是一个方面，但还不是独特的语言。

当然认真说起来，"变形"这个想法是一直都贯穿在陈安健本阶段作品中的。需要再次强调的有几点，他画中的变形从来不是毕加索那种让一个物体的固有形体发生的变形；他是对相同场景中的不同物体借着传统透视的差异而"制造"的变形；对同一个物体的不同部位借着传统透视差异创造出的变形。如2022年创作的《茶馆系

列——温情的凉风》中可以看到，画面上几个人物的头、包括中间人物脚上的鞋，显然都不合比例，不符合透视。而它，正是陈安健此阶段中刻意追求产生画面趣味的一种主要表现手段。不过我们认为，这种让物体局部变形的表现手法，大概率上只会创造出一种相对的趣味，或者也可以把它定义为一种想有所突破所采取的手段，但它与《泡泡》中那种带有哲学味儿的观念下变形所创造的画面整体效果，不太像一回事。

艺术的路本来就很艰难，要走出一条成功的路更难。谁都不敢保证你新开辟的路会带着你走向成功还是失败。但不管怎么说，陈安健作为一个艺术家，在自己一路走来的茶馆系列画已得到社会大众的认可和充分接受时，能够萌生出这样的新想法，敢于让自己投入这样类似破釜沉舟的尝试，已属难能可贵，这也是一个不安于现状、渴望不断进步的艺术人应该有的品行。我们也有充分的理由相信，正是因为他在这个时期萌生的新想法和做的那些实验性的尝试，才导致了他在此后不久对自己的艺术语言创新的强烈追求下采取的大行动。也就是他这个阶段中这些带着追求、渴望突破的作品，成为他艺术生涯中的一道分水岭，成为标志他艺术革新的一块里程碑，记载了它们可能引出的他艺术之路上一百八十度的大转弯。

陈安健第三阶段的作品中还有一个明显异乎于之前的特点，可以成为他所说的为何这个阶段是他作品的"升级版"的一个解释。这个特点就是，很多作品表现出来的场景，仿佛都已不是在茶馆里，但又巧妙地通过某一个虽然很小却有特定含义指向的道具来证明现

交通茶馆

在还就是在茶馆里。多数情况下,这个道具只是一只小小的盖碗茶杯,如在《明亮的一天》《花花》《光胴胴高手》《谁能敌》《玩手机的李青》中出现的。或者是《帅》等作品中出现的长嘴茶壶等等。仔细观察会发现,凡有这种特点的作品多数画面都显得简洁、单纯,内容简明扼要、指向清晰,是一个小场景。另外,第三阶段作品总体上给人一个最亮点的变化是,作品已转移到主要着眼于表现人、刻画人,至少重点不再是通过描画人去表现(讲述)茶馆日常琐事,这无疑是一个重大的质的飞跃。我们可以讲述事情,但讲述事情的目的还是以人为中心来展开。无论怎样变化腾挪,最后的"眼睛"还是要落在人的身上。如果画龙点睛是要让龙飞起来,那么在这里,"人"就是那只龙的眼睛,人"活"了这条龙才能够飞起来,这幅画才有灵气,才有动态感。

总而言之,透过陈安健第三阶段茶馆系列画,人们可以清楚地看见他对于艺术、人文的认识、解析和思维角度等方面的大幅度提升。而其中的绝大多数作品,和他初期简单照搬茶客日常琐事进入画面,以及第二阶段中对人物刻画、画面场景的思考和定位很大程度上存在的相对单一、局部的方式,都已经拉开了很大的距离。特别值得一提的是,这个时期他的目光似已变得更加敏锐,悟性也更上一层楼,所以反映在他笔下的事件视觉角度更准确、表达方式更突出、更多元、挖掘内涵更深更广,讲述的"故事"也更合情合理,令人信服,让人喜欢。

从最初对茶客们日常琐事的直观描绘,到一步步转向关注社会事

件（虽然这个关注不够深入），到终于完全按照自己思考的需要来创建画面，陈安健的茶馆系列画走过了"临摹"、借鉴，和自编自导自演三部曲，基本成功完成了他这二十多年里对自己的艺术之路的探索和构建。很值得称赞的是，一路走来，他都很执着、也心无旁骛地让自己植根并成长于"茶馆"这块平凡普通然而底蕴丰富的沃土，哪怕在第三阶段里出现的那些看似被人为拔高下表现出来的事件，仔细想想其实也都在情理之中，它们并没有脱离普罗大众，没有脱离"茶馆"这块土壤，依然是书写着关于大众的日常真实日记、属于人们真心喜爱的内容。

陈安健先后参加了第八、九、十、十二、十三届（2019年）美展。除了第八届美展，其他几届都是关于茶馆的题材，很写实的，那时他还没有想法画抽象画或画面有变形的，2018年4月4日，陈安健在四川美术学院坦克库艺术展览中心举办了他的个展"见证交通茶馆——陈安健个人作品展"。这是一个低调了三十多年的艺术家终于迈出艺术人生重要一大步的汇报展，也是迄今为止陈安健最大的一次个人作品展。自1999年以来的茶馆系列作品，在川美坦克库艺术中心展出。为了最好地体现参展作品都是在"茶馆"里萌芽、从茶馆里生长出来的，体现它们与这个平凡普通的茶馆割舍不去的渊源关系，陈安健不仅把交通茶馆作为此次展览的一个分馆，为之挑选了一些小幅作品挂进茶馆被局限的空间，而且把开幕式也放在了这个依然破旧的交通茶馆里，体现为"接地气"。

国内一大批著名艺术家应邀出席了展览，包括了他川美的同学如

交通茶馆

罗中立、程丛林、叶永青、周春芽、秦明、陈卫闽、杨千、李犁、李姗、黄嘉等，川美前副院长马一平等一批艺术家，以及殷双喜、王林、何桂彦等一批艺评家。

13

撒开艺术专业理论分析，陈安健的《茶馆系列》画何以能够得到大众的喜爱？结论至少应该包含以下几个理由。首先是（很重要的是）作品与观众间的零距离：

1. 画中出现的人物，有血有肉，与大众日常生活中身边熟悉的人同为一脉，是与大众同呼吸的活生生的人，所以人们可以轻松地认识、理解他们，和他们交流沟通，分享他们的喜怒哀乐。虽然，画中的人物大都是世俗认识中的所谓社会小人物，但却一点儿也不让人反感生厌，因为他们是那样的淳朴自然、热情活泼、纯真直率。他们就是他们，他们也是我们。他们遵循着大众的生活逻辑和生活哲学，沿着约定俗成的生活轨迹，自得其乐地生活在由一间老茶馆为他们构筑起的虽然狭小却也安逸的小天地里，不与人争不与人抢，从平凡的日常生活中收获乐趣的同时，也把乐趣奉献给所有愿意站到他们身边的人。

2. 画面上表现的内容，综合看，是为普通大众日常生活中的一种基本心态提供了唤醒和满足，就是休闲，休闲是每个人不可或缺的一

个重要分子。特别在今天忙忙碌碌的都市生活中，完全放松的"休闲"似已成为一种稀缺，然而休闲却从来都是坐在茶馆里人们最本质的追求和最唾手可得的，这种认识在人们心中根深蒂固。因为如此，茶馆画开宗明义地就已经让观众生起几分自然的喜爱和接受。至少，来茶馆休闲的谁谁都顶着"闲人"的名号，是为了来放松心情、打发时光的。在茶馆的人不需要动脑筋动心计，不需要相互提防。熟客们见面时随意的一声招呼或问候，即成就了相互的沟通与理解；即使茶客间偶尔的起哄，相互逗趣的戏谑和无伤大雅的玩笑，都不是点燃愤怒的导火索，而是让人得以放松心情的调料。

3. 茶客们在茶馆里的各种行为表现，既不矫揉造作，也不粗鲁蛮横。自然而本真的一块土壤，才会长出让人们喜爱的花草，这些引人喜爱的花草，最后演变成让人喜爱的茶馆画。茶馆画自然而然下所包含的初衷，洋溢出的真心呼喊，勾起至今犹在的老一代人的回忆，在激动他们的心和热血的同时，也为今天年轻的一代展示出一个他们不熟悉也不那么能想象得出的昨天，至少还让他们看见了，在这样一个从昨天走过来、基本上保持了昨天原貌的小角落，一样会绽放着美丽的花、弥漫着希望的梦。

4. 画面色彩。陈安健最初的茶馆系列画可以看作是他作品中不那么成熟也不那么成功的一部分。除了其画面表现几乎延续了之前的街景画外，再就是其画面色彩上的过于客观、拘泥于传统。而到了后期，他作品中的色彩已明显不再受现场情景的拘束，大幅度地描绘出自我张扬，自由而奔放，亮丽且沉稳的感觉，不仅符合当代人的审美追求，

交通茶馆

更是塑造了一个属于他的平台，满足于他的题材需要和他主客观上的艺术追求。

进一步加以梳理更可以清楚地发现，陈安健的茶馆系列画自始至终紧紧地围绕着以下几个内容在开展：

茶馆中茶客们的日常琐事。他们并不为世人所诟病，主要以直接、直观表达的方式，很少有创作者的主观思考或刻意安排，这种情况在三个阶段的不少作品里都有体现。

比较具有典型意义的茶客的行为，高雅些的抑或世俗一些的，在画面中多有出现，创作者把自身的思考、构思添加在人物的这些行为上，并开展有象征性的、往往更带有夸张的表现。这种情况多出现在第二、三阶段。在这个时期，创作者的思路和表达明显更成熟，对方方面面的驾驭也更见得心应手。

对一些与茶馆日常行为本来并没有联系的社会事件等加以提炼后，放入茶馆的场景中，让茶客们对之做再"实践"，希望创造出合情合理的、人们喜闻乐见的意外效果。这样的作品多见于第三阶段。

有一条线是一直贯穿了全局的，那就是对茶馆茶客们日常中出现的各种幽默与风趣的描绘。区别在于，早期的这种表现基本上就是仅仅在为茶馆的直观"琐事"服务，与这些琐事相关联的茶客们在画面中占的比例最多就是一半对一半的感觉。即便如此，这个时期出现的人物多是画面中的一个符号而已，对画面故事情节并不起"主角"或主导作用，作品就像是一种用人来表现的"风景"。到了中后期，这条线表现的重心，转向了对茶馆中人物的刻画上，人物的外貌、

行为、性格特点等等，重要的是由此透射出来的他们的内心世界。因此也从多方面展现出这一种人，包括他们的生活态度、人生追求、精神面貌、行为的高尚或"低下"等等，以他们这样的存在来呈现出社会这一个角落的状态，折射出社会车轮前进中在每一个阶段里具有的真实分子。

我们清楚地看见，陈安健的茶馆系列画进入中后期，明显不再是简单记录茶馆和茶客们的客观日常生活，这个时期，他已升华了记录的意义，彰显出作品真正的艺术价值和人文价值，他运用自己朴实的语言，真诚的艺术思维和诚挚的热情对茶客们的平凡生活进行全方位的、深入的解析和思考，对他们的内心世界进行细致的解剖和准确的描绘。并把自己对人生的认识、对艺术的认识、对高雅与平凡的认识，与这些活跃在一个几乎被人遗忘的角落里且不被大家注意到的人，他们的各种情感进行弥合式的包装后，展现在自己创造的、具有某种特殊趣味的画面上来。让这个来源于真实生活的，既真实存在过又不完全等于真实的画面为大众所喜欢并接受。

陈安健虽然主要选择了用照相写实的方式作为讲述深深地打动了他自己和那些茶客们的故事的语言。的确也有大量作品是采用了完全的照相写实主义语言来完成，但也不难看到，茶馆画系列中的相当部分作品所用的艺术语言，其实也与照相写实主义相去甚远，可以说是照相写实主义和其他一种或多种语言的交叉混合使用。比如作品中明显流露出来的"苏派"现实主义的影子。这样的"混合"方式让我们看见，他的作品一边在努力追求生活的真实性，一边又在力求超越从

交通茶馆

他的镜头下反映出来的真实感。这也让他的作品具有了另一种意义的舞台效果，在这舞台上表演的正是他从茶客们那里挖掘出来的真实生活下的幽默与风趣、自由与快乐，并从中折射出他个人浓浓的理想主义色彩。他通过这样的方法解读茶馆和茶客，解读普罗大众日常生活的本源，让人们得以经由此途而认识到"人"。我们也从中明白，艺术家其实并没有一定要把自己的艺术归入照相写实主义的"壳"中的打算，也并不意味着他是一个只会、只愿墨守成规的人，他也没有要把自己装入某种主义的囚笼中去的意愿，而是我随我心地在走自己的艺术路。他专心做的只有一件事，就是如何以现实主义的态度，来讲述他关心的茶馆和茶客们，讲出他们日常生活中发生的平凡却有生命活力的故事。

可能有的人会在陈安健的作品中发现一种看似"庸俗""低级"的内容，那种属于小人物常有的插科打诨，在他们相互间发生的仿佛"越线"的"玩笑"，即大量作品中存在的所谓"低俗自我"或"情欲主体"的现象。其实我们如果认真地解读一下就会明白，他们的这些行为并没有逾越社会道德准则的界限，不过是日常生活中一种习惯的社交方式，是他们获得生活中一些趣味的元素，一种可以让他们享受到精神愉悦的平常不过的小游戏，是他们相互了解且不产生伤害的"社交语言"。茶客们之间的相互戏谑打闹，都是真性情的表现，不影响他人，也使自身心情平和。比如《茶馆系列——假象》（2006）中的看似调情；《茶馆系列——打炮》（2008）中那种半遮半掩下的好似的"揩油"；《茶馆系列——乖乖之一》（2009）

中那种顾左右而言他式的"逗趣"等等。陈安健也并没有带着批判的眼光去描画它们，而是把它们定义在一种自然、正常的界限里，他描画出的是人物内心的一份朴实与自然，更追求的是从中生化出的常人的趣味。不过另一方面我们也觉得，可能陈安健潜意识里对这种世俗行为多少还是带了几分不认可。当他进入第三阶段后，有类似情节的作品大幅减少；画面上出现的对这类情节的表现方式发生了改变，从之前的比较直接，变成了现在比较委婉的方式，这是不是也可以看作一种间接的不认可，比如2012年创作的《茶馆系列——猫猫》、2013年的《茶馆系列——奶茶》等。特别在《茶馆系列——奶茶》中，观众可以看见画面中坐在后排的那个男人，他的眼睛不是如之前这类人物时常表现出的"偷窥"，而是向上翻着，那似乎是在表明，他正在全力挣脱某种诱惑的力量，全力要与眼前的此情此景撇开关系。但他这副表情恰恰创造出来一种另类的风趣。也正是他这副与当前景象相矛盾的表情，欲盖弥彰地暴露了他的内心，不过至少，这种刻画方式说明他内心的某种想法已经发生了变化。而陈安健之所以用了这样一种方式来表现，应该也正说明他心里对艺术表现这种情节的认识有了本质的改变。不管怎么说吧，我们更愿意认为，对于画面中出现的这种表现，与其把它认为是一种"庸俗""低级"，不如说它是对正常人性的刻画，在茶馆画这里，更是艺术家为了创造良性的幽默与风趣所发掘出的来自生活的第一手材料。

　　有一点需要特别强调的，无论是之前的画面直接描绘，还是后来

交通茶馆

的主观安排、迂回表现，出现的所有画面情节都不令观众反感乃至嗤之以鼻。当观众看到这些画面时，即使基于某种理由不一定完全认可，但肯定也不会心生厌恶和憎恨，基本上都是笑一笑了之。人们除了从中欣赏到趣味外，也许会更多了一分思考，或者问几个为什么。如此，对于大众的视觉经验而言，这些作品中描绘的情景，也就具有了一份超越画面更深的意味。

此外，尤其是进入中后期，陈安健的茶馆系列作品给人的总体印象是，与其说他是在着笔于描绘茶馆这个小社会的方方面面，不如说他是在努力把一个大社会的方方面面搬进这小小的茶馆里来。对此的证明，除了"引入"很多外面的社会事件外，陈安健更在自己的笔下让很多青春靓丽的少女、神采飞扬的少年、牙牙学语的孩童走进了陈旧的老茶馆。他们的出现显然并不单纯的是为了满足画面创作需要有不同性别、不同年龄的人物，他们的进入代表着新鲜的血液，来与老茶客们开展交流，与旧的观念发生碰撞，更把旺盛的生命活力注入茶馆中，有点儿传承和发扬传统的意思。

年轻人作为一抹鲜艳夺目的亮色投射进老旧的茶馆里，自然会产生出一种生动活泼的效果，让观众视觉不疲劳。男女老少、南来北往的人在茶馆里穿梭，顺便借着他们的来来去去巧妙地带入各种时尚、观念、事件，借以打破老茶馆固有的观念上的僵化和沉闷。同时，年轻一代的加入必定会让老茶馆爆发式地获得充沛的活力，优良的传统因此得以代代

图56 《四方桌之玫瑰》（122.5cm×87.5cm，2012年）

相传，延绵不绝，这应该就是陈安健灌输在这些画面中的希望和暗示。近年来大量游客特别是网络红人的加入，让老旧的茶馆似乎焕发青春之际，更在旧观念与新流行的碰撞和矛盾冲突的交叉下派生出来若许魔幻的气氛，陈安健发自心底喜欢这种气氛。在他眼里，正是这些碰撞、矛盾和冲突，为他提供了不断去探索的动力，和一个个新的题材，新的故事。

陈安健中后期很多作品中的情景，明显已经不是真实茶馆里出

交通茶馆

现的了，他现在是借着茶馆这个平台，通过自己精心的安排，把自己认知到的、希望的、想要的，用一种平凡同时也超越的方式表现出来（图56）。

中后期中出现的大量经由陈安健人为安排画面的作品，巧妙得仿佛已经脱离了现实但又合情合理。需要特别指出的是，这些作品的特点也包括，除了画面中有少许茶馆惯常使用的器具外，总体来说已经明显脱离了茶馆。然而也正因为如此，我们才看见一条清晰的陈安健尝试追求发展和创新路径的线索。

用陈安健自己的话说，他画茶馆画的一个重要节点就是着眼于趣味、着意制造幽默。他说这样才让他觉得自己的画不是死气沉沉的。他认为茶馆画最主要的就是要充满生活乐趣，如果纯粹是画茶客喝茶，那就没什么意义了。他反复告诉自己作品一定要表现出人们对生活的积极态度，乐观精神和对美好的追求。当然表现这些可以有多种方式，于他呢，主要就是用风趣和幽默的方式来表现，因为这样也可以增加画面的观赏性和解读性。

纵观陈安健的茶馆系列画，除了典型的风趣与幽默外，还有一些细节也是值得重视的，好多作品里面都出现了小动物：如鸽子、鹦鹉、猫狗、鸟雀等等。它们既是现实茶馆中一个真实的写照，又刻画出一幅人与动物（自然）和谐相处的画面。虽然这些小动物在画面中往往不占很大比例，没有充当主角，也大都没出现在画面的焦点处，但它们在画中的"露脸"，却极大地活跃了画面丰富了作品的内涵，也增添了很多乐趣。它们这样大量出场给人的感觉，分明不只是简单地为

了说明茶客的一种行为习惯，或者是简单地表现人与动物的和谐关系。分析它们与画面情节以及人物的关联，更重要的应该是经由这些小动物引出来的另外一个观念，借着它们把狭小的、简单的茶馆场景，引申到一个更广袤的空间。虽然一切世象都还在茶馆里，但它所代表的，已经不是世俗的茶馆喝茶或者普通的逗趣等日常了。现在它出现了一种思想上的飞跃，也可以说是艺术的一种飞跃。它把观众的认知引导向另一个高深也更实际的境界。因此在这些有小动物的作品里，我们往往看见提示出明显更丰富的内涵，洋溢出更多情趣，生发出更多引人入迷的联想，甚至指向更见高远。

在出场的小动物中，鸽子可能是"露脸"最多的。很重要的一个原因是，交通茶馆之前曾有一段时间是租给九龙坡区鸽协会在使用，因此有很多养鸽子的玩家把这里当作鸽友之家。到今天这些年月还对养鸽子感兴趣的，基本上都是上了年纪的人了，所以大多鸽友同时又兼着茶客的身份，自然而然地把交通茶馆当作他们日常生活中打发时间，寄托情趣之处。陈安健在自己的画面中，也刻意对鸽子寄予了特殊的情怀和思考（图57）。

而作为道具出场最多的，则可能是中国象棋。由陈安健的童年经历可知，象棋之所以被陈安健如此重视，是因为它在他脑海中留下的深深的烙印，一有触及，就自然蹦出。其次是，象棋这种"游戏"既是中国人最喜爱的传统游戏之一，本也应该是一间茶馆里不可或缺的游戏，就像是茶馆的附属品、衍生物。在陈安健的认知中，中国象棋代表着一种深奥的智慧，它在茶馆里茶客们的桌上出现，其实是一种

图57 《茶馆系列——鸽友》（59.5cm×53.5cm，2013年）

暗示，折射出茶客们也并非就是只会喝茶、只会相互嬉皮笑脸、戏谑人生的闲人，他们也是众生平等之一睿智而聪慧的正常人。因而从这里我们也看到，陈安健小时候受到的影响，是如何顺理成章地一脉相承到他今天的作品中来的。

另外还有一些可能不那么被人注意但也是非常重要的道具，悄悄地给观众灌输着这样一个观念：老茶馆正与我们今天这个十分发达的社会同步前行，同步生活在一个时代圈子里。这样的道具如，出现在2007年的作品《茶馆系列——掰手腕》中的福娃；2012年《茶馆系列——太阳升》中的书《我的父亲王洛宾》；2013年《茶馆系列——粉丝》中摆在桌面上的一次性流行打火机；2019年的《茶馆系列——饱了》画面中左下角长条凳面板上粘贴着的微信二维码，以及同样创作于2019年的《茶馆系列——历史的回声》中好些观众拿在手上摄像的手机等等。我们可以说这些道具的出现得益于艺术家在日常观察中的细心，正是有这样的观察和安排，让他的作品与大众在一种无意识状态之下消除了隔阂和距离。

有人这样评价陈安健说：他以前画风景、画藏族人物等，也画得不错，但总是没有一个固定的明确的目标，作品的自我风格不强烈不明显。但那时他很多同班同学都有了自己擅长的题材、树立了自己的风格，已经成名成家了，这给了他很大的压力（或者也是悄然之中的动力）。他为了给自己寻找一种艺术风格的突破，突然发现了交通茶馆，觉得它既朴素，视觉也丰富，且与自己近在咫尺，有地理优势，又很合他的性格，于是走入。之后在昆明举办茶馆画个展的成功进一步给了他很大的鼓励，坚定了他把茶馆作为自己的艺术基地的决心。通过数年的努力实验、探索，也带着包括能不能最后走得出来这样一个未知，主要还是有着满腔热情，也许还有小时候的经历在他心里埋

交通茶馆

　　下的一种潜意识的感觉，在不知不觉中散发出来起了作用，最后带着他逐步走了出来。

　　陈安健自己说其实他画茶馆画的初心很单纯，就是想把一个老茶馆承载的内容表现出来，让人们去认识它、了解它。通过阅读它的前世今生，唤起深埋在自己心中的记忆，获得一些乐趣，受到启发，也许还可以在感慨的同时得到一些灵感，让自己的人生增添许多快乐色彩。后来当茶馆系列画得到大众喜欢时，当不断有领导和朋友都夸奖他给黄桷坪做了一件好事时，他也由衷地高兴，自认为做了人生中一件很有意义的事情。他一直认为自己和交通茶馆是一种互相成就对方的关系，当然自己也有几分私心在里面——借用老茶馆把自己的作品打造成一张世人皆知的文化名片。真心想的是通过自己的这种行为来宣传本土文化，保护和宣传中国的传统文化，希望能把它一点一点地传播出去，希望最后可以让它演变成被外面大世界接受的东西。他说虽然自己作品中的着眼点只是黄桷坪的一家老茶馆，但这不过是艺术的一个缩影，它真正想宣扬的不仅是黄桷坪，不仅是重庆，他还有一个更高的目标，也是他的最高理想：他希望可以把"这间茶馆"打造成一张世界文化名片。他憧憬着如果最后这张名片成立了，那对黄桷坪，对重庆，对国家都是做了一件天大的好事。虽然眼前的交通茶馆还是一个显得破旧的茶馆，但随着他不断地借用自己的作品对它大力地宣扬，经过一次次在各种展览上的"登台亮相"，兼着日复一日的人来人往，慢慢地它的名气一定会愈加大幅度地发散出去。那时，它这一身"破旧"，就成为了它特殊的感觉，特殊的形象，特殊的内涵，

一起构成它的特殊价值,这个价值可以为黄桷坪、重庆、为中国带来也许是不可估量的荣誉。反之,如果它依旧是一个简单的茶馆,天天卖几杯茶,那有什么意义呢?要说茶馆,重庆也罢,邻居成都也罢,还有中国的好多城市乡镇,茶馆多得数不过来,都在卖茶都有人喝茶,为什么偏偏是重庆黄桷坪的这间老茶馆才成为了这么多人愿意来亲眼看看,喜欢来亲身体验一下的茶馆呢?这才是值得思考的。陈安健清楚,现在的交通茶馆毕竟不是梵高的那间黄房子、那间咖啡馆,除非自己努力朝前走,这间茶馆才会真正成为一张文化名片,成为吸引海内外人纷至沓来的打卡地。

在经历了特别是第三阶段的很多探索性创作后,陈安健对艺术的认识,也由于这些年的反复实践出现了很大的飞跃。现在他可以很轻松地说,不管画什么,风景也罢茶馆也罢,只要一直专心于它,迟早总会走出来。也许刚开始走时你觉得效果不那么好,但关键是往后能不能继续劳其心智、潜心修炼,那才是决定最后是不是真能走得出来的关键。

陈安健曾好多次地说过,他相信,而且也看到有不少艺术人也觉得茶馆很有意思,并画过相关题材的。但就他所知道的是,他们基本上都是以一种猎奇的心态,带着点儿临时的趣味感来画,大都是浅尝辄止,画几张,觉得满足了自己的小兴趣就打住了。所以不成气候,也没有打动人的故事。他认为那好比是趴在浅水区玩水,而他,则是要持完全不一样的态度来做这件事,他要在深水区去游泳,因为他已明白看见了属于自己的一个阵地摆在这里,茶馆于他就是一个取之不

交通茶馆

尽的创作源泉。他要尽力去挖掘发生在茶馆里的方方面面，像拍一部长长的电视连续剧，而且他的茶馆画一定要另辟蹊径，要把自己的生活经验、艺术认识融入画面中，成为属于他自己的，经得住推敲、站得住脚又有生命力的东西。他说就算同样是茶馆画，但理解认识和表现的角度不一样，所以大家画的都不一样。他的茶馆画是讲述符合于大众的人生故事，而不是简单为了表现一个场景，就像一幅风景画。画一个场景和讲述一个故事其内涵肯定是不一样的。他说自己是要利用茶馆这个风情万种的舞台，表现自己对生活的一种认知态度，要用艺术的手段把大家平时司空见惯的茶馆展示给人们，让他们恍然大悟：啊，原来茶馆其实是这样的呀，我们原来怎么没有注意到呢？他希望以此来启发人们对平凡普通的生活展开新的认识。也有不少朋友介绍陈安健去其他很多地方的茶馆画画，他拒绝了。他说自己觉得黄桷坪的交通茶馆已经够好了，至少目前，其他的茶馆对他没有那么强烈的吸引力。

随着茶馆画系列的逐渐推进，陈安健越来越感悟到，一个艺术家可以走出一条什么样的艺术创作之路，除了个人的努力外，与他人生经历和因此得来的对事物悟性的关联实在是太紧密了。比方说罗中立，由于他从小就和农村、农民频繁接触，对农民和农村有比较清晰的了解、有很深的感情，也就有了感悟，所以他后来能够画出以农民为题材的巨作《父亲》，且把农村题材作为了他艺术一生的主要表现。再比如程丛林，他即使平时做事，似乎也表现出几分宗教仪式感。还在读书的时候，有一次同学们一起去康定折多山写生，上了山顶，程丛

林立刻指着远处的一座雪山说大家看那雪山像不像古代将军的盔甲，有着整个一片古战场的感觉。就因为他的见识和一般人不同，所以他的作品出来就别有一番庄严的感觉。还有何多苓，以前同学们曾经开玩笑，说他一直对美女有热情，所以他画的美女，总要比其他人多出那么一点很特别的感觉。一个在大家眼里看来很普通的姑娘，他却能够用自己的笔最好地表现出她的特点来，总让人觉得他画里的姑娘特别美。而他陈安健自己呢？说不准是哪根筋和茶馆搭上了"脉"，跳进了茶馆画的"圈子"里。记得刚开始画茶馆画时，很多朋友都对他这种"回归"深感意外，但是没想到，他一画就坚持了二十多年，到最后也可以说成绩斐然。

有人把陈安健的茶馆画归为"后乡土主义"。一个艺术家，当他创作自己的作品时，大概率是没有考虑自己的作品该归于什么主义，被归为什么主义或流派中，那是后来艺术评论家的兴趣和责任。陈安健更属于埋头做事那一号人，他一心一意做的，就是画好这一个茶馆和走进这个茶馆里来的茶客们。最初，他大概率是在不知不觉中一点一点地把外面大世界的一些群像被动地引进了茶馆这个小世界里。后来随着自己的认识和观念深入，他开始有意识地让茶馆这个小世界变成一面镜子，去折射外面那个大社会，因此也让茶馆旧貌换新颜，具有了更丰富的内涵，让观众更愿意"走进"他的茶馆中，和茶馆、茶客们一起共鸣共唱。此时的茶馆已不再是一个孤立的、与世隔绝的"角落"，而是这个社会名正言顺的一部分，更是喧闹社会中独享清净的一部分。

交通茶馆

好多年前陈安健自认为能力有限，构图较差。经过几十年磨练下来后，自觉构图能力、驾驭能力有了显著提升，随便给他一个题材，无论风景还是茶馆，画什么都没问题。但认真想一想，他还是觉得茶馆更适合自己，他觉得这是在画一种人间气象，画一种活泼快乐、蒸蒸日上的生活，比风景画有意思得多，也能比街景画展现出更多的焦点故事。今后，这些茶馆作品就是一个重要的时代记忆，一个文化记忆符号，就是一个画布上的博物馆，而茶馆就是一个实体博物馆，两者结合起来意义就出来了。

交通茶馆是陈安健的故事发生地，它只是一个场景，有着各式各样的茶客，给他启发，给他现场感。这种现场感当然大有意思，但他也不能照猫画虎，他必须进行艺术的提炼、编辑，把自己对生活的理解、观察、总结和自己的领悟糅合进去，让它不再是一个普通意义的、形式上的茶馆。更重要的是，他要怎样利用茶馆这个场景，这个舞台，把他的故事装进去，把他的人物安排进去，让他们真正在那里面鲜活着。

陈安健多年来在茶馆内外已拍下了海量的照片，到目前很多很多都还没有出现在画布上，被作为资料蜷缩在电脑的一个角落里。时不时地陈安健会去"点阅"一番，为了让自己从中找到一些启发。二十多年过去，他一共也只完成了小几百幅茶馆作品，而且很多作品画幅都小。他不在乎有人说如今小画很难走进展览，原因是在今天普遍都是大空间展览馆的背景下，小画走进去可能就像一粒米被扔进了大海，没有视觉效果。他对自己说荷兰画家维米尔的画也小，但并不妨碍他

成为世界级画家，因为出现在他画里的是真实的生活，感人。包括伦勃朗的画也是这样，真感人，很经典，能永恒。

虽然说陈安健天性少言寡语，但读他的作品我们却分明能感觉到，他骨子里应该是一个幽默的人。

一批艺术评论家这样评论陈安健和他的茶馆系列画：陈安健的"茶馆系列"让大家有时空倒错的惊愕，更有一种让某种生活情态停留和凝固的不可思议的非真实感。

现实意义上的茶馆与画面上的茶馆已经形成了生活与艺术、真实与虚构之间某种奇妙的互文性与交互性。

《茶馆系列》被解读为有关巴蜀乡土民俗风情的"细密绘画"。

看过陈安健作品的人来到重庆，找到交通茶馆，没有人不愿意在这个空间里安安静静地坐下来，泡上一碗普通平凡而原汁原味的盖碗茶，慢慢地在一幅幅市井图像中品味人生那难以言传的滋味。

茶馆之于陈安健，正如茶馆之于重庆这个中国文化地理版图中独特的一个地方：它是巴蜀文化与生活方式的一个符号象征之物。他的"茶馆系列"作品画活了一方天地，留存了一个空间，它们把艺术的根深深地扎在叫作生活的大地之上。

陈安健的"茶馆系列"不仅关于"市井"，而且具有人生在世的深度与广度。

视线锁定在重庆黄桷坪的"交通茶馆"上时，陈安健才真正打开了具有自己独特个性的艺术之门：用"表象化"手法来重构传统的现

交通茶馆

实主义。

陈安健将这个陈旧、破落、底层而随时可能被城市化大潮淹没的社会空间投射到画面上，确乎很少有人不为之动容。

用画面中人物的视线和面部表情作为引导，力图让观者感受到画面之外的情节。这种介入感尤其在2009和2010年的作品中达到高峰，几乎每张画都是一个进行中的故事。

和同学罗中立一样，陈安健并没有忠实地捍卫20世纪70年代流行于西方的照相写实主义规则，将摄影信息简单地翻译成绘画信息，而是融入了许多戏剧化的主观意识，使茶馆这个特定场景呈现出前所未有的幽默和夸张。

陈安健不仅打下了苏式写实油画扎实的基本功，而且确立了一条以视觉真实为基础来还原并重构现实主义为自己毕生追求的艺术之路。

对陈安健来说，交通茶馆乃是正在进行的生活，乃是继续活着的历史。

与经典现实主义画家不同，陈安健在"茶馆系列"油画中既没有以点带面地概括当代中国社会各阶层状况的社会学企图，也没有现实主义画家常常难以遏止的人道主义化的脉脉温情。他只是不厌其烦地精心描绘着茶馆这个民俗场景中的所有细节。

"茶馆"事实上是陈安健承载他解构20世纪中国现实主义关于"现实必有其本质"论断的工具与手段。陈安健将"茶馆"呈现为一个又一个精雕细刻的"民俗场景"和毫无本质内涵的"民俗表

象"。陈安健的绘画乃是"茶馆"这一独特社会空间的直观描绘生存实录。

《茶馆》系列在构图上很少在意写实油画中的稳定感,喜欢取俯拍或仰拍的视角,保留了近距离拍摄所造成的变形。

像陈安健这样画一间老旧茶馆能画二十年的画家,在这个时代太罕有了。

陈安健的"茶馆系列"既在大场面和空间感上追求造型语言的严谨、扎实与精确,但又在细处有意识地保留着手绘笔触那些微妙的感觉与情绪。尤其是当陈安健面对人物众多的茶馆众生相时,艺术家驾驭画面所体现出来的高超的写实技法成功地逃离了任何形而上学的意义追求。这时的陈安健完全陶醉在为绘画而绘画的痴迷状态当中,"茶馆系列"因而呈现为意义深度彻底消隐的"技术表象",他摆脱了传统现实主义酷爱描绘的那些典型化场景与典型化瞬间。即使在一些戏剧性较强的作品中,他也会在那些下棋、交谈和戏剧性表演的主画面旁边,饶有兴致地画下一些毫无关联的人物形象。很显然,拆解乡土绘画的意义中心及其对视觉元素的控制和闭锁,是陈安健"后乡土绘画"最为隐蔽也最为深刻的艺术突破。

陈安健无疑是位大器晚成者,又是将中国乡土美术推进到"后乡土"时代的代表性画家。画家在艺术史上的形象与价值并不由他的个人主观愿望所决定,而是由其艺术作品在风格史与图像史发展长河中所起到的作用及显现的意义最终确定与塑形。谦逊的个性有可能隐藏着开天辟地的艺术史雄心,随和低调的处世原则同样也有可能孕育着

交通茶馆

独树一帜和别开生面的创作意图与自我期许。显然，陈安健就是这样的艺术家，在随遇而安的背后有着不甘人后的倔强个性。与其从中国20世纪现实主义艺术的延续与坚守来理解陈安健的"茶馆"系列绘画作品，还不如从他对当代乡土绘画艺术观念与语言的断裂和革命这一角度来进行审视与判断。从中国当代乡土美术的发展变迁来看，陈安健的艺术价值体现为对传统模式化乡土写实主义绘画的艺术观念与认知的方式进行了系统性解构与颠覆。他重绘了乡土写实主义关于乡土现实和时代真相的面貌，从而将中国当代乡土绘画推进到一个"后乡土绘画"的全新阶段。

陈丹青在他的文章中曾这样写道："陈安健的'照相写实'画面，就像在新城区映照之下更其寒碜的茶肆旧楼，又好比隔宿的茶水，余温寡淡，与茶主同其凉热——《茶馆》系列的斑斑细节，一望而知乃出自当地熟客的目光：人们饮茶、打牌、逗鸟，或者躺倒酣睡，没人注意他，偶尔，是一位女孩与作者隔座打量，半边脸融化在屋梁投射的天光中，状若发呆，稚气的面庞与老茶肆成鲜明对比，这女孩的在座，暗示着古老茶馆的岁序绵延至今，而那少女的目光也就迎对着画前的观众，使我们一时也成为座中的茶客。我们可能会同意：国中零星可见的'风情画'，大抵是矫饰的，低层次的自然主义，陈安健笔下的茶客百态则无不散发着真的市井气，因他自甘于做一位蜀乡的市井——茶客就茶，并非钟情于饮，而是与老茶馆世世代代朝夕旦暮的日常氤氲相厮守；重庆茶客陈安健，就是这样一位无可救药的地方画家。……陈安健的作品不免背时而孱弱，因

他的画道实在很孤单：他是对的，中国各地原该包孕多少本乡本土的风俗画；但他又是错的，在当今全国上下争相标榜的'新时代'，他的目光与思路，居然逡巡于山城茶馆的市井小民，见不到半点'与世界接轨'的踪迹。"①

陈安健自己在"我的茶馆"中也曾这样讲述道：我的目光为什么总是离不开茶馆，可能是因为年过四十，对于人生这碗茶，已喝下了半碗，经历过了我们这一代人特有的经历，人生的感悟和这茶馆透出的气息有几分相投。在我们眼里，相较于今天的年轻人，茶馆更能打动我们，更让我们感慨，寻找到共同的语言。

陈安健，一个勤快，到四十不惑年龄的艺术家，误打误撞地与茶馆相遇，把自己过去几十年里"笨拙"积累下的"干柴"点燃，让茶馆、茶客连同着与之相关的一切，还有他自己，鲜活地活跃在大众眼前和心间。茶馆给他提供了取之不尽的艺术源泉，是他的幸运，也是属于他的必然。茶馆系列画的成功，见证了一个老实人勤奋之下得到的馈赠，也重述了一次"愚公移山"的故事。

14

有人说一个小茶馆就是一个大江湖。1949年以前是这样，1949年以后仍然是这样。如果有意去认真地考察、推敲一番，大概率会认

---

① 陈丹青：《退步集·地方与画家》，广西师范大学出版社2002年版。

交通茶馆

可这个说法的正确性。而既然是一个江湖,那就一定会"藏龙卧虎",一定会有着丰富动听的故事,只看有没有一把合适的钥匙来打开这扇"江湖"的门。

三十几年前,没人能想到黄桷坪正街上这一处毫不起眼的交通茶馆后来有一天会成为一家国内知名的店面,成为各地游客来重庆旅游必去之一的打卡地。知道交通茶馆的人,都知道打开了茶馆这扇"江湖"大门的人是川美的一个教师,一个油画家,是他用那么多风趣动人的茶馆系列画,把茶馆江湖的方方面面展示在了世人眼前。

随着陈安健的茶馆画步步更上层楼,交通茶馆的生意日渐繁荣,名声越来越响。忽一日,一些川剧爱好者、票友,约着一些从川剧团退休的演员,来交通茶馆联系,问可不可以在这里借个场地唱上几段,大家一起乐呵乐呵?

这当然是好事情呀!来唱吧。于是川剧唱腔便时不时地在交通茶馆响起,穿过老茶馆四处漏风的旧墙,冲破老屋顶上的小青瓦,回荡在黄桷坪地区上空。那热闹劲儿,让行走在黄桷坪大街上的人都惊住了,以为是哪个单位在搞什么大型庆祝活动!没过多久,耍杂技的也上门来了,后来居然还有跳芭蕾舞、跳钢管舞、走服装秀的等等,都希望来这个"舞台"一展风采。这可以说是众人无意中的"锦上添花、雪中送炭",也可以说是老天爷青睐眷顾。不管怎样,这些表演和茶馆的氛围倒是的确可以形成互补,形成一种和谐,无论是对茶馆的茶客,还是那些表演者,都借此收获到一种满足,他们的内心深处需要这样的小满足。

对于茶馆来说，有人在这里表演铁定是一件好事。可以帮着聚聚人气，提高知名度；可以宣传茶馆的传统文化，增加时代的文化氛围，让茶馆处在一种良好的文化生存状态中。当然，也必然就会有助于茶馆收获到更好的经营效果。

茶馆不给来表演的人支付报酬，表演者们也只是为了回报自己的内心追求。只有在特别需要有演出来闹热一下，帮着展示茶馆良好形象的某个日子，陈安健才会主动打电话去联系，看看谁愿不愿意专门来表演一场，那他便会象征性地给表演者一点报酬，或是请他们吃一顿饭。

开始有人来表演时，茶客们都觉得新鲜，包括黄桷坪街上的很多居民，听见川剧锣鼓响，听见川戏的高亢而洪亮的唱腔，听见观众被表演者逗得哈哈大笑，都会跑来茶馆看稀奇蹭闹热。慢慢地，表演多了，也就见惯不惊了。在茶馆里喝茶的茶客，尤其是老茶客们，对这些表演的态度则是一副世外高人的架势，只顾喝自己的茶，聊自己的天。于是茶馆里就出现了很有意思的场景"三重景"：全身心投入表演的亢奋的演员，兴致勃勃地在茶馆里窜来窜去看表演图热闹的游客，和那些仿佛自己根本就不存在于这个空间中的老茶客们。

对陈安健而言，有人来茶馆里表演肯定也是又一件大好事，至少让他的画笔多了一个表现的方向，让他的思路打开了一扇新窗，更让他的艺术追求多了一抹闪光。而且他茶馆系列画后期画面中出现的那些表演场景，其灵感极大可能就是从这里萌芽出来的。不过对于一个艺术家而言，重要的当然不只是有人来这儿表演或有人看

交通茶馆

表演，更是有表演者和观看者因为相互不同的生活经历、不同的时代穿着、不同的思维指向，在茶馆这个"江湖"里扮演的不同角色。他们间发生的交叉，不约而同地共生共示出来一个结论：平凡人的平凡生活之意义。在有人眼中是遗憾的叹息，在有人眼中却是欢快的享受。跨越时代的传统文化与当今观念碰撞，通过人们无意识的互动被完成，然后演变出一个新的观念，裂变出一种升华。当陈安健捕捉到这些"细枝末节"和它后面的意义后，它也就成就了他作品中的灵魂。而这，似乎也解释了何以他的画里常常会弥漫着一种别出心裁般的思绪，一种举重若轻般的助力，一种欲说还休似的趣味和引人入胜的情感。应该也正是因为感受到了这样的收获，所以日复一日，陈安健总是自得其乐地把自己投进茶馆的包围中，被熏陶，去探索，去前行。

就像中国古人所说的得天时、地利、人和的道理吧，日子飞过，得益于多种良好原因的综合，交通茶馆赚钱了。陈安健就和佘经理商量，现在开始，每到一年春节时，茶馆拿出一笔钱，把多年来经常光顾茶馆的老茶友们请来聚餐，大家在一起热闹一回。他想通过这样的方式，让老茶客们打内心里觉得，这个茶馆是他们生活中一个不可或缺的内容，是他们的家的一部分，而茶客们，也是人生中因为坐茶馆而结缘走到一起的有缘人。

"每次聚餐都是一百多人一起吃火锅，热闹得很。"陈安健这样描述说。

不仅如此，一年中的几个主要节日，陈安健都单独给茶馆员工发

红包，比如三八妇女节、六一儿童节、国庆、春节等。也不多，一般是发几百块钱。

近些年，陈安健安排人去给茶馆买回来很多红色茶瓶，他想能让这个老茶馆带着些强烈点儿的现代味儿，客人们走进茶馆来，很可能首先映入他们眼帘的，就是一张张老式方桌上摆着的红色大茶瓶，独特、也抓人眼球，还可能会让茶客们生起思考，得出各自的结论。这不是很好的一件事吗？还有红色的茶瓶站在灰暗色背景的茶馆里，不仅点缀，不仅抬色，也带给人兴奋感，有更多无意识下的联想，像花园里怒放的朵朵大红花，或者也可以看作一个美好的寓意，预示着交通茶馆的生意越来越红火。

或者真是伴随着大红茶瓶的登场，交通茶馆的生意硬是越见红火，蒸蒸日上，不仅走出黄桷坪，走进大重庆，成为重庆的一张文化名片，且真的飞出了大重庆。还有黄桷坪那家大型国营电厂搬迁后，政府决定在原厂区内拿出一大块地方，建成一个庞大的美术公园，黄桷坪正街上，更是随之多出来好多艺术机构。多种好消息的叠加，新时代下媒体、自媒体的在场与快速传播，茶馆四周以及黄桷坪涂鸦街上那些游人们随意整出来的涂鸦，也都给茶馆"添砖添瓦"，起到了很好的催化和引导作用。虽然它仍旧是从前那副老模样，却在艺术语言的宣讲下，在大众的抬爱下，自信地站上了新时代的舞台，吸引了无数拍照猎奇的、寻找旧梦的、体验生活的人，甚至好多外国游客，如潮水般涌来。

面对交通茶馆今天收获的一切，陈安健没有忘记说最该谢谢多年

交通茶馆

如一日对茶馆大力支持的老茶客们,谢谢早些年的川美学子,谢谢黄桷坪早年那些美术考生、培训生和家长。他说正是因为一直有这些人,交通茶馆才能一路经营下来。不然,它可能也会早早"夭折"了,就像曾经也有过许多好日子的望江茶楼一样。他说当自己介入时,也没想到会有这么好的一个结果,仿佛真的应验了"歪打正着"的俗语,不仅把一个传统的茶馆保留了下来,成为大众瞩目的网红,而且也成就了自己的艺术。不过陈安健心里很清楚,火不火真的不重要,重要的是能够把一种传统文化、一种人文精神传递下去。否则,就像小时候在重庆城里比比皆是的那些老茶馆、吊脚楼等,还有20世纪60年代街边摆摊卖的老鹰茶、糯米团等等,到现在几乎都消失了踪影。虽然淘汰是一种自然也是一种必然,但同时有很多东西,却是应该跟着人们的脚步一直前行的。如果不加重视,随意丢掉昨天与我们同步走来的一切,有一天我们就会陷入找不到来时路的窘境。

以前,交通茶馆的员工们天天盼着多来一些茶客,现在呢,几乎一年365天,茶馆都可以用"高朋满座"来形容,特别是周末和节假日,更得用"人满为患"来形容才够分量。员工们真的是恨不得能够得空连续休息几天。

交通茶馆现在有三个固定员工,平时上午人少一点儿时,可以安排两个人干活儿,另一个休息,到下午来上班。到周末、节假日较忙的时候,需要七八个人,就得请人临时帮忙。固定员工负责掺茶、后勤保障,来临时帮忙的人有的在门口招呼站在外面那条小巷子里的客人,维持秩序;有的负责带领客人入座;还有人帮着做杂活儿。不这

样安排的话，来了太多客人，大家不清楚状况，都往茶馆里面挤，那就会一团糟乱，好不容易挤进来了看见没有座位，待不住就会又往外面挤。这样既怕出安全事故，又怕影响茶馆的名声、影响经营。

不过尽管已经如此这般考虑了，还是经常有人老远尽兴而来，却失望而归，因为没能在茶馆里面找到空位坐下来，失去了与老茶馆亲密接触的机会。在节假日，茶馆门外那条狭窄巷子更是会挤满了人，排起长长的队。有些茶友评论说，这个交通茶馆简直就像一个神奇的物种，它不是人修建、经营出来的，而是从人们的心里长出来的，因此大家才愿意走进来。到近些年，在来交通茶馆"打卡"的年轻一族里还出现了一个新动向，他们不再是费劲儿地挤进来轻飘飘地瞄一眼就反身离开了，而是很多人都愿意进茶馆里面来"谋"一个座位，哪怕等上好半天也行。就想坐下来喝杯茶，认真体验一下在今天现代化城市里鲜能觅得的老茶馆保有的"旧"感觉，体验一下父辈或爷爷辈从前的生活状态。可能带给他们的是精神的放松，哪怕只是短时间的彻底放松和心灵的自由回归。

这些年交通茶馆生意好了，现在交给公司的月租也渐渐水涨船高了起来。生意好了，茶馆也不再要陈安健承担部分租金，现在是佘经理真正自负盈亏了。但运输公司仍然只和陈安健签承包合同，陈安健也完全不在意，他想的是只要能留住茶馆，就够了。

几乎是每天都要到茶馆"打卡"的陈安健，在随时注意抓拍有意义有价值有感觉的镜头时，也不忘记对身边那些专门来茶馆"打卡"的人进行一番开导。他总是笑嘻嘻地对那些走进茶馆里来的游客们说，

交通茶馆

你们找个位子坐下，静下心来慢慢观察，这里面可能有很多你们意想不到的故事，有很多好看的风景。他还说自己每每在茶馆里不管是抓拍到了一张好照片还是观察到了一个有意思的景象，很可能就意味着一件好作品能由此诞生，至少，也是让一张作品里可以增添几分有价值的材料。不仅如此，最近几年，陈安健还给自己增加了一个内容，他充分利用在茶馆里游走拍照的机会，给一些天南海北来到黄桷坪走进茶馆里来的游客画速写，这样一是进一步练习了自己的表现手段；二是让游客们对茶馆留下十分美好的回忆，当然就会自然而然地对茶馆做很好的宣传；三呢，他还可以借机得到更多有意思的素材。

自打交通茶馆火了之后，陈安健就很少长时间在茶馆里他之前布置的小工作室里作画了，后来干脆把它也让出来给了茶客们，不过他在里面倒还是继续堆放了一些画，靠墙也支了一副画架，时时都有一幅挂在上面。突然有想法时，陈安健会赶紧凑过去画上几笔，他这样的举动常常使得旁边突然看见了的茶客非常兴奋，才发现原来他就是创作那些脍炙人口的茶馆系列画的艺术家，于是大都会上前来和他合影留念。每逢这时，陈安健也不会有半点儿忸怩，总是会乐呵呵地应他们之邀和他们站在一起，任他们拍照留念。

为了保持此时此地的感觉，他又专门在学校以前给他提供的一间画室里"营造"了一个类似茶馆氛围的角落：布置了一面和茶馆里很相似的砖墙，特意从交通茶馆搬了一张老茶桌和长条凳进来。茶桌上凌乱地摆了很多道具，诸如珠串、书、扇子、鸟笼、盖碗茶杯等等。他还托人去外面市场上淘摸来一对清代老圈椅，说没事的时候盯着它

们看看，看能不能借以给自己脑子里灌进一些灵感，说不定什么时候就会用得上。总之，他是想尽最大可能地让自己置身的场景和自己的思维在某种人为的安排下，与老茶馆的自然感觉达到最好的呼应和统一，产生恰如其分的、最佳状态的共鸣。陈安健把这个在自己的画室里生造出来的茶馆风景戏称为"微型茶馆"，对之很是得意，而且事实上，他很多超越现实或带着荒诞味儿的小作品，都确实是在这个角落里酝酿并完成的。

陈安健对交通茶馆怀有的极大热情，决定了他能够投入，这不仅表现在经济上的投入，更有精神和身心的投入。他真心希望今后交通茶馆能够走出去，最好是全国全世界都知道，黄桷坪街上有这样一间茶馆。

陈安健原来曾觉得交通茶馆好大，现在却觉得它实在太小了。于是他和佘经理商量，考虑把旁边二楼上的一些房间也接过来给茶馆用。然而就在这个时候，一个既可以说是好消息也可以说是不那么好的消息传来：就在黄桷坪这里，从长江南岸那边，要修建一座长江大桥跨江而来。受此影响，黄桷坪街上相当一部分房屋会被拆迁，而交通茶馆，就正在被拆迁的范围中。虽然这工程也不是一两天就会完成，但陈安健只好放弃了扩大茶馆的想法。

陈安健最初听到交通茶馆会被拆迁的消息源于一个偶然。

今天去黄桷坪，在处于黄桷坪正街传统的"商业"中心地带的邮局大楼那里，可以看见陈安健2016年创作的一幅茶馆画《小鸽飞飞》，

交通茶馆

被巨大地"涂鸦"在高七层的邮电大楼立面墙上。作为一个文化地标，这既肯定了陈安健茶馆画的文化地位，也是对黄桷坪的亮点就是涂鸦艺术的支持吧。几年前，正是因为政府安排人来画这张涂鸦画，陈安健才从来人口里知道了修大桥和拆迁的消息。他当时问安排画涂鸦的那个负责人，奇怪他们为什么不把这幅画涂鸦在交通茶馆所在的这个建筑上，那对于茶馆不是更名副其实、宣传作用更大吗？结果来人说，长江大桥要修过来了，茶馆会被拆掉。所以，画在哪里不是一样吗，反正都只有几年的"命运"！陈安健听了一下就紧张了，本能地说这么好的一个茶馆要被拆掉，真是可惜了！紧张与失落之余，陈安健就渴望看自己能不能做点什么，来改变一下这个局面。于是他写了个长篇报告，述说这个茶馆对于宣传黄桷坪的重要性，对于宣传重庆的重要性，对于保留一种传统文化的重要性；他说交通茶馆现在已成了黄桷坪的骄傲，是一张不可多得的名片，它有今天真的来之不易。远的不论，单说重庆各处有多少茶馆，可是好像只有这一个才成了名副其实的热门打卡地。如果轻易丢掉了，实在是太可惜。写完了，他分别递交到区里和市里有关领导那儿，希望他们能关心一下，看看有没有可能采取某种折中的或者更好的方式，可以把这个老茶馆保留下来。他又多次奔走于一些相关政府部门，希望都重视这个问题，并给予大力支持。就算现在的这个老茶馆无法保留，最起码能不能保护性拆迁并原地原样重建。在拆它时，一定把所有有意思的、有特点的，重建时用得着的材料都完整地保留，将来移植到新茶馆去，那时再加上一些与茶和茶馆历史有关的一些现代元素，建起一个有传统有文化的茶

馆，做成一家可以在全国都有影响力的民间老茶馆。陈安健说自己有充分的理由相信，黄桷坪这家民间老茶馆有一天会扬名天下，让来中国旅游的人在选择去哪里时，都会想着来重庆亲眼一睹这间老茶馆，把它作为他们的首选地之一。就好比去意大利，一定会想着要去罗马、威尼斯看一眼；去了巴黎，就肯定要走进卢浮宫一样的道理。那样，老茶馆的意义就大了，它就成了重庆的地标。他说把茶馆这个话题做好了，它还可以孵化它的周边，这是很重要的一点。现在不是正在打造黄桷坪美术公园吗？那交通茶馆就应该是这个美术公园里的一颗明珠。陈安健笑着说这是他的目标，他的梦想。

陈安健的呼吁得到了多级政府部门和领导的关注，不断有领导来到黄桷坪实地察看，并与相关部门进行沟通协商。但最后还是很遗憾地告诉他，鉴于老茶馆本身在建筑、历史、文化等方面达不到必须保留、保护的条件，而面对修建长江大桥这样一个重大工程，没办法只有忍痛割爱。他们说之前有关部门在作调研时忽略了这个问题，没有注意到黄桷坪街上这一个老旧的小茶馆，居然产生出这样一种良好的大效应。不过领导们明确表态，对另址新建或者将来原地重建，都会在充分论证后，给予大力协助和支持。至于老茶馆，在拆的时候一定会注意把重要的、需要的都保留下来，后面再建时用上去，因为这是一件好事情，是对普通大众的关心，符合人心，也体现出现在我们为了保护传统文化、创建新时代文化精神的真心。

没多久，有关部门就为交通茶馆提供了一处新址作为过渡，还是在黄桷坪正街上，五百多平方米，比现在的茶馆场地更大。陈安健也

交通茶馆

开始想象新茶馆如果没有自身的旧感觉的话，在装修时、安排时是不是应该有一些相应的考虑，比如换上比较老气的竹壳茶瓶等等？

黄桷坪当然也是一直在跟着时代的脚步前行，虽然它的脚步总显得有慢半拍的意思。不过交通茶馆倒似乎真成了黄桷坪的一个另类，独辟蹊径，迈着特快的步子走在了前面，走进一个红红火火的境界，顺便把它的名声广泛地传到四方八面，把五湖四海的人吸引到它小小的空间来，变成一个广聚人气的场所，成为写进黄桷坪发展史中的一个奇闻典故。当然，它之所以能成为网红，事实上与现在的社会氛围和大家的支持分不开，与现在大力鼓励保护传统、打造文化品牌有关。

也有一个事实是，无论昨天还是今天，交通茶馆在黄桷坪正街临街面上其实并不突出自然也不起眼。尤其这些年，临街铺面被在规定下完成的统一化齐式的装修和雨后春笋般冒出来的太多令人眼花缭乱的广告牌，把街上原有的自我风貌给吞噬，外来人要寻找交通茶馆，就得循着街边那一长溜店铺门楣上方几乎雷同的招牌一家一家读过去。不过倒也有其他两个办法可以借鉴，或许能帮着游客快速地走向交通茶馆。其一是借助今天流行的GPS步行导航，带着游客径直进入；其二则是来到了黄桷坪正街这一段时，仔细看看哪家店门前有人排着长队等待进入，那便是茶馆了，这一招，节假日里最灵验。

随着这些年交通茶馆的红火，黄桷坪早已被列入了很多外地游客的旅游目的地名单。但时代发展带来的自然选择自然淘汰，也让黄桷坪街上曾经有过的一些响亮的招牌店比如"川东回锅肉""望江茶

馆""吊脚楼米线"已荡然无存，现在只有"梯坎豆花""胡蹄花"和"交通茶馆"继承并分享了黄桷坪街上的这份"遗产"，传承着人们对老黄桷坪曾经的回忆，一路前行。曾有不少人说，我们现在拿出来的经典招牌，好像更多都是与吃相关。仔细想一想，这好像也是一个普遍事实。不过老话不是说"民以食为天"吗？这好像也没有什么不对的。幸好今天，人们也说黄桷坪有了新"三宝"：四川美术学院、黄桷坪涂鸦街、黄桷坪交通茶馆。这三宝，都是与精神文化息息相关的。在今天人们的物质生活普遍大幅度提高的背景下，精神文化生活的提升，成为了最重要的大事之一。而交通茶馆更显特别，虽然它也与"嘴"有关系，但毕竟不是与"吃"有关，无论是其真实的物质——"茶"，还是由茶所引申出来的文化，它更多体现的是一种传统文化，一种精神。从这个角度去看，交通茶馆似乎真值得大家花更多心思去呵护。重庆人今天会说，想要了解黄桷坪，了解重庆昨天走来的茶馆文化，就到"交通茶馆"坐一坐。言下之意，黄桷坪的交通茶馆，已经成了了解重庆一段过去的历史和风土人情的一个窗口。

　　出了名的交通茶馆也受到了中央电视台等媒体的关注，不断有媒体对它进行报道。如2019年3月中央电视台著名栏目"记住乡愁"节目中的第5季第48集就专题播出了"重庆黄桷坪老街——志于道、游于艺"陈安健茶馆画。

　　有一次，上海交通大学一些老师来到黄桷坪川美老校区，造访抗战时期西迁重庆的"国立交通大学"在此的旧址，看见黄桷坪街上的交通茶馆，半是好奇半是玩笑但也很认真地问，这个"交通茶馆"，

交通茶馆

是不是为了蹭 20 世纪 40 年代交通大学在重庆办学旧址的"热度",顺带借着从前那些描写当时学生坐茶馆里学习的文章之便利等,所以取名为"交通茶馆"。

当然纯属巧合而已!它的母公司叫交通运输公司,作为下属的茶馆就被当年那些习惯了懒得动脑筋、简单做事最好的公司人套上了本公司的名称,只为表明一种所属关系,与文化和附庸风雅无关。这种情况,几十年前不胜枚举,就是一股见惯不惊的潮流。

过去的二十几年里,一个本来只为了介入市民普通生活而存在的"交通茶馆",在"天时地利人和"之下"演变"成一个小有成就的文化品牌。突然间成为了重庆茶馆文化的代表,担上了文化传承的担子,并在艺术的殿堂上扬扬得意地崭露头角,这也给我们带来一个思考:当高雅的艺术与大众的普通生活融合到一起后,会带给大众什么?

— 15 —

今天在艺术圈流行着一种"艺术语言穷尽说"。那么,艺术语言是真的穷尽了吗?虽然任何时候提出任何一种观点本无可厚非,但现在提出的这个观点,有点儿绝对化、也有点不科学的态度。因为,至少在今人认知可及的范围内,这个说法明显不符合事实,不符合事物的发展规律。可以认可的是,在世界范围的当今时代,在当代

艺术语境下，在当代科技日新月异并影响广泛的大背景下，基于这些综合原因，架上艺术的语言创新，的确表现为一种异常尴尬的处境，出现（创新）一种（架上）新艺术语言的可能性确实微乎其微。所以我们也看见，在过去的半个多世纪里，堪被正式认可称之为经典的新艺术语言（架上），应该就没有诞生过。但是，这个可能性毕竟还是存在的。关键点在于，人们是不是觉得新创一种艺术语言还有意义、有必要、并且愿意去创新一种艺术语言。但我们认定，只要艺术这种形式还存在，只要人类对艺术还有追求，只要有人愿意让自己走上创新艺术语言的路，就一定会有新的艺术语言在哪一天闪亮站到艺术圈的聚光灯下。

　　时代改变了，观念进步了或者说是被改变了，新生代艺术人对传统艺术方方面面的认识，在今天相应地发生了巨大甚至可以说是颠覆性的改变。年轻一代与传统架上绘画艺术（经典）语言之间普遍出现了巨大的隔阂、断裂甚至排斥，这是一个不争的事实，也是一个应该被认可、被接受、并予以鼓励的事实，当一种事物发展到某种程度时必然会出现的一种背叛或者说新旧割裂的事实。这个事实既成为促进当代艺术大发展的动力，亦是导致人类一代代老祖宗积累下来的传统经典架上艺术语言"没落"的重要原因之一。今天的年轻艺术人几乎都不太在意艺术语言的问题，更不在意艺术语言创新这个问题。这主要不是他们不想，更多的应该是他们不能。置身空前庞大而飞速发展的当代社会和极端繁杂的当代艺术家族的处境中，他们真有些难以应付，也许会有种无力自拔的感觉，即使他们中很多人一直都在努力拼

交通茶馆

搏。一个很重要的客观事实是，正如同很多人说过而且大概率是已被普遍接受的一种说法：今天摆在年轻艺术人眼前的，是一桌已经丰盛无比的、包罗了有史以来的所有艺术语言、流派风格等的"满汉全席"，他只需要从中挑选让自己觉得可口的"菜肴"入口即可。一旦觉得不行，重新选择另外的。经典的概念已被消解了，被"稀释"了，变得不那么重要了。而结论就是，你已经没有必要、似乎更没有可能逾越立在你眼前的那些前人创下的艺术高峰，"创造"出之前没有的、现在只属于你自己的一种独特的艺术新语言。

但至少我们看见，在陈安健所属的这一代人中还有很多人并不完全接受这个观点。他们相信那只是现实中一个很客观的事实，但一定不是全部事实。他们的经验和认知告诉他们，首先，艺术语言的创新是必要的，也是一定会有的。正如中国古诗所云："问渠那得清如许，为有源头活水来。"如果没有新鲜血液的生成，何谈生命的延续与保持生命的鲜活。既然有创新艺术语言的必要性和可能性，就总得有人去寻找、去追求。成与不成两说，什么时候能成也没有关系。但作为一个清醒的艺术家，理应不断前进，敢于打破已被大众认可为成功的、也包括超越美术史上已成为标准和规则的东西，这才是一个不变的真理。再退一步说，就算是一桌现成的满汉全席，它也应该会有创新：时代变了，材料变了，火候变了，烹制的方法变了，结果也就会变了，新方法（新语言）也就出来了。关键看人怎样去认识它。不是吗？

陈安健举办了"见证交通茶馆"系列写实二十周年画展后，有不

少老师、同学和朋友都提出了相同的问题，说你现在已经把这个画得很好了，今后是不是继续这样画下去？然后陈安健也问自己，继续这样画下去，还有没有意义？大概率上看，不外乎就是在画面上增加一些不同角色的人物、安排一些不同的情节。当然这肯定不是坏事，也可以达到好的效果，受人喜欢，几十年过去后回头再来看可能也不得了。但他又觉得，既然已经在"写实"的路上走了这么远，现在是不是可以寻求一次改变，往追求艺术新语言的路上"搏"一次？题材可以不变，造型艺术语言和画面表达可不可以尝试来一次大胆的变化？

相信，扛着传统写实主义大旗这几十年一路走过来的陈安健，注定了没办法让自己完全抛弃写实，但他告诉自己必须得要有突破，而首要的就是突破他一贯秉持的写实语言。他很清楚，无论自己把写实语言坚持到哪怕是最好，它也不是属于自己的语言。他始终有一个很顽强的信念，艺术到了最后，还是要用语言来说话。至少他是这样认定的。而一种新的语言，就必须要有表现方法上的、形式上的前所未有的自我独立。所以现在，他至少可以尝试尝试怎样用两条腿同时走路。衰年变法的重要意义也在这里显现出来。当然这就又回到了曾经说过的那句话：想象很丰满，现实很骨感。心里想想、嘴上说说要突破都容易，但怎么突破、朝哪个方向突破？突出去后真的是重生，抑或是掉进另一个绝境？突出去真的就是凤凰涅槃，抑或是贻笑大方的邯郸学步？面临着的好像又是如哈姆雷特发出的那声呐喊：活着，还是死去，这是个问题。怎样活着，能怎么样活着，这的确是一个问题。

寻找突破之路是茫然的，是艰难痛苦的，也像是被希望和梦想吹起来浮游在虚空中的一个巨大的泡泡，当然更得是一份实实在在的努力付出、一份催化理想的动力，也是带着人走向成功的一个必然过程——如果这条路的尽头真有成功的话。

被传统写实主义和超级写实主义"束缚"了太多年而且在这条路上已小有成就的陈安健，想寻找到一条真正突破的新路，可能比是"一张白纸"的人更难上不知多少倍。

陈安健生性不喜欢想得多说得多，既没有太多时间也没有太多心思去想，他只知道自己要做什么就必须得做什么，那才是他脚下的路。

中国流行一句话，说的是"踏破铁鞋无觅处，得来全不费工夫"。乐意埋头悄悄做事的陈安健也真正得到了这句话的青睐眷顾。

如果说陈安健第三阶段的《丰乳肥臀》系列，包括《活神仙》等作品，反映的是现实生活中真实与虚幻的交替，那么《北京晴》《悠然夏日》《泡泡》等作品所呈现的，则应该是一种艺术家意象之下的艺术真实与虚幻的融合。而恰恰是后者，从一个方面揭示出那些年以来他内心中一直追求的升华与创新。可以说，正是从第三阶段引申出的这一个重要分支，对真实与虚幻交织、交叉的探索和尝试，引导他"碰巧"为自己发掘出一条新路，走向另一座山峰：互动涂鸦绘画。

互动涂鸦绘画的出现就是陈安健"全不费工夫"下收获到的"果实"。陈安健说，起初他也并没有想到要做这个互动涂鸦。有一天，他走在黄桷坪街上，目光无意识地扫视着街两旁建筑墙上那些涂鸦，

突然灵机一动，既然我的作品别人可以用涂鸦表现出来，既然有一批又一批游客愿意来这里投入"涂鸦"，至少说明涂鸦有着某种迷人的力量和生命力，那我为什么不可以试试把涂鸦这种方式引入我的画上去呢？进一步说，还可以做一个大胆的尝试，把自己的画"献"出来给大众去涂鸦。说不定这会是一个突破？仔细想一想，从古至今，有哪个艺术家会愿意把自己辛辛苦苦创作的画拿去给别人随意涂鸦呢？这绝对是"史前"第一人。每个创作者都像是保护稀世珍宝般在保护自己的作品，而陈安健觉得，如果用"互动涂鸦"的方法去突破一下，说不定真的可以创造一种出乎意料的效果。而画画的创作，就是需要不断有突破、需要有不同的效果，意外的效果，这样艺术品才会有吸引力、感染力、生命力。如果一切都是循规蹈矩的表现，它可能就没有了感染力。在互动涂鸦方式下出现的画面所产生的感染力，一定会包含着一种很自然的激情。

　　陈安健告诉自己，他做互动涂鸦绘画的目的，就是要把人的涂鸦意识转换到绘画里，那时经转换后出现的画面就会带有一种突破，再充分利用涂鸦自身具有的随意性，偶然中的创造性，也许会创作出一种全新的作品。当然，最后出现在画面这里的涂鸦不再是随意性的涂鸦，而是一种有意识表现的涂鸦"手段"了，也可以说既带有随意性又消解了随意性。重要的是，从前人们认可的涂鸦主要是为了体现一种自由表达精神，所以它不受下意识的支配。到了陈安健这里，在他的"创新"互动涂鸦绘画作品里，除了保持涂鸦固有的无意识下的自由表达精神外，还有一种创新，就是"既随意又不随意"。简单说就是，

交通茶馆

把一种仿佛在无序无思考的状态下完成的"涂鸦",转化为在有思考下完成、并且是"有看头"的画面。它是一种把经由涂鸦行为产生的"自然艺术"与艺术家的"人为艺术"相结合的产物。涂鸦的自由精神是不受约束、自由表达的,有时候无序,有时候不需要思考,但既然这里的"互动涂鸦绘画"是追求涂鸦与绘画的结合,它就也得要遵循艺术创作的本质;它可以没有条条框框,任人自由地、自主地发挥,任意显出每个人对色彩、线条、画面所认知的关系等,但是到了最后,却是要在艺术家的思考下重新组织,或消减或增添后才完成的。在当代艺术的概念里,"互动"也是被最追求的、最重要的创作方式之一。从这个意义上说,陈安健的"互动涂鸦绘画"既保持了传统艺术的要旨,又与当代艺术有了一个紧密的"拥抱"。

让涂鸦进入画面里还有一个好处,就是借着涂鸦的自由表达,可以把穿越时空的众多元素聚到一起,可以不受传统透视觉的指责任意安排对象以及空间位置,且不仅不会让人觉得突兀、不合理,反而会因此生成一种别样的趣味和幽默,或者是引出发人深思的另类思维。

陈安健决定把这样的互动涂鸦绘画方式作为寻找一种新突破的尝试,会不会成功,会不会被人视为成功,他不知道,但他知道自己现在必须得踏上这一条路。至少,这应该是一次很值得一试的挑战。

后来的事实证明,陈安健的"新交通茶馆"作品正是利用了涂鸦的这些优势,与自己多年下来的心得体验进行综合,于是收获了全新的视觉和认知效果,它既是"茶馆系列"的延续,更是陈安健为自己

图58 《新交通茶馆》NO.01（91cm×92cm，2019年）

的艺术殿堂新开启的一扇门，引着观众由此走进他的全新的艺术天地。

  2019年末，陈安健完成了后来被他归为"新交通茶馆"系列作品的第一幅正式的涂鸦绘画（图58）。

245

交通茶馆

　　这幅画面上,一个长发披肩、戴着眼镜、全身着黑色纱裙的摩登妙龄女斜身而坐,占据了画面的绝大部分空间;她身后景深的远处、画面右上角,有三个男人坐在桌边,仿佛是在望向她这边,又仿佛与她毫不相干。他们在自己的世界里,喝茶、聊天、谈论一个他们自己感兴趣的话题。除了这些人物外,画面上七零八落地出现了好多我们日常在街头巷尾见惯的有人随手乱画的图像,没有意义的英文字母,孤零零的阿拉伯数字,断断续续的电话号码,以及带有明显时代感的二维码等等。背景鲜亮而强烈的红黄色,衬托出了前景上中心的人物:她胸前那一颗醒目的红色桃心,不知是想暗示她失恋了,还是正在激烈地追求爱情,抑或是处在怀想恋人的深沉情感之中?而那张贴在她左肩和那三个茶客之间的二维码,是不是意味着今天这个信息化时代人们沟通与交流、信息传递方式的大大改变。画中斜坐的女人竟然以"超现实主义"般的方式出现了四条腿,构出一幅既像真实又似虚幻的图像,也让她那本应是静态的坐姿变成了一个仿佛在持续晃动的动态姿势,生出一种明明不可能却偏又的确正在这里发生的荒诞。

　　也许因为这是第一张尝试改变自己风格的画,陈安健看来看去总觉得它的确有点儿不平常的效果。

　　陈安健坦言说这幅画本来并不是作为涂鸦作品来画的,而是一幅写生画,画得比较快,比较写意,画的时候也没有想太多,就是跟着自己的感觉信手而去。画完后,就放到一边了。过几天来看,感觉画面太简单了些,没有达到他想要的那种视觉要求,又觉得随意

性很强，有点儿像涂鸦了。这时涂鸦的想法就跳进了他的脑海，他问自己是不是正好可以把这幅画用涂鸦来尝试一下？既然是"涂鸦"，那应该和这个女子的姿态语言相协调，于是他便动手了。因为是第二遍画，便把第一遍画时出现的一些偶然性都保留了下来，例如女人多出来的那两条腿，可以算是一种超现实的、荒诞的表现。同时陈安健觉得这样画没约束，画得也比较愉快。改完后再看，觉得画面真有些表现力。但又认为，如果就这样停业，好像还差了点儿主题，想着怎样把画面弄得再丰富些，于是就把一些线条穿插到里面，加进三个茶友，坐在桌边打望。他心里认定，这样画面看上去就有了更多故事情节，不单单是一个女子加一些涂鸦符号在那里呈现一种眼花缭乱的效果。这种效果本也符合茶馆的现状感，一种晃动性比较强的视觉体验，符合现在的主题，符合黄桷坪街上存在的主题文化运作。现在这样，画面增加了一些黄桷坪的涂鸦文化符号，感觉上它体现出与黄桷坪相同的主题文化，和黄桷坪的主题配合默契。它像是另一种体现了浓厚"乡土"气息的"乡土画"，从这个意义上说，与他多年来坚持的老茶馆系列画依然是"一家人"，尽管穿着不同。他自我感觉比较满意。

　　画面中，坐在后面的三个茶客及他们身边的一些物件，看上去都是写实的，不过它们是从其他图片上剪下来贴上去的，不是纯粹的画，是在图片的基础上运用绘画方式做一些处理，也就是把图片贴上去后再画。在当代艺术里这样的手段是允许的。图中的二维码也是当时交通茶馆可以正常使用的二维码，不过后来没有用了。

交通茶馆

　　这幅作品的一个想法是借用涂鸦的随意性体现出在黄桷坪流行的涂鸦，把涂鸦"转换"进绘画后，便觉得它在画面上形成了一种突破，涂鸦不再是一种自然的、完全随意性的涂鸦，而更是一种有意识的、有引导下的表现，也可以说是"既随意也不随意"的状态。涂鸦的完全自由和基本无序无思考的图像表现，已被"合理"地融入进有所思考，在艺术的指引下构成一个更有看头的画面，因而也让画面出现了一种出乎于人们意料的、似乎是"天意"也似乎是"人为"的奇特效果。

　　陈安健第一幅"创新"的涂鸦作品，看上去似乎有点儿"超脱"，画面也有表现力，但也让人觉得里面的西方表现主义痕迹明显重了一点。针对这个问题，陈安健的回答是当时他并没有想过要特意模仿，实话实说，并不是有意为之的。起初画的时候就只是想着让画面丰富些，后来做涂鸦时，又想着要在什么地方穿插些线条，可以产生涂鸦的味道。也许，出现现在的这个现象是受到自己根深蒂固的习惯左右，受到自己潜意识的影响，或者说互相影响了，是从无意中生出来的一根枝蔓吧。但也许正因为有这样的相互影响，后面的发展，才成其为一种独特的"陈安健式互动涂鸦绘画"。

　　从语言风格上来说，这幅画与陈安健之前的作品当然完全不是一回事了：写生加涂鸦加综合材料拼贴，他用这样的方法完成了他认为的第一幅"创新画"。

　　这是他涂鸦绘画的第一次尝试，结果还算好吧，也让他有了更多信心。

进入2020年，陈安健基本上主要还是自己在自己的画中进行涂鸦来尝试改变之前的绘画风格并开展新目标。但是在小画室里这样画了几张涂鸦画后他很快意识到，既然茶馆里天天人来人往，这个庞大的自然资源不加以充分利用岂不是可惜。再者说，不就是涂鸦吗？那直接让大众来涂鸦不是更好？真正的互动涂鸦绘画概念这时就这样应运而生了。陈安健开始把想法落实到行动上，加快了推动他的涂鸦绘画与大众互动的步伐。

他的具体步骤是：首先，他会在画布上按自己的思路构思一个画面，用油画颜料画出"草稿"，画到感觉差不多时，就把这幅没有完成的画搬到茶馆去，放在醒目且人来人往的地方，旁边摆放着油画颜料，让过往的茶客、游客，谁都可以随心所欲地在这个画稿上涂鸦。涂鸦中有画得很不错的，当然也有画得很糟糕的。他还注意观察那些在他的画稿上涂鸦的人表现出来的种种细微的言行举止，并且很高兴地发现，每个人来这里画上几笔时，都明显带着一种独特的激情。那个时刻他们会流露出内心的纯真情绪；几乎每个人动笔之前都会对眼前画面上已有的别人的涂鸦先作一番短暂的"解读"，然后才会开始涂鸦。这应该说明，很多人在做涂鸦时，思路也明显会受到已有画面的一些影响，这种影响会刺激到创作者脑海中记忆深处的某一个"神经元"，从而引导他或她去完成后面自己的涂鸦。这充分说明，即使涂鸦，也并非是一个人在完全随意之下完成的无序产物。这个认识对于陈安健第一步安排自己的"草稿"和最后收尾时都大有帮助。

交通茶馆

　　陈安健也会特别留意人们在他的画稿上涂鸦的进展，到了一定的程度，就是当他觉得可以了时，他就会把画收走。如果还是觉得感觉不够时，他会把这幅画先反扣过去，这样后面来的人就不能在这个画面上继续涂鸦，以免后面的人把前面那些本已画得不错的给破坏了。等画面上的颜料干了，他会把画面又反回来，让后面来人继续涂鸦。最后，他把收回去的画进行处理，做必要的改动，画得好的都尽量保留，画得倒好不好的，顺势而为进行一些调整，对那些确实与画面没多大关系的，甚至破坏了画面整体效果的等等，便坚决擦掉。为了能够去掉这些不必要的涂鸦，陈安健为大众提供的是油画颜料，因为油画颜料会干得慢些，也方便他修改。如果是用丙烯颜料给大家涂鸦，颜料很快就干了，他就没法调整了。调整的标准是恰到好处，达到构成和画面内容相结合的效果就 OK 了。

　　《新交通茶馆之六》这幅画（图59），

图 59 《新交通茶馆之六》（90cm×100cm，2020 年）

交通茶馆

陈安健先是画了一张写生，写生对象也就是现在画面中手拿提琴的人。他在画布上先做了底子，然后按照常见的中国人在家门口贴对联的形式，在画面上做出好似一种门框的感觉，在这个基础上开画，后面再进行其他加工，如画面左边拼贴了两组图片上剪下的人物，等等。出现在这里的两组人物改变了画面的景深和透视感，他们的存在既是作为画面的点缀，也是作为和画面上主要人物进行互动的对象，是为了在两者之间产生一种相关的联系，若没有这个联系，画面看上去就会是分散的，孤零零的。可以看出，这个手拿提琴的人物和他人的互动，一种走动的、激情的感觉便跃然纸上。

陈安健给每幅画选图片作拼贴时都很讲究，不会随心所欲地贴几张上去就好，他会选择他认为可以与主题搭调的、靠谱的，主要围绕主题去进行创作。绝大多数情况下，陈安健对这些拼贴图片都不会"偷懒"，他会认真地用笔用色对这些参与进作品的拼贴图片按绘画方式进行合适的"修整"，让它们能和整个画面融合得更好，不让观众觉得生硬。

《新交通茶馆之六》这幅画涂鸦痕迹比较重，形式比较好，画面上固定形象的形式也跳出来了。如果不是这样，人物写生就会显得单调，拼贴的照片也会显得干瘪。现在这样一涂鸦，整个画面就有了一种朦胧感，又流露出很强的随意性。陈安健还刻意让涂鸦的人在右边"门联"的位置写了一行字，也是有意选写得比较随意的那种，他觉得这样的效果反而更好。

这样把综合材料、拼贴运用进作品中，是陈安健尝试互动涂鸦绘

图60 《无名》（80cm×60cm，2023年）

画早期一个重要的内容，很多作品中都有出现。他频繁地利用图片对自己的原构图进行一些随意的调整，因为他发觉这样做的一个好处是，遇到构图上不那么特别理想的地方，都可以用图片去进行弥补，虽然有时候这种弥补感觉上似乎不完整，但对于整个画面而言它是完整的。如作品《无名》（图60）中，画面右边有一只女人的腿，突兀地从边框外伸进画面里来，产生出一种荒诞意味儿，它不仅在构图上起到

图 61 《北京晴》（190cm×170cm，2014 年）

了左中右稳定的作用，还构成了画面从左往右一个波浪起伏下的运动效果。还有画面左边那个帮助完成了这个运动构图的拿扇子的女人局部，也是剪下图片贴上去的。

不过认真去回看，拼贴手段并不是陈安健这个时期的首创。即便是涂鸦，也不真的是到了这个时期才出现在他的画面中。早在2014年，马航370失踪，他由此创作了《北京晴》（图61），其中就使用了拼贴和类似涂鸦的手段。那些剪裁自多处但表达同一个事件内容的报纸，那些有如电波一样漫天飞舞在空中的SOS字母，那些让人眼花缭乱的色彩，那些不稳定的笔触，共同制造出画面上大幅度波动下的极度混乱和迷茫，并产生一种强烈的希望加渴望的效果，传递出人们共同的强大心声：回来吧，亲人们，今天，祖国晴空万里，一路畅行！画面的叙述虽然直观，却明明白白表露出一种真心，感人至深！

如果我们再回头去看一看陈安健前面几年的作品更会发现，他其实早就已经流露出了对"涂鸦自由精神"的追求。也许，正是因为有了太多日子行走在传统写实主义以及照相写实主义架构下，让他的心在备受约束和"写实界限"控制的状态中不知不觉地积蓄起了一份想要冲破、想要爆发的力量。而这力量时

交通茶馆

不时地会溢出来，有意无意地影响他的发展方向，如他画面中的如此这般。比如创作于2015年的综合材料作品《红色记忆》，2017年的《珠珠棋的回忆》，2019年的《夏日》等。画面中，都可以看见类似涂鸦的影子。虽然它们与他后来做的名正言顺的涂鸦肯定有一些距离，但其观念认识，画面上出现的"朦胧涂抹"，自由表达，让我们完全有理由将之视为为后来的互动涂鸦绘画作品吹响的先锋号。还有如2019年的作品《茶馆系列——泡泡》，在画面传统的构图和表现方式被打破的同时，似乎也已经暗藏了他后面正式走向互动涂鸦绘画的可能和必然。当然，这些也可以看作是表达陈安健内心中的一种不安分，渴望自由、渴望无拘束表达情绪的自然心态，包括在很多作品中出现的"泡泡"，与这都有异曲同工之妙。

自陈安健的互动涂鸦绘画面世后，我们还看到不少他践行"两条腿"走路理念下出现的作品。所谓的"两条腿"，一条是写实主义，一条是写实主义与变形、涂鸦手段交叉、混搭的进行，后者在形式语言上发生了很大的变化。一如他的解释，变化是逐步发生的。但可以看到的是，这时他很多即使是写实风格的作品，其画面中的构图形式也变得很随意了，不再百分之百地遵从传统的精确表现方式、被视为唯一正确的透视方式，就是要求结构等必须非常准确、非常合规的方式。现在他一再对自己强调说画面中的结构要随意些，不要太准确了，因此，画面中的写实人物，头和手就常常被他故意不遵从传统透视原则而予以加大，根据情节的安排还故意做一些适当的变形，如作品《玫瑰花》（图62）、《温情的凉风》（图63）等所表现出的那样。

图 62 《玫瑰花》（83cm×70cm，2023 年）

图 63 《温情的凉风》（81cm×67cm，2022 年）

图64 《童声》（56cm×45cm，2021年）

在这期间，有一幅很不错的写实与涂鸦相碰撞的作品——《童声》（图64）。

作品中，一组白发苍苍或秃头的老男人，自得其乐地在茶馆里引吭高歌，画面释放出满满的夸张和幽默。几个老人手里拿着的玩具手枪、开着的手电、铁壶，都以昂首挺胸一般的姿态统一指向右边画面高处，显然是为了协助表达出唱歌人此时引吭高歌的情绪高度。借着这样的画面，观众不难想象，他们此时是正在以全身心的力量、以"童声"唱着一支他们最喜欢的歌，既是"童声"演唱，那么也极可能是他们童年时最喜欢唱的一支歌。当然事实上他们不可能再用童声演唱了，但借用一个饱含了双重意义的"童声"在这里，既展现了一种矛盾对比下强调出的滑稽和幽默，又真正起到画龙点睛的作用，把观众的思想引向一个更高更深的维度：为什么是童声？那是这些老人们对逝去韶华深切的怀念，是展示他们那份永葆青春的童心。

作品《童声》最后完成时间在2021年，但其实陈安健是在几年前就画了这幅画。画了之后，总觉得画面周边不那么好看，也使整个画面显得过于写实，显出生硬，缺少想象空间。他便把画摆到了一边，不管了。几年后，当他正式有了让涂鸦进入绘画中的想法，做了好些试验后，也就有了现在人们看到的这幅画的模样。对现在这幅画，他自认效果非常不错。在他眼里，现在这画面上那些"自由随意"所产生出的奔放和虚幻，与画面上那几个唱歌老人的表情、心态、画面内容都正好搭调。当然，整体上

交通茶馆

说这幅作品的风格还是写实的。

现在这种互动涂鸦绘画表现手法带来的结果，肯定会对画面结构产生一些破坏，但陈安健觉得，恰恰是这种破坏，可以在画面中起到风趣和夸张作用，画面也产生出更多幽默感。

在陈安健从写实主义向互动涂鸦绘画转移的过程中，有一幅画也很值得一提，那就是完成于2020年的作品《哈福》（图65）。题目"哈福"的意思，取自一句四川方言，叫作"哈（傻）儿有哈（傻）福"。这幅画始于2016年。动笔画这幅画的时候，陈安健心里的感觉是非常不错的，信心满满。由于是完全写实画，尺寸又大，所以画得很慢，到已经画得差不多了时，他的感觉却渐渐地不那么好了，行话说，觉得这画的"气"有些不够了，有些不对劲儿了。原本他是热切地想着后面要把它送去参加什么大型展览的。这时觉得如果它是这个样子的话，去展览肯定分量不够。也不再想拿它去参展的事，最后干脆放开了，转而去画另外一幅画面中人物多些、感觉构图安排更顺当些的《喜乐平安》，并把它纳入了自己的参展计划。

陈安健开始画《哈福》这幅画时的想法也很

图65 《哈福》（206cm×200cm，2020年）

交通茶馆

简单。他觉得应该需要给表现老旧的茶馆画装进一些现代的元素，装进一点超现实的、魔幻的或者是一种荒诞的东西，甚至也可以包含一些冷幽默感觉的，这样呢，应该会从观念上产生一些不错的新意出来。有一天他在一本画册里看见这一辆时尚的轿车，便得了这个灵感，想如果把它搬进茶馆画里面去，可能真会获得超现实主义的效果。他便开始画了，但后来没有完成也就放下了。

说来真的是弹指一挥间。这幅画被他一放就过去了四年。到了2020年，陈安健在互动涂鸦绘画上已经有过不少尝试，也得到了些心得，这时回头来看这幅没有完成的画，一边觉得这么大一张画，已经画了那么多真不容易，还是该把它画完，另一边干脆把自己兴头正盛的涂鸦加进去。通过涂鸦手段，让画面增加更多元素，去冲淡画中已有的那个主要人物形象的观赏性，减少观众对这个人物过多的视点关注。画完后他再去看，觉得涂鸦对画面的确发生了很大的也很不错的改观，现在的视觉效果真就不一样了。如果没有现在这些涂鸦，肯定会少了很多联想和趣味，若观众就只盯着画面中那一个人物看，看来看去也会觉得啥意思也没有，乏味了。

其实这幅画被搁置一边时，陈安健自己也认真审视过为什么会画不下去了的原因。觉得至少有一个很大的原因，可能就是出在模特人物的选用上。本来，出现在画面的这位何大爷是一个很不错的人，但用在现在的这幅画里，就明显觉得"气场"弱了一些，也就是说这里的"他"不能打动很多人。陈安健说如果自己对何大爷更熟悉些，画起来也可能会驾驭得更好，但现实是自己对他并不那么熟悉，画着

画着就感觉到，要让这个人物形象来表现一个自己很看重的主题，分量就显得不够了。

作品完成后，陈安健自认很遗憾的是，这幅画没能让范大爷来做模特，如果是那样的话，那自己画这幅画时信心还会增加很多，很可能第一次画时就一气呵成了，不会被搁置四年。而且他相信，如果真是范大爷在画里面，最后出来的作品一定会拥有更大的气场，有更多鲜活性和可读性，更多趣味与幽默。

在陈安健眼里，因为范大爷自己也懂点儿艺术，有些艺术范儿、文艺范儿，有时候他的表情还带着某种象征性，形象、体形等都比较特别，所以他表现出来的整体气质很不一般。范大爷往那儿一坐就是一幅画，自带一种感觉和气场，让人有画他的欲望，这是非常重要的。而这，可能恰恰是能让一幅作品能生出某种特殊效果来的重要因素。

艺术家与模特之间有一种心境默契从而对作品产生巨大影响的，在世界美术史上当不在少数。

在陈安健这个时期的互动涂鸦绘画中我们还发现另外一个有趣的现象：2020、2021年的绝大部分作品中都出现了音乐、舞蹈、戏剧人物，这种现象一直持续到后面，虽然数量上好似有所减少。出现这个现象似乎应该是源于两个主要原因。其一这些年里，到茶馆来的年轻人多了，他们轻快活泼的动作，无拘无束的欢声笑语，触发了艺术家新的认知，使他觉得用以前的写实手法、以前的那些元素比如茶客下象棋打川牌玩鸽子等，来表现这些快乐的年轻"新茶客"已经不那么准确、不够痛快、不够畅所欲言了。改用现在的涂鸦方式去表现，

图66 《涂鸦第31号》（100cm×100cm，2021年）

则感觉上会更加激情充沛，也可以更尽情地张扬、宣泄自己被感染到的情绪。同时，为了最好地诠释出画面中的这些人物是精力充沛的年轻人，他就选用了舞蹈人物和乐器演奏，尤其是吉他、小号、萨克斯、手风琴等这一类与活力、激昂、煽情这些词联系紧密，也容易引发人

图67 《涂鸦无题27号》（106cm×101cm，2021年）

们亢奋的情绪的乐器。其二因为有了越来越多的到茶馆里来唱歌跳舞、表演的小"团体"，他愿意把这些和茶馆命运联系紧密的新生事物也记录下来，成为一份历史的见证，为他的互动涂鸦绘画增添一些富有生命活力的营养。（图66、图67、图68、图69）。

265

图68 《涂鸦无题15号》(110cm×100cm,2022年)

　　即使在以茶馆为创作主流时,陈安健也并没有完全抛开其他题材的创作。一个人对自己感兴趣的某一种东西,不管因为什么原因,突然让他彻底丢开一定是不大可能的,何况是艺术家,只要某种东西刺激了他的那根"神经",他就一定会去把它表现出来,即使它与他此时的创作主流完全是两回事,包括他以前谙熟的艺术语言,或者是某

图 69 《涂鸦第 26 号》（106cm×100cm，2021 年）

种表现题材。也许这时候的一个小拐弯，也会决定他后来的艺术之路大转向，这种例子在世界艺术范围内也并不鲜见。至少，这种小拐弯会给人带来一种突然的新鲜感，哪怕是间歇性的，但也足以让人眼前一亮。从某种意义上说，这可能也是构成一个艺术家完整艺术人生的一个必然因子。2021 年，曾经十分钟情于风景画的陈安健创作了一幅

图70 《新农村》（108cm×100cm，2021年）

与茶馆新旧"江湖"没有半毛钱关系的作品：《新农村》（图70），半似风景半是人物画的感觉。画面上，最为醒目的是一个年轻人正吹奏着笛子，踏歌起舞。他身边的小河或是池塘里，鱼跃禽飞；陪衬着一大片由近及远的金色稻田，俨然一幅鱼肥稻香、歌舞升平的景象。从前的农村瓦屋，隐入远处的树林中，大概是暗喻从前时光的远去。画面右边，挺出数幢现代化楼房，也许是代表城市正在向农村的蔓延而并非农村的建筑现状，当然也不排除就是为了印证今天新农村出现

图71 《粉丝》（100cm×81cm，2022年）

的这种新面貌。借着画面右下部那个举着双手做成"望远镜"正在远望的人，除了想制造几分趣味外，或者也是为了透出对未来发展的暗示。

当陈安健这几年把创作的注意力大幅度地转向互动涂鸦绘画上时，他也并没有忘记迈开自己写实主义的那一条"腿"，其间创作了一些相对写实的作品，但较之以前，数量是断崖式地减少，真正是屈指可数。其手法特点，则是在写实之外，包括了借用"泡泡"中那样的虚幻，或局部夸张、人物变形、搭配涂鸦等（图71）。

269

交通茶馆

　　这期间他的创作还出现了一个新方法，即喷绘加涂鸦。先前的写生加涂鸦方法，可以让艺术家更自由地发挥，在不受传统透视限制的情况下，有更多的想象力和为所欲为的安排布置。而喷绘涂鸦，最有意思的大概应该是原有图像与新的涂鸦之间发生的或相互矛盾的碰撞下产生的趣味与幽默，或者是截然相反的冲突，带给人深深的思考等。当然这两者有重叠，而且互不干扰。

　　说起做喷绘涂鸦，也是缘于一个偶然。有一次，一个公司搞活动，把《交通茶馆——喜乐平安》这幅画去打印了一张大大的高清喷绘照片挂在墙上，活动完后这张照片他们就不要了。陈安健看见那么大一张高清照片被丢掉觉得很可惜，不只是照片打印得好，而且这还是他之前的佳作之一，于是便把它拿回来，自己在上面涂鸦。没想到做了之后觉得效果挺好，便动了进一步尝试喷绘涂鸦的念头，又挑选了前些年创作的自认为比较有意思的、有代表性的一些写实作品，用大尺寸喷绘打印出来。谁知道，这批照片喷绘出来后，他觉得多数照片看上去都是灰扑扑的，看着很不舒服，就把它们丢到一边，只挑选了两幅觉得效果稍好的来做涂鸦。不过他也对自己说，就算把那些目前觉得不好看的照片丢开，也不意味着就真的彻底丢了，说是先放在一边可能更贴切一些。说不定哪天，自己的观念突然变了，认识也变了，会认为它们现在这样的"面目"效果正是自己想要的效果，便把它们重新"捡"回来了。可不是吗，艺术这条路，谁也不能说它就只应该长成什么模样。

　　在喷绘照片上做涂鸦，包括做绘画处理，改变了他之前先在画布

图72 《新交通茶馆——帅》（106cm×100cm，2021年）

上做写实画稿后涂鸦的方式，创作过程变得相对快了一些，情绪发挥也许就更顺当了一些，但却并不意味着创作更简单。

2023年，他用2014年的作品《帅》创作了喷绘互动涂鸦《新交通茶馆——帅》（图72），用2019年的作品《喜乐平安》创作了综合材料喷绘互动涂鸦《新交通茶馆——喜乐平安》（图73）。对这两幅喷绘涂鸦作品，陈安健都很喜欢，他觉得画面很完整，个人的想法在里面也得到了很好的体现。他也认为，把自己以前完成的比较有代

图73 《新交通茶馆——喜乐平安》（206cm×148cm，2023年）

表性的作品用来做喷绘涂鸦这条路是可以走的，不过更多的还是要自己动手去新创作。再者，对喷绘涂鸦这条路，他现在还不想花太多心思去考虑要怎样进一步发展，这主要是前段时间他的大部分心思都用在互动涂鸦绘画上面。互动涂鸦听起来好像是一件很容易很简单的事，但具体落实起来很复杂。不是说你只需要把画稿往那里一放，任人去随便画就可以了。事实上，你每天都要花很多时间去维护那些摆在外面让人们随意涂鸦的画，同时还要想着最后作品该怎样收拾的问题，真的非常伤神。比如前面提到的那幅喷绘互动涂鸦《喜乐平安》，在

经过了大众互动涂鸦这个阶段后，总体上看陈安健是比较满意了，不过画面中左下角那里显得空落落的，让他有点儿心心念念，但又找不到感觉，想不出该画个什么东西在那里。他也把画反扣回去了不给人继续涂鸦。这一天他刚把这画放回来没多久，来了两个小孩子涂鸦，在左下角那里胡乱画一通就走了，看去还是不让他满意。可是有一天陈安健又站那里去看，看着看着，偶然发现从小孩子涂画的那些线条里冒出来一个重要的符号，觉得是有两个倒像不像的模糊小人，正在匆匆忙忙地从那个深邃的虚空间里钻出来，它们虽然和真人的形象有明显区别，但也可以让观众感觉得出是人形。这立刻让他生起了极大的兴趣，就顺势而为地进行了一些调整，把模糊的他们变成了两个相对清晰的、古怪的人像，类似于外星人的形象。一男一女两个外星人，仿佛正在从无垠的宇宙空间走来感受地球文明那种意味儿。这种感觉让他们把画面的主题推向了更高，升华了，整个画面因此看上去也很舒服。陈安健又说，觉得它们像是外星人这个概念的得来也是一个偶然。有一天几个游客进来看画，陈安健给他们解读这画时，解读到这里突然想到这两个古怪伶仃的人钻出来干啥呢？猛然灵光一闪，思路转过弯来，说他们不就是外星人来感受地球文明的吗。游客们听了都哈哈笑了，说这确实有点儿意思。

陈安健说，出现这两个模糊小人之前他已觉得这幅画不错了，唯一的遗憾就是画面左下角那里。他一直在等机会，等一种感觉，尽管那时他也觉得，假如最后那里不增加什么，应该也可以了。真是苍天不负有心人，那天他鬼使神差般地把画放回来没多久，终于就把这个

交通茶馆

好机会等来了。现在他对这画非常满意了。

陈安健的好些朋友都对他说，这种互动涂鸦绘画的实验应该很有发展前途。他自己则说，这也可以看成是当代艺术范围中的某种形式的"呐喊"。比方说他可以有意识地把画面上的人物表情画得夸张一些，吸引那些愿意"一展才华"的人都来你一笔我一笔地任意涂画，这个行为本身就构成一个很强烈的符号。人们走到一起，为了开创一个艺术新天地而共同"呐喊"。这样的互动涂鸦绘画实验对他也没有很大的压力，自己的画，不管别人在这里怎么画最后他都可以调整得回来。再说，现在还可以采用喷绘方法，把自己的画进行解构，经过调整，喷绘出来让大家去涂鸦，完了自己再重新解读收拾，一张新作就诞生了。

在尝试互动涂鸦绘画的过程中他渐渐地又有了一个新的想法，就是在这看似属于涂鸦的画面中，突兀地"长"出来一处或几处完整的或局部的超级写实图像。比如是一只手、一只脚或者一张脸，这时这个写实的"它"在涂鸦的大背景下，会不会提供出某种奇异的想法？它会不会仿若一座桥，把写实与抽象，真实与虚幻，昨天、今天和明天在"突然"中连接起来？不过关于这，目前他还在思考中。但对于自己目前正在进行的"新生"作品，他也提醒自己，至少有一个重点必须得注意，就是画面里一定要有看头，要有趣味，可以大量借鉴儿童作画。儿童画有一个很显著的特点，画中出现的各种造型和成年人画的完全不一样，为什么却总可以给人一种有意思的感觉？想来正是因为儿童画中自然存在着纯真的趣味和天真活泼的精神，才会大有

看头。所以国际艺术大师毕加索也说，他好想回到儿童时代。问题在于成年人一落笔就是"专业"，要找到儿童那种天真稚嫩的感觉，实在是太难。有可能你画几幅都还像那么回事，但要一直那样画，恐怕就真的难于上青天了。

陈安健自认为他现在这种让大众，让儿童成为涂鸦者进来参与他的互动涂鸦绘画，在很大程度上可以对这个"难点"进行弥补。这也是几年下来他何以会大力投入其中的一个重要原因吧。他觉得所有人共同互动这个方法很别开生面，有趣，有活力，创作思路也符合当代艺术逻辑。在当代艺术创作手法已几乎涉猎世间万法的背景下，创意要有新的突破，要有新生的艺术语言，太难。幸好，他觉得自己已找到了一条可以走下去的新路！他比较自信的是，互动涂鸦下产生的新交通茶馆画，改变了传统创作的方式，它是他的另一个立足点，是他一种崭新的艺术创作手段，它和以前的写实茶馆画没有了必然的关联。最重要的是，他把自己的创作观念进行了改变，已迈出了关键的一步，同时他也想通过这种方式告诉人们，用这种新方式来做创作是可以走得通的。

在实验互动涂鸦绘画创作的同时，陈安健更试图定位出一条能与当代艺术结合得更紧密、也符合当代人艺术审美追求的路。因此，我们看见近年他的新交通茶馆系列作品，几乎无一例外地都是那样的色彩纷呈、鲜艳亮丽，释放着强烈的喜庆气息，张扬地传递着旺盛的活力和美好的希望。

陈安健认定，让大众参与互动涂鸦绘画，是对他的画进行解读的一

交通茶馆

种新方式，会让自己得到更好的感觉，更容易产生激情的碰撞，也让他得到一种新鲜感，激发他对画面进行更有效的处理，让画面呈现出更多不可预测性的效果来。艺术肯定需要有不可预测性，艺术家更时时都应该让自己置身于一种新鲜感中。如果只是自己一个人每天在那里涂鸦，也不是不可以，但那样自己好像反而会受到更多制约。他觉得与大众一起涂鸦有一种更好的一体化感，效率更高，符号感觉更多，而且过程中还不断地主动给他提供着画面的新感觉。尤其是，他认定自己几十年来受到正规教育和书本上的影响很大，所以画出来的东西看上去会显得更专业一点儿，不过现在他就是不要太专业了的感觉，太专业了，感觉模仿痕迹太重。涂鸦和互动涂鸦，正好可以帮助他克服这个问题。

陈安健认为，传统的画画是用笔表现出一些灵动，画点儿手气，是体现艺术家对真实的一种理解。他觉得这样的创作方式始终是在框架里面的，可他现在想要跳到框架外面去。所以他就问自己能不能有更干脆点的办法，把来茶馆的广大茶友、游客都"发动"起来，让每一个人都来他事先安排好的画稿上互动。他认为，每个人画的每一笔其实都是内心世界的折射，因此，出现在他互动涂鸦画面上的千千万万笔，就是千千万万内心世界在画布上的展示。今天你一笔明天他一笔，看似随意的涂鸦，其实都是在他安排的画稿基础上进行的自由涂鸦，他们对他的画进行解构，而他则见好就收，然后又在他们解构的基础上继续发挥再创造，经过一些艺术增减，最后成为自己的作品。收尾部分非常重要，直接关系到它是不是可以成为一张成功的作品。互动涂鸦是中间的一个过程，这个过程是为了铺垫，也是对艺

术家的再启发。今天的艺术创造，本质就是鼓励、提倡相互启发。

陈安健觉得互动涂鸦绘画这样的创作方式是属于他的一个突破，从头到尾，都是他在穿针引线、衔泥筑巢。他这个突破，充分利用了现成的茶馆和茶客资源，去完成互动涂鸦绘画这样一个前所未有的创作方式，或者，也可以说是一种全新的语言方式？这是让他最高兴甚至有些沾沾自喜的。他说以前我们是生怕别人来动几笔自己的画把它搞砸了，当然如果碰上哪个大师来帮你改几笔是一个例外，但这种例外一来寥若晨星，二来那样的"改"毕竟也还是拘束在"专业"圈子的。现在他让所有人都可以来自己的画上自由发挥，这是一种观念的大改变，符合当代艺术的宗旨，也没有偏离自己原来的茶馆主题。

陈安健把互动涂鸦绘画的"新交通茶馆"作品给陈丹青寄了几张照片去看。陈丹青反馈说：这个画有点儿意思，里面还有躲起喝茶的人。他没有更多的评价，大概是因为他没有看见原作，只说了自己最直接的印象。

为了与以前的茶馆系列画有所区别，陈安健把现在这种互动涂鸦绘画作品暂时称为"新交通茶馆"系列。他之所以对互动涂鸦绘画如此上心，主要是基于他近些年来的一个想法：通过互动涂鸦绘画实验，对自己的艺术进行大刀阔斧的"创新"，期望为自己找到一种新的艺术语言，开启一种新的艺术表现形式。陈安健认为，这种互动涂鸦绘画的方式如果成功了，"新交通茶馆"一定会让他在艺术之路上走得更远。今天的他已不再是当年那个刚走进川美的懵懂少年，那个一心只盼着有一个固定饭碗则足矣的美术爱好者。今天的陈安健在已经成

交通茶馆

名同学们的引导下，好像也做起了成名成家的美梦，希望有一天在美术史里也能够翻找到自己的名字。

陈安健当然也有担心的一点，别人有可能会把他的"新交通茶馆"系列作品看成就是简单的涂鸦。为了避免真的出现这个问题，他必须做好互动涂鸦画面最后的归纳，也就是要靠他自己这双艺术家的"手"把这个圈子挽回来，把互动涂鸦绘画真正变成自己突破重围而新建立的东西。把它变成是一件别具一格的艺术品而不是一件普通的涂鸦作品。这作品会带着明显的、强烈的个人印记和清晰的艺术新语言，让别人一看就知道是出自陈安健之手。

还是有不少人向陈安健提出了一个更实际的问题：既然你的写实茶馆系列作品已经被大家接受，而且有了反响不错的市场，是基于什么样的考虑，你还要这样执着地想改变，去画可能反响并不好的互动涂鸦的"新交通茶馆"呢？

陈安健解释说，艺术必须要靠艺术语言来说话。一个人既然活着，总得要不断往前走吧。有人说，如果一个人沉浸在自我包裹的壳中，不愿再抬头望天，那么属于他的世界也就结束了。于他而言，如果继续画写实茶馆，当然那也是对人文和社会关注的一种表现，但是到将来，别人也许会说，这就是陈安健用传统写实和照相写实语言画的茶馆。这里面没有你个人创造的东西，你只是借用别人的语言来直观地表现、反映了一种人文，反映了社会的一个阶段，仅此而已。而"新交通茶馆"这种创作方式至少目前看是一个看得见的很好的方向。他说，既然茶馆这里有这么多的良好资源，既然我们看见茶馆是一个内

容丰富的世界,来来往往这么多人,可以说它就是每一个人都来表演了一番的人生小舞台,既然说每个人都可以被视为潜在的艺术家,那为什么不可以把所有这些"艺术"资源集中起来,开创一个崭新的艺术天地呢?当代艺术可以并不是什么都要自己动手,只要表现出自己的艺术主张就够了。可以选择抽象的或具象的艺术语言去画,但同时也一定要敢于打破,勇于争取。

毕加索的伟大就在于他对艺术语言进行了里程碑式的改变。如他所说,他十几岁就可以画得像拉斐尔那么好了,后面还该怎么画?如果他当时继续照以前那样画,大家也会认可他,他一定也会有自己的完美市场。但对于艺术家本人而言,这样走下来的路有意义吗?我们经常也说,不是你画得像,画得准,是看你有没有体现出来自己的艺术语言。在认识艺术语言这个问题上,陈安健觉得自己受到了杜尚很大的影响:拿个尿壶去展览,就是艺术品。当然,杜尚主要也是体现自己的某种艺术观点。

几年下来,陈安健的互动涂鸦绘画也收获好几十幅了,但多数作品尺寸较小。后面他想画一些大尺寸的作品。首先现在这样的涂鸦绘画方式提供了画大画的可能,再是大画比较容易吸引观众的眼睛。因为大画可以表现宏大些的场面,吸引观众目光的同时,也更容易让观众自觉地走进去解读画面,去寻找与他们的心的共鸣之处。如果有了足够的大幅作品,就可以筹办一个画展了。前些日子他还想着能不能去把黄桷坪美院大门外的几间房子租过来,那房子的空间高,可以让

图74 《时光》（305cm×47cm，2022年）

他画一些两米以上的大画，而且房子的外墙正好有较大的空处，可以在那里挂喷绘好的大照片，让过路人涂鸦。

为了举办展览，这几年里陈安健也完成了几幅大画，如前面提到的《哈福》，还有2022年的一幅作品《时光》（图74）。

《时光》这幅作品这样的横排方式，给人一种是借用中国古画的横卷轴形式，乍一看去有点儿"清明上河图"的感觉。陈安健把自己安排在画面最左边，以一个在现场写生的画家身份出现，正专心地把他捕捉到的有趣的、有意义的茶馆事物描画进他的画布中。他旁边站了一个年轻妇人，手里抱着一个小孩子，小孩子抬手指着正在画画的陈安健。这样的安排，在体现出小孩子对画画的天生兴趣外，无疑更是一个暗示、一个希望：艺术将会代代相传下去。从这里开始，由左至右，一个一个可以独立的情节在画面上渐次展开，对观众娓娓讲述着茶馆中关于茶客们方方面面的故事。整幅画面上那些写实的人物、场景等均出自照片喷绘。这幅画的一个重点或许也是最重点，就是贯穿了全画面上的那些以随意涂鸦般的方式写出、并用红圈着重

标出的大量的"拆"字,以及粉红色的一行字"交通茶馆,真要拆吗?"。关于这个有象征意义、归纳意义的"拆"字,在过去的三十多年里,我们已经在天南海北的大城小镇见到了太多,其带有的力量已无须多言。如果你有兴趣去把画面上的"拆"字从左到右逐个地读上几遍,可能真的会觉得它正在向你释放着一种你无以言表的力量,和一种欲说还休的感慨。然而,用本来代表希望的粉红色写出的那一行字"交通茶馆,真要拆吗?",却又明显让人体会到一种冲突,流溢出几分渺小的、无力的希望,更多的,是强烈的无奈,一种"无可奈何花落去"的叹息。这幅画俨然就像是给老交通茶馆的总结,是对它必然宿命的预告。从对艺术家在茶馆里写生的描写,到茶馆免不了被"拆"的结果的彰示,我们可以明明白白读到充斥在艺术家心中的极端矛盾和深深的留念之情。正如同这幅画的题目所暗喻的一样,时光总有辉煌,但时光也会流逝,有很多东西必然会跟着流逝的时光逝去,然而流逝的也可以只是一种外在的形式,其精华,却可以跟着人的脚步一道前进。

交通茶馆

　　《时光》这幅作品的得来其实又是一个"偶然"。它本身并不是陈安健以前的作品，而是一位熊姓摄影者拍的照片，组合后去喷绘打印出来的，他本想把它挂在茶馆一个地方，好像做宣传一样，但后来发现喷绘的图片和挂的空间尺寸不合适，就放弃了。陈安健看见了，觉得这么大一幅照片扔掉太可惜，再说它也是关于茶馆的作品，就把它捡起来，自己用涂鸦方式做了一番再创造，把它变成了自己的作品。画面虽然拼拼凑凑的，但让人感觉这个茶馆热气腾腾的，或者也许是饱含一种悲凉的感觉，茶馆要拆了，有一种呐喊在里面。

　　画画这个东西，不是凭空想出来的，是要在时间当中逐步体现、逐步感受出来一些效果，还要看怎样把这效果做得更好，让涂鸦和自己的画结合得更好，让画面充满一种不确定性，充满一种浪漫。新作拥有新的画面感，产生新创意，具有新的视觉冲击力，给人全身心的愉悦感，或者说更有一种让人浮想联翩的效果出来，更值得人们思考。现在总的感觉是，经过互动涂鸦后出来的新作，看上去反而比原作更舒服了。

　　对互动涂鸦绘画今后怎样发展，陈安健觉得现在应该是处在一个缓慢发展期。之前完成《喜乐平安》那张涂鸦画就花了很长的时间，因为没有时间盯着做维护。互动涂鸦必须要去小心维护，不然把画随便摆在那儿，没人盯着，人们一通胡乱涂鸦，到时候可能画就毁了。所以现在就慢一点，边走边看吧，说不定什么时候能有更好的切入点。目前他打算做的是选一些作品去喷绘，准备好后面可以用于涂鸦。总之，可以把互动涂鸦作为一个切入点，找一个新的立意，创造一种新

的视觉效果。

陈安健目前正在创作一幅画，准备参加下一届全国美展，也是茶馆画，且让我们拭目以待。

有评论家这样说，与前期"茶馆"系列相比，陈安健近年来更加强化了"后"的剧场性特征。从茶馆的旁观者与记录者，到主动参与空间场景的调度，画家的介入性越来越强。陈安健在自己开创的艺术中，才真正释放出自己的天性——玩世不恭、心高气傲、率性而为。借着"茶馆"系列，我们得以看到一个真实完整的陈安健，看到他曾经深藏不露的艺术雄心。他通过"茶馆"系列完成了传统现实主义和经典乡土绘画的结合。

也有艺术评论家曾用"表象现实主义"这一词语来概括陈安健最初几年茶馆画艺术风格的基本特征，说他将"交通茶馆"里的人生百态和世象图景确立为自己的艺术母题，从而找到了一条既承续又拓展四川乡土绘画的艺术道路。而自2013年以后，他的"茶馆"系列更通过对图像因素与观看方式上的多重开掘与转换，使其"后乡土绘画"的艺术追求变得更加鲜明和引人注目。

对于陈安健前面二十几年里创作的茶馆系列写实画，叫好的人已经有太多，评论的文章也不少。而对于他近几年来创作的"新交通茶馆"画，也就是互动涂鸦绘画到目前为止，一方面基于他还没有大张旗鼓地让它们彰显于世；另一方面，对于这种在不少人眼里看来似乎属于赶时尚赶潮流，属于看不太懂因此也不那么喜欢的作品，它们后面的命运会如何，不得而知。但作为艺术家，还是走自己选好了的路，

交通茶馆

把风声、雨声、话语声，留给时间这位大师好了。

陈丹青先生在二十多年前的文章中写到他为陈安健的茶馆画而有所感动，有所感慨。二十多年后，如果有一天陈丹青先生再次光临陈安健的"新交通茶馆"画展，见到那些互动涂鸦下生发出的作品，不知又会有什么样的感想，会给予什么样的评价呢？

罗中立说自己不是天才，只是一个乐于下地干活儿的勤奋"农民"。所以他"碰巧"在遥远而偏僻的大巴山深处的双层生产队里找到了自己的目标，和那些世世代代勤恳劳作的朴实的农民共同绘出了自己艺术一生的辉煌。

据说张晓刚在读大学期间，曾经因为觉得自己技不如人，学业不成而苦闷到差点儿去申请退学。后来独居云南一隅，在有意无意之间从大众见惯不惊的"炭精画"里悟出了属于他的经典语言，成功地描绘出他脍炙人口的"血缘大家庭"作品。

陈安健则正因为自己朴实的天性，朴素的生活经历和谦虚平和的为人，决定了他能够全身心地走进交通茶馆这种平凡普通人的社会；决定了他可以热情地描绘这个小"江湖"中的那些小人物，使得他能把自己的真心和茶馆、茶客们融入一起。无论是在超级写实的画面中，还是在互动涂鸦绘画的世界里，他都能开垦出一片属于自己的艺术新天地。

川美1977级毕业前，程丛林画了一组"同学组画"，其中有一幅以陈安健为原型。画面上，陈安健正从一片森林里走出来，头顶是

一片湛蓝色的天空，那是一种深邃纯净的蓝。每次陈安健看见这幅画，画面上那片蓝色的天空都让他如痴如醉。在他心里，那不是简单的一片蓝天，而仿佛是一种高远而神秘的指引。正是借着它的指引，他才能在迷蒙的森林里磕碰寻觅，终于走出这片浩瀚的森林，来到一个属于自己的小世界。几十年后，陈安健又一次从漫长而迷蒙的探寻人生的一片"森林"里走出来，又看见了一片蓝天：交通茶馆，就是这片新的蓝天；这片承载着他的人生现实和艺术追求的蓝天，让他兴奋，给他灵感，给他播下滋润思绪和情怀的和风细雨，让他能够一直往前走，从昨天走到今天，还会从今天走向明天。

陈安健在恍惚中生起一个疑问：四十年前程丛林画中的那一片湛蓝的天空和今天交通茶馆演化成的这片蓝天，两者间会不会有一种必然的联系，它们是不是同一片蓝天的延续？他忍不住很想问问程丛林，你是不是在四十年前就已经为我"画"好了这么一条路？

2023 年 11 月初稿

2024 年 3 月定稿

后记

  很早我就听说了陈安健的名字,也见到过他的画。应该是20世纪90年代吧,在渝中区一家卖旅游商品的店里第一次见到他的画,听店老板说他是四川美术学院的教授,所以留了个心。但现在已想不起第一次见到的是他的风景画还是人物画,那时,我在一家海外旅游公司工作。

  后来因为工作需要,我被调到四川美术学院外事处。没承想,到川美几天后处理的第一件"公事",就与他有关,严格说起来其实也是与他无关的一件小事。一位加拿大华侨花了不少钱在重庆某旅游商品店里买到一幅据店老板说是川美陈安健教授的画——一幅油画人物。因为喜欢,担心买到赝品,回加拿大后拍了照片寄来川美,希望帮助鉴定。经学校老师及陈安健本人确定为真品无疑。那之后,我与他有过几次小交集,但并无深交。有一天突然听说,陈安健为了他的茶馆系列画,自己出钱承包了黄桷坪街上那家交通茶馆。坦率说,我坚信自己在这家交通茶馆

门前不知道经过了多少遍,却完全没有印象。第一是我从没有坐茶馆的习惯,第二是后来我发现这家茶馆真的不显眼。如果你不走进去,发现它藏在深处的一些优点特点,从外面看它就是今天在任何地方都能见到的一个小门店。

陈安健作为大学教授却去承包一间普通小茶馆的行为,虽然并不被很多人理解,但每个人照自己的想法走路、做自己认为该做的事,无可非议。

慢慢地从很多老师还有朋友口中听到更多对陈安健的评语。说他这个人单纯、善良、朴实,为人平和,做事执着等。再慢慢地又在多处看到了陈安健用非常写实的艺术语言,更主要是照相写实语言画的交通茶馆系列画。其中有一些,无论是从大众审美标准上看还是从专业的艺术标准上看,都的确很能让人心生喜欢。尤其是那些年里看了很多当代艺术的作品,正有点腻的感觉。乍见到陈安健的茶馆系列画,画面中出现的那些平常人的平凡生活,充满激情和生活乐趣的情景,感觉就像山中汩汩流出的一股清流,把自己的眼睛和心灵都洗涤一新,带来全新的清凉和惬意感。很喜欢之下便生起一个念头,想把他和他的茶馆画比较完整地写出来给大家品读。在这个充斥着太多嘈杂和浮躁的日子里,这也未尝不是抚平我们心气的一种方式。

前些年完成了给罗二哥(罗中立)写的那本《父亲》后,因为颈椎腰椎的折磨,被迫休息了一段时间。刚说提笔来写陈安健与交通茶馆这本书时,疫情突然席卷而至。人算不如天算,结果又因此被迫浪费了千百个日子,好不容易得见云开雾散,才终于让笔又动了起来。

本书最后取名《交通茶馆》,其实我之前本想用《新交通茶馆》

交通茶馆

之名，大致有几个考虑：第一，从前的老交通茶馆被陈安健承包后，虽然形式上看还是原来的它，但其实它已经在悄然中脱胎换骨了。第二，在陈安健茶馆系列画中出现的交通茶馆，显然不是人们见惯的那种纯粹为了让人在里面喝茶聊天打牌下棋的茶馆，它与艺术家的情怀一起生长，且有了新的意义——高雅艺术与平凡人生活"联姻"后的升华。第三，陈安健近年的作品，就是我在书中称其为"互动涂鸦绘画"的作品，仅从风格上看，与他之前的写实茶馆画系列事实上已是在截然不同的两条赛道上跑的车，堪称地地道道的"新交通茶馆画"。而这个，恰恰也是我很希望今后会被证明为陈安健成功首创的体现出个人艺术语言的作品。但后来和几个朋友交流时，他们认为不如就还用《交通茶馆》为好。原因是加了一个"新"字，容易给人感觉它像是"交通茶馆"的一个分店，像是它的分支一样。后面若要想说明为什么要用这个"新"字，还得费一大番口舌去解释。老话说"听人劝得一半"，既如此，我就欣然接受了。

时光流逝，因为历史的必然和偶然，当年名不见经传甚至差点儿就永远消失了的黄桷坪交通茶馆，涅槃成了今天重庆的热门打卡地之一。从对陈安健的艺术创作这个角度说，交通茶馆的存在和闪亮对他肯定是有极大裨益的。从对传统文化的保护和发展这个角度说，陈安健的茶馆系列画对于交通茶馆得以被保存至今和扬名于外，起到了至关重要的作用。按他自己所说，他与交通茶馆的关系，是相互成就的。这是事实，由此也可以看到陈安健生性谦虚的平凡心。

《交通茶馆》一书，还是考虑给大众提供可读性为主。读时顺便让大家对交通茶馆多些了解，对川美1977级的"老哥萨克"陈安健这

个人多些了解，对他的艺术创作之路多些了解。可以让大家知道怎么欣赏出现在他画面上的那些由平凡人演绎出的平凡故事，还能对中国过去几十年的艺术之路有一个认知。借着对交通茶馆的了解去认识陈安健的作品，又借着陈安健的作品去认识交通茶馆，知道我们今天该以什么样的态度和方法面对我们的传统文化遗存。关于这一点，我还想多说几句。大概三十年前，有一年我利用"五一"假期驾车出游前往川西古镇采风览胜。结果一周内所到的二十个古镇，除极个别还看得见极少的"古"民居建筑，勉强可与"古镇"之名沾一点边外，绝大多数都是新崭崭的"古镇"，新到连房屋墙上的"古"花窗和风火墙的瓦片也是用笔画出来的，真让人啼笑皆非。写到这里了，就想顺便也提一提重庆有着地标性建筑"魁星楼"的老城片区——临江门。老重庆人都知道，临江门外从坡顶一直延伸到嘉陵江码头边从前那些层层叠叠、鳞次栉比的百年吊脚楼，具有何等的美感、何等的韵律。著名艺术家吴冠中先生等也被其感染而忍不住为之挥毫作画，其美其壮可想而知！如果它们今天犹在，我都不敢想象重庆红得发紫的磁器口是否有资格成为其竞争对手！可惜在20世纪八九十年代，那些承载着重庆历史和人文的古民居，面对城市发展的选题，在如何保护与发展的天平上，最终成为一颗被轻易抛弃掉的"砝码"。由此我更认为，陈安健的交通茶馆画，除了他的个人成就和保护了一个老旧狭小的交通茶馆之外，另一层重要意义，更在于它对传统文化的保护和发展。如何为这样的保护树立起一个典范，才是值得大力赞扬的。若如他所愿，有一天交通茶馆真的成为重庆的地标性建筑，声名远扬，那更该击掌贺之！

交通茶馆

最后，本书肯定存在许多不足或观点偏颇的地方，只希望读者诸君见仁见智，一笑而过。毕竟，我写作此书的出发点是真心希望它能够成为一本可以让大家消遣的好玩的好读的书。谨此，致谢！

匡淑光

2024 年 3 月

陈安健个展作品

2000年　陈安健"茶馆·岁月·人生"油画作品展，上河会馆，昆明

2011年　"茶关世象"陈安健《茶馆系列》油画作品展，了了·艺术传播机构，成都

2018年　见证交通茶馆——陈安健个人作品展，四川美术学院坦克库·重庆当代艺术中心，重庆

2019年　见证交通茶馆——陈安健个人作品展，了了·艺术传播机构，成都

陈安健联展及获奖作品

1981年 《小花花》，中国共产党建党六十周年四川省美展、四川美术学院赴京油画展

1988年 《街景》，四川美术学院"中国现代绘画展"，南斯拉夫国家博物馆

1994年 《街头闲谈》，第八届全国美展，优秀作品奖，中国美术馆

2000年 《茶馆系列》，"研究与超越"中国小幅油画大展，中国美术馆

2000年 《茶馆系列》，"研究与超越"中国小幅油画大展，中国美术馆

2002年　《茶馆系列》，四川美术学院77、78级学术回顾展，四川美术馆，成都；重庆美术馆

2003年　《茶馆系列》，携手新世纪——第三届中国油画精选作品展，优秀作品奖，中国美术馆

2004年　《茶馆系列》，第十届全国美术作品展，优秀作品奖，中国美术馆

2004年　《茶馆系列》，中法"彼此"文化艺术交流展

2007年　《茶馆系列》，"1976—2006乡土现代性到都市乌托邦"四川画派学术回顾展，中外博艺画廊，北京

2008年　《茶馆系列》，2008第三届中国北京国际美术双年展，中国美术馆

2009年　"相约"当代油画人物作品展，S.O艺术空间，成都

2009年　"川美新写实"前进美院·师生作品联展，今日美术馆，北京

2010年　《茶馆系列——走这儿》，"油画艺术与当代社会展"中国油画展，中国美术馆，北京

2011年　《茶馆系列》，第五届成都双年展"再现写实·架

上绘画"展，新会展中心，成都

  2011 年　《茶馆系列——赶场天》，纪念中国共产党成立九十周年重庆市美术作品展览，优秀作品奖，重庆美术馆

  2012 年　《茶馆系列——新茶》，首届中国美术家协会会员油画版画精品展，美林美术馆，广州

  2012 年　《茶馆系列》，"老裹裹"群展，了了·艺术传播机构，成都

  2012 年　《茶馆系列——太阳升》，纪念毛泽东同志《在延安文艺座谈会上的讲话》发表 70 周年全国美术作品展，中国人民革命军事博物馆

  2012 年　《茶馆系列——掰手腕》，国际奥委会组织的"第四届体育与艺术大赛"，中央美院美术馆

  2013 年　《茶馆系列——温水瓶》，庆祝 2013 年国庆·重庆市美术作品展，重庆当代美术馆，优秀奖

  2014 年　"乡土·伤痕·西南魂"四川美院作品展，台湾"国立"历史博物馆，台北

  2014 年　《茶馆系列》，"云中蜀歌"川人蜀情·艺术家林茂 陈安健双人个展，北京时代美术馆

2014年　《茶馆系列——雨天》，"成渝影响"美术作品学术交流展，重庆美术馆

2014年　《茶馆系列——诺贝尔》，"今日有约"四川省对外文化交流中心成立三十周年国际当代油画雕塑作品展，文轩美术馆，成都

2014年　第五届重庆市美术作品展暨第十二届全国美展重庆选送作品展（油画），重庆当代美术馆

2014年　《茶馆系列——帅》，第十二届全国美术作品展，提名奖，中国美术馆

2015年　《茶馆系列——雨天》，2014浓园年度展，浓园国际艺术村，成都

2015年　《茶馆系列》，"流变与共在"中国新现实绘画，达巴索古堡，意大利佛罗伦萨

2015年　《茶馆系列——北京晴》，"从解放碑到宽巷子"成渝美术双百名家双城展，四川美术馆

2016年　《茶馆系列——啪》《茶馆系列——小兄弟》，2015浓园年度展，浓园国际艺术村，成都

2016年　《茶馆系列——在希望的田野里》《茶馆系列——

交通茶馆

活神仙》,"回声"四川乡土绘画名家邀请展,巢·艺术中心,成都

2016 年 《茶馆系列——活神仙》,2016 全国艺术硕士美术指导教师优秀作品巡展,罗中立美术馆,重庆

2016 年 《茶馆系列——诺贝尔》,中国精神——第四届中国油画展之真像——当代中国写实油画的新发展研究展全国巡展,山东美术馆、西安美术馆、武汉美术馆、包头美术馆、中国油画院,济南、西安、武汉、包头、北京

2016 年 "黄桷游艺"百名画家九龙半岛写生作品展,重庆美术馆

2016 年 《茶馆系列——青龙》《茶馆系列——温度之力》,2016 浓园年度展,天艺·浓园艺术博览园 B 区,成都

2016 年 综合材料《红色记忆》,全国工业美术作品邀请展,重庆当代美术馆

2017 年 《茶馆系列——范大爷 刘大爷》,第六届重庆市美术作品展,重庆美术馆,三等奖

2017 年 《溪流》,首届全国美术教育教师作品展,四川美术学院美术馆

2017 年　《茶馆系列——温水瓶》，"时代质感"四川美术学院作品展，中国美术馆

2017 年　《茶馆系列——顶》，第九届中国体育美术作品展，天津美术馆

2017 年　"黔风渝韵"贵阳重庆美术名家作品交流展贵阳展，贵阳市美术馆

2017 年　《茶馆系列——咦，美容版》，第四届"和声：艺术邀请展"，西南民族大学高小华美术馆，成都

2018 年　《茶馆系列——顶》，向人民汇报酉戌丰年——重庆市美术作品迎春展，重庆美术馆，重庆

2018 年　《茶馆系列》，2017 浓园年度展，成都浓园国际艺术村，成都

2018 年　《茶馆系列——诺贝尔》，中国精神——第四届中国油画进京展，中国美术馆，北京

2018 年　《茶馆系列——乖乖》，"在地与间离"重庆首届油画双年展，评委提名奖，重庆美术馆

2019 年　《茶馆系列——小猫咪》、《茶馆系列——闲日》，2018 浓园年度展，成都浓园国际艺术村，成都

交通茶馆

2019 年　《茶馆系列——灌饱》，向人民汇报——重庆市美术作品迎春展览·2019，重庆美术馆，重庆

2019 年　《茶馆系列——喜乐平安》，第十三届全国美术作品展览油画作品展进京作品展，中国美术馆，北京

2019 年　《茶馆系列——V 的传递》，2019 首届重庆小幅油画作品展，重庆工商大学

2020 年　《茶馆系列——头胎》，2019 浓园年度展，成都浓园国际艺术村，成都

2020 年　《茶馆系列——老歌》，"绘画不会停止"重庆油画在线展，重庆

2020 年　《茶馆系列——抖音》，绘画的真实——2020 第二届重庆油画双年展，重庆美术馆

2020 年　《茶馆系列——诺贝尔》《茶馆系列——帅》，与历史同行：四川美术学院建校八十周年展，四川美术学院美术馆，重庆

2021 年　《茶馆系列——打川牌》，大象微至——2021 第二届重庆小幅油画作品展，优秀奖，西南大学美术学院美术馆，重庆

2021 年 《茶馆系列——乖乖》，时光造境：邛崃美术馆开馆展，邛崃美术馆，成都

2021 年 《茶馆系列——老哥》，时代之光——第五届中国油画展，重庆美术馆

2021 年 《茶馆系列——饱了》，川流不息——2021 四川油画展，515 艺术创窟，达州

2022 年 《茶馆系列——回望》《茶馆系列——老人头》《茶馆系列——白色圣母》《茶馆系列——诺贝尔》《茶馆系列——帅》《茶馆系列——粉丝》，缪斯喜神：川渝当代艺术中的人像，森的美术馆，成都

2022 年 《茶馆系列——历史的回声》，新时代华章——成都市喜迎党的二十大美术作品展，成都市美术馆 A 馆，成都

2022 年 《茶馆系列——诺贝尔》，四川当代油画院、四川当代书画院建院 10 周年成果展，四川当代美术馆茶店艺术中心，成都

2023 年 《茶馆系列》，激情岁月：马一平先生从艺 60 年师生同仁作品大展，文轩美术馆，成都

2023 年 《茶馆系列——温度之力》《茶馆系列——老周的

交通茶馆

珠珠梦》《茶馆系列——光胴胴高手》《茶馆系列——嘿嘿"大爷"》《茶馆系列——红墙恋》《茶馆系列——凉风》，传灯之聚：艺术的独行与相望，了了·艺术传播机构，成都